私にプリマスを見せてくれた愛する姉妹、
カレン・デオ、ワンダ・リン・ターナーに捧げる。

船乗りが愛する娘に言ったとさ。
「さてと、そろそろ行く時間だ。トップスルが張られ、錨が
そしておれたちの船が潮が満ちるのを待っているから。
そしてここに戻ってきたら、おまえをおれの花嫁にするよ

――《陽気な船乗り》イギリスのフォークソン

# 灰かぶりの令嬢

## おもな登場人物

エレノア（ナナ）・マッシー――子爵の非嫡出子
ナンシー・マッシー――ナナの祖母。マルベリー亭の女主人
ピート・カーター――マルベリー亭の使用人。元水兵
サル――マルベリー亭の使用人
フィリオン夫人――ドレイク亭の女主人
ウィリアム・ストークス――ラトリフ子爵。ナナの父親
オリヴァー・ワージー――英国海軍艦タイアレス号の艦長
ウィル・プラウディ――オリヴァーの部下。一等航海士。中尉
ケイレブ・ラムスール――オリヴァーの部下。二等航海士。少尉
ダニエル・ブリトル――オリヴァーの部下。航海長
ブリトル夫人――ダニエルの妻
チャイルダーズ――船大工長
デニソン艦長――オリヴァーの友人。ゴールドフィンチ号の艦長
マシュー――タイアレス号で働く少年
アンリ・ルフェーブル――肖像画家

# 灰かぶりの令嬢

カーラ・ケリー
佐野 晶 訳

MARRYING THE CAPTAIN
by Carla Kelly
Translation by Akira Sano

mira

# MARRYING THE CAPTAIN

by Carla Kelly



Published by K.K. HarperCollins Japan, 2022

# プロローグ

一八〇三年に〈ミス・ピムの女学校〉を放りだされ、バースからプリマスに戻ってもう五年になる。でも、ナナ・マッシーは町の人々のお情けにすがることにまだ深い屈辱を感じた。

マルベリー亭のドアを閉め、手書きのちらしを見下ろす。長引く戦争で国中の人々が困窮した生活を余儀なくされているが、軍港のプリマスは、海峡艦隊がフランスの海岸沿いを海上封鎖しているため、とくに不況に見舞われていた。けれどナナが行くと、港に近い大きな宿泊施設の経営者たちは、たとえ自分たちの宿に空室があっても、黙ってこのちらしを受けとってくれる。

マッシー一家は、見え透いた茶番で自分たちをごまかしているんだわ。ナナはそう思いながら、十一月の強い北風に背中を押され、急ぎ足で波止場に向かった。途中でマルベリー亭を振り返り、二階の窓から見ているはずの祖母に手を振り、キスを投げる。しかもこのばかげた茶番は、彼女のため、彼女の空腹をなだめるためなのだ。

空腹のせいか、冷たい風が身に染みる。丈をつめたピートの船用外套《がいとう》を着て、ウールのワンピースの下にペチコートを二枚重ねているというのに。短くなった髪をすっぽり覆うために、祖母が帽子を編んでいるのはわかっている。早く帽子ができあがればいいのに。先週、差し迫った支払いに充てるために、ナナは自分の髪をかつら屋に売ったのだった。祖母はわずかな硬貨を手に短い髪で戻ったナナをつらそうな目で見たあと、すぐさま帽子を編みはじめたのだ。

港には一隻の小型フリゲート艦しか見えないというのに、祖母とピートは、そろそろちらしを持って大きな宿をひとまわりすべき時間だとナナを急《せ》き立てた。つまり、泊まり客がお昼を食べる時間だということだ。ナナが昼時に顔を出せば、宿屋の主人やコックたちが必ずなにか食べさせてくれる。ふたりとも、それをあてにしているのだ。

水兵たちはめったに軍艦を降りることを許されないが、将校や下士官たちは、そうしければ陸に降りてプリマスの宿に泊まる自由があった。したがって、船がたくさん入港すれば、陸に泊まる将校や下士官の数も増える。港のそばの大きな宿屋が満室で、そこに置いてあるちらしが目に留まれば、港からはだいぶ離れたギボン通りにあるとはいえ、あふれた客の一部はマルベリー亭を訪れてみようという気になるかもしれない。

セント・アンドリュース教会の前を通り過ぎたあと、ナナはよほど来た道を引き返そうかと思った。実際には、客をまわしてもらえる望みなどまるでないのだ。よほど緊急の事態でないかぎり、海上の持ち場を離れることはまかりならぬ、という提督の命令で、海峡艦隊の戦艦はすべて、海上に留《とど》まったまま食糧と水を再補給されることになっていた。ナポレオンにこの海上封鎖を破らせぬためだ。

港には、一隻のフリゲート艦しか見えない。ナナは道端のごみ箱の前で足を止め、ちらしを放りこみそうになったが、結局、思い直した。なにも食べずに港から戻れば、祖母がどんなに気をもむことか。お腹《なか》いっぱい食べてきたと嘘《うそ》をついても、祖母の目をごまかすことはできない。

それに、最初の立ち寄り先であるネイビー・インから、風がおいしいソーセージのにおいを運んできた。ナナは手の甲で口を拭い、追い風に促されるようにふたたび歩きだした。

ネイビー・インではソーセージを出してくれた。歯ごたえのあるソーセージを噛《か》むと、あまりのおいしさに涙がにじんだ。ネイビー・インの主人が油紙にもう一本包んでくれると、ナナは形だけ断ったあとでそれを受けとり、次のドルーリー亭へと急いだ。そこにも一枚ちらしを置いたあと、ハムとたまねぎが浮いているバターと生クリーム入りのポテトスープを前に腰をおろした。

ナナがそれをたいらげるのを待って、ドルーリー亭の主人はそのスープを器に入れてくれた。誰にも感謝されず残飯として捨てられるよりも、マルベリーに持ってお帰り、と。ナナが食べられなくても、お祖母《ばあ》さんかピートに食べてもらえるかもしれない、主人はそう言った。ナナは屈辱で顔が燃えるようだったが、笑みを浮かべて受けとった。

ドレイク亭のごちそうは、魚肉のパイだった。ここを切り盛りしているフィリオン夫人は、おいしいうちに急いでひとつお食べと勧め、艦隊の軍艦をプリマスによこさず、波止場の商人たちをこんなに苦しめている意地の悪い提督のことをさんざんこきおろしながら、もうふたつ包んでくれた。

「でも、戦争をしているんだもの、仕方がないわ」ナナは思いきってそう言った。

フィリオン夫人はため息をついた。「国王陛下のこの一八〇八年には、戦争なんて愚かな行為はなくすことができそうなものだけど」

彼女はちらしを受けとったものの、停泊中のフリゲート艦の外科医とふたりの将校と艦長はすでにドレイク亭に部屋をとったのよ、とやさしく教えてくれた。

そしてナナの皿にもうひとつパイを滑らせた。「少なくとも、二、三日後に海軍省から戻れば、ワージー艦長もうちに泊まることになるわ。彼の所持品箱《シー・チェスト》はもうここに届いてるの」

「キャットウォーターに入っているフリゲート艦のこと?」

「ええ。タイアレス号。全長三十四メートル、修理のために乾ドックに入ることになるでしょうね」夫人はそう言って鼻を鳴らした。「いくら提督でも、イギリス海峡でフリゲート艦を修理する方法はひねりだせないわ」

もしもフィリオン夫人が司令官としてこの戦争と海軍の指揮を任されたらどう戦うか、切れ目なく話すのを聞きながら、ナナは窓の外に目をやった。夫人の話が終わるころには、雨もやむかもしれない。

残念ながら雨はやまなかった。フィリオン夫人は自分が包んだパイと、ナナがここに来るまでに集めてきたほかの食べ物を入れる袋を貸してくれた。「この次バービカンに来たときに返してくれればいいわ」彼女はそう言った。「ワージー艦長をマルベリー亭に送ってあげたいんだけど、うちもお客を断れるような状況じゃないし。笑顔を見せれば、彼もなかなかの男前なのよ。もっとも、最近は誰も彼も険しい顔ばかり」

少なくとも、わたしのほうからはなにもねだらなかったわ。夫人に別れを告げてマルベリー亭へ戻りながら、ナナは自分を慰めた。このお土産があれば、今夜の食事は心配しなくてすむ。彼女はタイアレス号を見るために立ち止まった。メインマストが傾き、艦尾にはキャンバス布のようなものが掛けてある。「あなたには乾ドックが待っているようね、ワージー艦長」

わたしにはなにが待っているのかしら？　そう思ったとたん、父親のラトリフ子爵、ウィリアム・ストークスといまわしい申し出のことが頭に浮かんだ。ナナが安全なプリマスと祖母の保護のもとへ、そしてこの不確かな人生へと逃げ帰ることになったのは、もとはと言えばその申し出のせいだったのだ。

「食べるものにも事欠くからといって、わたしの気持ちが変わると思ったら大間違いよ、親愛なるお父さま」ナナはつぶやいた。

思ったよりも大きな声になったのは、父に対する怒りのせいだ。それとも、この先のことが不安だからだろうか？　でも、大丈夫。この風がいまの言葉をフランスの海岸へと吹き飛ばしてくれるわ。誰にも聞かれる心配はない。もっとも、祖母とピートを除けば、誰ひとりわたしの行く末を気にかけてくれる人などいないけれど。

# 1

海軍省からの帰途の旅について半日たったころ、タイアレス号の艦長、オリヴァー・ワージーは、喉と耳におなじみの不快な痛みを感じた。「ああ、くそ」彼はつぶやいた。いまは海上で長時間過ごす者たちにおなじみの喉と耳の炎症などに煩わされている場合ではないのだ。

彼は馬車の座席の上で少しでも心地のよい姿勢を見つけようとしながら、プリマスに着きしだい片づけねばならないことを頭のなかでひとつひとつ挙げていった。そのどれも、ベッドにぬくぬくと横たわってできる仕事ではない。プリマスの乾ドックでは、タイアレス号に関する最終的な査定と修理リストが彼を待っている。ふたつに裂けたマストをひとつに接ぎあわせたせいで湾曲したあのマストだけでも、おそらくかなりの日数を要するだろう。それに加えて、ウェルスプリング号の無能な艦長が、タイアレス号の艦尾に頭から突っこんできたおかげで、タイアレス号は無防備な艦尾に損傷を受けた。海上封鎖というのは、まったく厄介なものだ。

艦の事務長とも時間をとり、分厚い再供給リストを完成させるという厄介な仕事を片づける必要がある。要求した食糧や物品のすべてが揃《そろ》う見込みはまずないだろうが、とにかく要請だけはしなくてはならない。それに彼は乗組員に上陸許可を与えてやりたかった。まったく、細かい仕事や書類仕事が山積みだ。

静かな部屋で、誰にも邪魔されずに少なくとも一週間はぶっ通しで眠りたい。馬車の揺れがもたらす吐き気と、ひどい頭痛と、傷ついた指の関節を紙やすりでこすられるような喉の痛みをこらえながら、オリヴァーはそう思った。

いや、それよりもなによりも水が飲みたい。一杯だけでなく、二杯でも、三杯でも。体のあらゆる粘膜が、何カ月も樽《たる》に入っていた、ぬるつく水で覆われているような気がするのだ。

毎日あたりまえのようにきれいな水を飲んでいる陸の人間には、想像を絶するこの渇きは理解できないだろう。艦の水は一、二カ月もすると緑色になり、悪臭を放ちはじめる。それからゼリーのようになって、それをのみこむと、まるで誰かのつばや痰《たん》をのみこんでいるような気がする。船に乗って二、三年もすると、二カ月以上たった水を飲むときは、目をつぶるのが習慣になった。

しかも、そんなひどい水さえなくなり、ひたすら渇きに耐えねばならないこともある。プリマスからの給水船が嵐で遅れることが多い冬場は、とくに頻繁に起こる。樽がからになったあとは、悪臭を放つ樽の水さえ喜んで飲みたくなるほどの渇きにさいなまれる。そういうときは、ほかの乗組員同様、水のことを考えまいと必死に努力するしかないが、周囲を水に囲まれているとあっては、これは不毛な努力だった。

いつもなら海の眺めが彼の目を楽しませ、鼓動を弾ませてくれるエクセターを過ぎたあたりで、彼はラトリフ卿《きょう》の頼みを衝動的に引き受けてしまったことを悔やみはじめた。あの子爵の話はなんとなく胡散《うさん》臭い。海軍省に到着すると、オリヴァーは海峡の動きを報告した。今回オリヴァーは、ラトリフ子爵であるウィリアム・ストークスに報告しなくてはならなかった。次官のひとりで、自分が重大な影響力を持っているとひどくうぬぼれているラトリフ卿は、オリヴァーが常日頃できるだけかかわりを持つまいとしているタイプだった。

苛立《いらだ》たしいことに、ラトリフ卿はオリヴァーのスペインの情報源をしつこく聞きだそうとした。だが、たとえ海軍省の命令だろうと、情報の収集にあたっている人間が、情報提供者の名前を軽々しく口にすることなどありえない。この試みに失敗すると、あの愚か者はオリヴァーに頼み事をしてきた。

これはオリヴァー自身の失言のせいだったかもしれない。タイアレス号が少なくとも一カ月は乾ドック入りを余儀なくされることを、あの男に認めるべきではなかったのだ。ラトリフは、まるで猟犬のようにこの情報に飛びついた。

「一カ月だと？」

「ええ、ラトリフ卿」

「家族のもとに戻らないのかね？」

「わたしには家族はありません」これは真実だった。もっとも、世界の港をまわったひとり息子が、ありとあらゆる難病や奇病を生き延びてきたというのに、のどかな田舎町イーストボーンの牧師とその妻が、なぜ腸チフスで死なねばならなかったのか、オリヴァーにはいまでも納得がいかなかったが。とにかく、彼にはすでに両親は亡く、妻もいない。一年の大半を海の上で過ごしている彼には、めったに女性との出会いもなかったし、そもそもいまは戦争中で、片手を死神の契約書に置いているも同然の身とあっては、女性と恋をするのは罪作りというものだ。

「きみに見せたいものがある」

ラトリフは散らかった机から細密画を取りあげ、差しだした。オリヴァーはそれを見て微笑《ほほえ》まずにはいられなかった。

そこに描かれているのは、大人になりかけの美しい娘の顔だった。髪はラトリフと同じ色だが、それ以外はまるで似ていない。その細密画を描いた画家は鼻梁《びりょう》に小さなそばかすを散らしていた。

溶けたチョコレートのような色の瞳が、その絵のなかからオリヴァーを見返している。

彼はちらっとラトリフを見た。子爵の目は青い。

「母親似ですね」

オリヴァーはもう一度じっくり見てから、細密画をラトリフに返した。

「きれいな娘だろう?」

きれい?　いや、それ以上だ。オリヴァーは内心そう思った。

「今年二十一になった。これは十六歳のときに描かせたものだ」ラトリフは芝居がかった調子で重いため息をついた。「祖母のナンシー・マッシーが経営する、プリマスのみすぼらしい宿屋にいる。気の荒い年寄りだよ。二十二年前、プリマスにいたわたしは、その気の荒い年寄りの娘にちょっかいを出すという過ちをおかした。エレノアはその結果なんだ」

こういう話には、どんな相槌《あいづち》を打てばいいのか?　〝すると、あなたには非嫡出子の娘がいるんですか?〟と言ったのではあまりに無礼だろう。かといって彼が、それはお気の毒に、と言うのもおかしなものだ。オリヴァーは賢明な判断を下し、黙ってラトリフの次の言葉を待った。

「わたしはエレノアに正しいことをした」ラトリフは細密画を机に戻しながら言った。「あの子が五歳になるとすぐに、バースにある女学校に入れたのだ。エレノアはそこで育ち、教育を受けた」

オリヴァーは内心の驚きをうまく隠せたことを祈った。この国にはあきれるほど多くの非嫡出子がいるに違いないが、これまでの表面的なやりとりから、ラトリフが自分の責任を立派に果たすような男だと感じたことは一度もなかったのだ。いったいこの男はなにを頼むつもりなのだろう？　オリヴァーは心のなかで身構えた。

ラトリフは両手を振りあげた。「ところがエレノアは、十六歳になると突然ミス・ピムの学校から逃げだし、プリマスへ戻ってしまったのだ！　あの子の将来のことを思って、すばらしい提案をしたというのに。そのお返しに、学校を飛びだし、あのいまいましい港へ一目散に逃げ帰ったのだ！」彼はオリヴァーをちらっと見た。「きみは世の中を知っている。プリマスがどんな町かもよく知っているはずだ。わたしの嘆きを想像してくれたまえ」

たしかにラトリフが言うとおりなら、この男が嘆くのも無理からぬことだ。しかしオリヴァーは、子爵の話を鵜呑《うの》みにする気にはなれなかった。タイアレス号の艦長になってまだ二年にしかならないとはいえ、それ以前の年月を加えれば、もう何年も部下に命令を下してきた彼は、ラトリフの口調にどこか嘘《うそ》っぽさを感じていた。

「プリマスに戻ったら、マルベリー亭に泊まってくれないか？　エレノアの祖母が経営している宿に。そしてエレノアがどんな状況で暮らしているか、知らせてくれたまえ」ラトリフは身を乗りだした。「二、三日も泊まれば、だいたいのことはわかるだろう。エレノアが苦労しているかもしれないと思うと、いてもたってもいられないのだ」

「通常はドレイク亭に滞在することにしております、ラトリフ卿」オリヴァーはそう言って時間を稼いだ。「すでに所持品箱《シー・チェスト》もそこに運ばれています」

ラトリフはまたしてもため息をつき、オリヴァーをいっそう苛立たせた。だが、彼が子爵の頼みを断ろうとすると、子爵が姿勢を変え、机の上の細密画からエレノア・マッシーが彼に向かって笑いかけてきた。あれを描いた画家は、いったいどうやってあんな小さいスペースにエレノアの持つ若さと美しさを捉えることができたのか？　オリヴァーはわれ知らず魅せられてそう思った。ついさっきまでは疲れて、年齢を感じていたが、エレノア・マッシーの笑顔は、またしても彼から笑みを引きだした。まるで地球の軸が海軍省の下で突然傾きを変えたかのように、オリヴァーは自分の気が変わるのを感じた。エレノアが一週間ばかりマルベリー亭に泊まったところで、どんな害がある？　エレノアを取り巻く状況を見て、気性の荒い年寄りが一日二回、朝食の前に孫を鞭《むち》打っていないことを確かめ、ラトリフにそれを報告して、ドレイク亭に戻ればいいのだ。

「承知しました、ラトリフ卿」オリヴァーは答えた。

ラトリフは感謝のあまりオリヴァーの手を握りそうに見えたが、すぐに自分を抑えた。

「ありがとう、ワージー艦長。きみにも娘がいれば、わたしの気持ちがもっとよくわかるだろう」

残念ながら、ぼくが娘を持つことはありえない。オリヴァーはそう思いながら、馬車の外を流れていく十一月の景色に目をやった。頭がどうかしていないかぎり、海上封鎖に加わっている軍艦の艦長と結婚するような女性はいない。同様に、よほどイカれた男でないかぎり、愛する女性に求婚するような艦長はいない。

エクセターを過ぎると、ミス・エレノア・マッシーは彼女自身の運命にゆだねようと決めて、彼は目を閉じた。だが、その日の午後遅く、馬車がドレイク亭の前で止まったときには、どれほどそうしたくても、ラトリフとの約束を反故《ほご》にすることはできないことに気づいた。

そうは言っても、フィリオン夫人が水差しを手にして待っていたら、彼の気持ちはまたしても変わったに違いない。だが、夫人はどこかの商人と口論していてそれどころではなかった。誰かを非難するとき、夫人の声が何オクターブも上がるのをすっかり忘れていたオリヴァーは、そのやかましさにたじろぎながら、〈盗人の穴倉《デン・オブ・シーヴズ》〉をのぞいた。いつものように、ホイストのゲームが行われている。ホイストはドレイク亭以外の場所では礼儀正しいゲームだが、ここでは負けた者が大声でわめきちらすことが多い。そして彼がいつも泊まる部屋はこのバーの真上にあるのだ。

フィリオン夫人は八百屋全般、とくに目の前の八百屋に対する不満をひととおり吐きだしたと見えて、ひと息つくとちらっとオリヴァーのほうを見た。そしてすぐさま彼を歓迎しにやってきた。これはありがたかったが、オリヴァーの突然の決心は変わらなかった。

彼は片手を上げてフィリオン夫人の言葉を押しとどめ、申し訳なさそうに言った。「フィリオン夫人、わたしの所持品箱がすでにここに到着していることはわかっているが、今回はマルベリー亭に泊まろうと思う。そこまでの場所を教えてもらえないだろうか？」

オリヴァーの言葉を聞いて、夫人は素っ裸になってバービカン中を宙返りしてまわってくれ、とでも頼まれたかのように驚いた。ところがそれからおかしなことが起こった。夫人の目に、いわく言い難い表情が浮かんだのだ。

「まあ、艦長、おそらくそれはすばらしい選択ですわ」夫人はそう言った。「マルベリー亭はここからほんの一キロ半しか離れておりませんのよ。決して洒落《しゃれ》た宿屋ではありませんけれども、いまのあなたは静かな場所が必要に見えますもの」

ぼくはそんなに具合が悪く見えるのか？　実際にひどい気分にもかかわらず、オリヴァーは夫人の言葉に笑いそうになった。「そのとおりだ。御者を連れてくるから、行き方を教えてやってくれないか？　それと、ミスター・プラウディがここにいたら、呼んでもらいたい。ここで待っているよ」

マルベリー亭に移ることを一等航海士のプラウディに知らせると、オリヴァーはどうにか立ちあがり、のろのろと馬車に向かった。またこれに乗らなくてはならないと思うとうんざりだ。マルベリー亭がどんなにひどい宿屋にしろ、とにかく横になりたい。

フィリオン夫人が言ったようにマルベリーがドレイク亭から一キロ半のところにあるとしたら、それはふつうより長い一キロ半に違いない。ようやく馬車が細い三階建ての宿屋の前で止まると、オリヴァーはそう思った。宿屋の石壁はほとんど蔦に覆われ、蔦は十一月の強風にもめげずにしつこくしがみついている。窓枠のペンキも表のドアのペンキもところどころ剥《は》がれているが、小さな前庭はきれいに手入れされていた。オリヴァーは港のほうを振り返った。港からこんなに離れた宿屋に泊まる客がいるのだろうか。

御者の助手が彼の所持品箱と肩紐《かたひも》のついた革のかばんを肩に担いで正面のドアへと運んでいくと、木の義足をつけた老人が扉を開けた。

「部屋はあるかな?」オリヴァーは助手から所持品箱を受けとった老人に尋ねた。

「艦長、あんたは少なくとも六カ月ぶりのお客さんですよ」昔は海に出ていたように見える老人はそう言った。

オリヴァーは驚いて彼を見つめた。「まさか! ここは宿屋だと思ったが。半年も客が来ないのに、いったいどうやって商売を続けていられるんだ?」

「ここんとこ、わしらもそう思っていたところでさあ」老人はそう言って首を振った。

オリヴァーはまっすぐ歩こうと努めながら、彼に歩み寄った。「こんなことを訊《き》くべきではないかもしれないが、ここは泊まりだけかい? それとも食事も含まれるのかな?」

「いまんとこは泊まりだけで」老人はためらうように、走りだしたばかりの馬車にちらっと目をやった。「あれを呼び戻しましょうかい？　お客さんをだますような結果になっちゃ申し訳ねえ」

オリヴァーが迷っていると、誰かが出てくる足音がした。首から上の痛みをこらえ、彼はそちらに目をやった。

これがエレノア・マッシーに違いない。ラトリフ卿に見せてもらった細密画の娘より髪が短いが、子どものように丸い、深い褐色の瞳は同じだ。エレノア・マッシーはこれといった特徴のない仕事用の服の上からエプロンをしていたが、オリヴァーがこれまで見た誰よりも、なによりも美しかった。彼女は初めて見るオリヴァーのことを深く案じるように額にしわを寄せ、まっすぐに見ていた。

「泊まりだけで結構だ」自分がそう言うのが聞こえた。

満足な食事もせず、ほとんど睡眠もとらずに馬車に揺られどおしだったうえに、ひどい耳鳴りと頭痛と、喉の痛みが重なったせいかもしれない。ふたりに非礼をわびるまもなく、彼はとっさに向きを変え、長い夏を越し、おそらくは晩秋の先までも生き延びたがっているすみれの鉢に嘔吐《おうと》していた。

ナナがトレーを手に狭い階段を上がっていくと、祖母が言った。「ピートがきれいにしてやって、ベッドに寝かせたところさ。とにかく水が欲しいそうだよ」

ベッドで目を閉じ、背中に枕をあてているワージー艦長は、まるで惨めさを絵に描いたように見えた。両ほおが燃えるように赤いのは熱があるからだろう。彼は目を開け、ナナが運んできたものを見て、微笑むように口の片端を持ちあげると、ベッド脇のテーブルを示した。「そこに置いて、一杯注《つ》いでくれないか」

ナナはこの指示にしたがい、グラスを彼に渡した。彼はそれをひと息に飲みほすと、からのカップを差しだした。彼がふたたび目を閉じるころには、水差しはほぼからになっていた。

「あの……ほかになにかお持ちしましょうか？」ナナは尋ねた。「呼び寄せたい人が誰かいますか？　よかったら、その人に手紙を書きますわ。看病に来てほしいと……」

「そんな人間はひとりもいないよ」

「まあ。でも、誰か……」

「いや、ミス・マッシー、海上封鎖はわれわれを海に縛りつけている。そんな生活をほかの誰かに押しつけようとは思わないね。あの老水兵の……」

「ピート・カーターのことですか？　ピートは祖母が雇っているんです」

「彼の話だと、ここでは食事は出さないそうだが」

「海上封鎖で、軍艦がほとんど港に入らないものだから、もう食事を出すだけのお客も余力もないんです。本当に申し訳ありません、艦長」ナナは自分をじっと見ているオリヴァーの視線に戸惑いながらつけ加えた。「明日になったら、ドレイク亭に戻りたいかもしれませんね。うちはそれでもかまわないんですよ」

「いや。ぼくの艦が乾ドックを出るまで、ここで世話になるよ」

「本当にマルベリー亭に泊まりたいんですか？」ナナは驚いて尋ねた。ワージー艦長はひどく具合が悪いらしく、目を開けているだけでもつらそうだ。

「ああ、そうだよ」彼はかすかな笑みを浮かべた。「泊まっても……かまわないかな？」

まるで小学生のようなおずおずとした口調に、ナナは思わず笑っていた。「もちろんですわ！　喜んでお迎えします！　ただ、食事が……」

彼は引き出しを指さした。「財布を取ってくれないか、ミス・マッシー？　ピートがいちばん上の引き出しに入れてくれたそうだ。そこからぼくに一日三食用意するのに必要な金を持っていくといい。いまはクリームと砂糖をたっぷり入れた粥《かゆ》がいいな。ほかのものはおそらく食べても吐いてしまうだろう」

客の持ち物が入っている引き出しに手を入れるのは初めてだが、ワージー艦長はそうしてほしがっているようだ。そこでナナは財布を取りだし、急いで引き出しを閉めてベッドへ持っていった。彼は財布を開いた。ナナは彼がてのひらにあけた金貨を見つめないように努力した。

彼は金貨を数え、差しだした。ずいぶんたくさんある。「なくなったら、そう言ってくれ。港にいるときぐらい、うまいものをたっぷり食べたいからね」彼はさきほどと同じようにじっと見つめたが、ナナは不思議と恥ずかしいとは思わなかった。「この宿の人々にも、たっぷり食べてもらいたい」

「もちろんですわ、艦長。ほかに必要なものがあります？」

「きみたちの夕食のメニューは？」

「お茶とトーストですわ」ナナはとっさにそう答え、後悔した。なにも言わなければよかった、さもなければ嘘をつくべきだった。お茶とトーストだなんて、あまりにも粗末ではないか。「じつは、お昼にしっかり食べたので、あまりお腹《なか》が……」

彼はいきなり手首をつかんで、ナナを驚かせた。「ミス・マッシー、マルベリーには一カ月滞在するつもりでいるが、きみがもう一度嘘をついたら、明日にでも引き払う」

「ええ、艦長」ナナは消え入りそうな声で言った。「夕食はトーストです」

「で、今朝の食事は？」

ナナは首を振った。恥ずかしくて目を合わせられなかった。ワージー艦長はまだ手首を離そうとしないが、指の力はさきほどよりもゆるんでいた。

彼は手首を離し、ふたたび枕に背をもたせた。「今夜は水差しをいっぱいにしておいてくれれば十分だ。頼みがあるんだが」

「なんでもどうぞ」ナナは心からそう言った。

「船乗りの喉の痛みに効く特効薬を知っているかどうか、ピートに訊いてくれないか」

「ピートはたくさんの特効薬を作れるんですよ。シェエラザードのお話と同じくらい」

この答えに彼は微笑んだ。「そうだろうな。それに、きみの……きみのお祖母《ばあ》さんは喉の痛みを和らげる湿布の作り方を知っているだろうか？」

へんなの、お祖母ちゃんのことをどうして知っているのかしら？　ナナはちらっとそう思いながら尋ねた。「祖母のことをあなたに話した覚えはありませんけれど」

彼は混乱したように眉を寄せた。「ピートからなにか聞いたに違いないな」

「嘘ばっかり」ナナはワージー艦長の目を見て、ずばりと言った。

彼は困ったような顔をした。「ピートが外套《がいとう》を脱がせ、ぼくから服をむしりとったときに、年配の女性がここにいるのが見えた。だが、きみのような若い女性に、裸にされた話をしたくなかったのさ！」

ナナは艦長をやりこめたのが嬉《うれ》しくて、笑いながら部屋を出た。

祖母はパンの箱の下にある引き出しのなかの金庫にお金を入れた。ナナが髪を売って持ち帰ったお金はもういくらも残っていなかったから、ワージー艦長の金貨がたてた音を聞いて、ナナは安堵《あんど》のため息をついた。

「どうしてここまでしてくれるのかしら？」ナナは祖母に尋ねた。

「さあね」祖母はほとんどからの棚に目をやり、両手を腰に置いた。「ナナ、そこのスツールにのって、左にある袋を取っておくれ。艦長の喉に巻く湿布を作ってあげよう。ピートに薬屋に行ってもらわなきゃね。香油と綿が必要だから」

「それに食料品もよ、お祖母ちゃん、食料品も」ナナは言った。「明日の朝は、クリームとお砂糖がたっぷり入ったお粥を食べたいんですって」

祖母は片手をナナの肩に置いた。「ひもじい思いをさせたけど、ツキがまわってきたのかもしれないね」

一時間後、ナナは湿布を持って二階へ上がった。小麦を温め、マルベリーにまだ客が来ていたころに誰かが忘れていった靴下——もちろん洗ってある——につめただけの、シンプルな湿布だ。「こんなに親切にしてもらったのに、熱すぎて火傷《やけど》をさせちゃ申し訳ないからね」祖母はナナが持てるようにそれを布巾で包み、ワージー艦長のドアをノックするナナにそう言った。

祖母はピートが店を開けてくれるよう食料品屋を説得に行く前に、薬屋から買ってきた香油を、両手で包むようにして温めていた。

「横になったらどうです、艦長。封鎖に加わってるわけじゃないんだから」祖母は言った。「寝返りを打ってください。耳のなかにこの油を塗ってあげましょう」

彼がしたがうと、祖母は左右の耳のなかに香油をたらし、流れでてこないように綿をつめた。それからナナに湿布を巻くように合図した。

「首にまわすんだよ。ああ、それでいい」ナナが湿布を艦長の首にまわすと、祖母はうなずいた。「耳にもかかるようにね」

ナナが祖母の指示どおりにするあいだ、ワージー艦長は静かにしていた。かがみこむと、潮のにおいが鼻を突いた。できるだけさりげなく、よれよれの寝間着に顔を近づけ、においを嗅ぐと、やはり潮のにおいがする。まさか海水で服を洗うわけじゃないでしょうに。湿布を巻きおえると、祖母は艦長の体を仰向けにして、枕をふたつ重ねた。「これでいい。おいで、ナナ、ゆっくり眠らせてあげるとしよう」

祖母はそう言って部屋を出ていった。ナナもしたがおうとすると、艦長が咳払《せきばら》いした。彼女は問いかけるような顔でベッドのそばに戻った。

「明日の朝は七時に起こしてくれないか。階下《した》で朝食をとり、それから乾ドックへ行く」

「そんなのだめよ。こんなに具合が悪いのに」

「いいからそうしてくれ。これは命令だ」

「承知《アイ》しました、艦長」彼女は笑いながら答えた。「だけど、一週間はどこへも行けないと思うわ」

「それはどうかな」彼は真面目そのものの声で言い返した。「ピートに一輪車で運んでもらわなくてはならないとしても、明日は乾ドックへ行く」

ひとりになると、オリヴァーはエレノア・マッシーのことではなく、タイアレス号のことを考えようとした。ラトリフ卿の心配そうな顔が目に浮かんでくる。エレノアは父親が喜んで与えていたように見える快適な学生生活を続けようとはせずに、なんだってプリマスの極貧の生活に戻ることにしたのか？　だが、それは彼には関係のないことだ。

## 2

腹立たしいが、ミス・エレノア・マッシーの言うとおりだった。オリヴァーの状態は最悪だ。

彼は空が明るむ前に目を覚ました。喉が痛み、耳もずきずきするが、少なくとも肩の痛みは昨夜よりはましになった。まだ首に巻きついている湿布のおかげだろう。それは何時間も前に冷えていたが、小麦のにおいで彼はパンの夢を見た。イーストで発酵し、信じられないほどふわっとして、溶けかかったバターが染みこんだ、コクゾウムシなどひとつも見えないパンだ。

オリヴァーは寒かった。昨夜はすみれの花の上に嘔吐《おうと》するという屈辱的な失態を演じ、それから這《は》うようにしてベッドに横になり、世界を締めだしたことが、霞《かすみ》のかかったような頭に浮かぶ。余分の毛布が衣装だんすのいちばん下の引き出しに入っていると、言われたような気がする。ベッドをおりて、もう一枚毛布を取ってきたほうがいいだろうか？

いや、とうてい動けそうもない。

もう一枚毛布を取ってくるメリットについて考えていると、ドアが開いた。きっとメイドが、彼を寒さから救うために来てくれたのだ。ひどい痛みを感じているにもかかわらず、オリヴァーは安らいだ気持ちで、暖炉の石炭を足してもらえることに感謝をおぼえた。

そのメイドは静かに火を置いた。これまで泊まった宿には、騒々しい音をたてるメイドが多かった。あと一分もすれば、メイドは出ていき、彼はこれまでより温かくなる。余分な毛布もいらなくなるかもしれない。

だが、メイドは出ていく代わりにたんすの引き出しを開け、もう一枚毛布をかけた。しかも暗い部屋のなかでも顔が見えるほどかがみこんで、しっかりと肩を包んでくれた。それはメイドではなく、エレノア・マッシーだった。

「いま取ってこようと思っていたんだ」喉が腫れているせいだろう、まるで怒っているような声になった。

だが、ミス・マッシーはオリヴァーの口調に少しもたじろがずにささやいた。「わかっているわ。もう一枚毛布を取るためにベッドを出ようかどうしようかときどき迷うのは、この星であなただけじゃないもの」

オリヴァーはマルベリーにメイドがいればよかったのに、と思いながら、人間の性質に関するこの鋭い洞察にかすれた笑い声をもらした。かりにも子爵の娘がこんな仕事までしなくてはならないとは。その娘がたとえ非嫡出子だとしても……。

なんとひどいことを考えるんだ。非嫡出子として生まれたのは、この娘のせいではないぞ。

ミス・マッシーは毛布をもう少し引きあげ、肩をよく包んだ。「一時間後に朝食を持ってくるから、それまで眠るといいわ。そのあとで、ピートがひどい味の特効薬を持ってくるそうよ」

「朝食は階下《した》でとると言ったはずだが」

「いいえ、あなたはもう一度寝るの。これは命令です」ミス・マッシーは真顔でそう言った。

驚いたことに、オリヴァーはおとなしく目をつぶり、すぐに眠っていた。ふたたび目を覚ましたときには、太陽が昇っていた。少なくとも、淡い夜明けの光がカーテンの端からもれてくる。通りのどこかで強い風にあおられ、鎧戸《よろいど》がバタンと音をたてた。が、マルベリー亭自体はとても静かだ。住人たちと少し似ているな、とオリヴァーはのろのろと体を起こしながら思った。

できるだけそっとベッドを出て、その下からおまるを取りだし、中身を捨てるのがミス・マッシーではないことを願いながら使った。おまるをベッドの下に戻して、ぬくぬくと暖かい毛布のなかに戻る。ベッドから出ることを考えただけでいやになるが、今日はなんとしても副官のミスター・プラウディと話をしなければならない。彼を呼びつけることはできる。それにわざわざ呼ばなくても、いずれは向こうからやってくるだろう。だが、せっかく妻と久しぶりに会って甘い時間を過ごしている男を、妻から引き離すのは気の毒ではないか？　それよりも、こうしてはどうか？　バースの女学校では良家の娘たちになにを教えるのか知らないが、ミス・マッシーはおそらく読み書きができるだろう。もちろん、彼女の助力を得るにはおとなしくベッドで朝食をとって、彼女の機嫌をそこねないようにしなくてはならない。ナポレオンに対する海洋封鎖の経験から、オリヴァーは物事には柔軟に対処する必要があることを学んでいた。

それからまもなく彼女がドアをノックした。風はさきほどより少しはましになっていたが、雨が窓ガラスを叩《たた》いている。

「どうぞ」

ミス・マッシーはトレーが傾いてお粥《かゆ》がこぼれないように注意しながらドアを開けた。その後ろにピート・カーターの姿が見える。オリヴァーはもれそうになるため息をかろうじてこらえた。エレノア・マッシーは美しかった。何年も前に、妻を持つような厄介な事態には陥るまいと決心したことがありがたかった。このひそかな決意は、夫に関する知らせがもたらされることを願って港で軍艦の入港を待つ妻たちを見るたびにいっそう固くなる。取り乱し、泣き崩れる女性があまりにも多すぎるのだ。自分は最愛の女性にそういう苦悩を与えるつもりはない。

だが、美しい女性を惚《ほ》れ惚《ぼ》れと眺めるのは、禁止されているわけではない。しかしラトリフ卿《きょう》の細密画を見ていたとはいえ、それだけでは目の前のミス・マッシーの美しさへの心構えにはじゅうぶんではなかった。それに昨日はあまりに具合が悪すぎて、ミス・マッシーの美しさを堪能するゆとりがなかった。

ありがたいことに、ぼくはミス・マッシーの夫になるには年をとりすぎている。それに部下がどう思っていようとそこまで情け知らずではない。愛することで女性に心痛と嘆きをもたらし、さっさと戦うために船出して、不安にかられた女性を陸に置き去りにするようなむごい真似《まね》はできない。しかし、あの瞳……あんなに丸い大きな瞳を持つ大人の女性を、彼は見たことがなかった。それとも、美しいカーブを描いている眉がそんな錯覚を抱かせるのだろうか？　なにがこの美しさをもたらしているにせよ、彼はそれについてじっくり考えたいという気持ちにかられた。だが、そんな暇がどこにある？

目の前に絶好のチャンスが差しだされているというのに、それをつかんでなにが悪い？　オリヴァーは自分にそう尋ねた。ほかの男たちはそうしているではないか。ああ、そうとも、さもなければアダムとイヴの子孫は生まれなかったはずだ。彼はひとときの贅沢《ぜいたく》を自分に許すことに決め、ミス・マッシーの姿を目で追った。

ほおの肉がなさすぎるが、これはもっと食べればすぐに変わる。メイドが着るような服にエプロンをかけているせいで、ミス・マッシーの体つきを正確に見てとるのは難しいが、少し痩せすぎているようだ。とはいえ、あらゆる適切な場所が柔らかく、丸みをおびるまで、この点を改良するのも簡単なことだ。

ミス・マッシーはそのチャンスを与えられれば、ふっくらするタイプに見える。ばか者、なにをしているんだ？　オリヴァーはミス・マッシーを見つめながら思った。ぼくがなにを考えているかわかったら、彼女はぼくをまな板に寝かせて肉みたいに叩くに違いない。

このすべてがわずか数秒のあいだに頭をよぎった。彼女はオリヴァーの思いにはまったく気づいていない様子で、粥をこぼさずに彼の膝の上にトレーを置き、トレーのたたんだ脚を彼の脚の両側に立てることに専念していた。ピート・カーターのほうは、ミス・マッシーに無遠慮な視線を向けている男には容赦をしないように見える。

だが、生身の男であるオリヴァーは、自分の上にかがみこんでいるミス・マッシーから目を離すのは不可能だった。彼女の顔を見つめ、鼻梁《びりょう》に散っているそばかすを見て微笑した。おそらく年とともに薄れていくに違いないが、いまは彼の心をそそるようにはっきりと見える。オリヴァーはすっかりそれに魅せられた。実際、この娘に関するすべてが彼の目を楽しませた。

彼女が体を起こしてベッドから離れると、オリヴァーは抗議の声をあげそうになった。

「ご注文どおり、クリームがたっぷり入ったお粥ですわ」ミス・マッシーは両手を体の前で軽く握ってそう言った。「お砂糖をどれくらい入れればいいかわからなかったので、たっぷり器に入れてきました。お祖母《ばあ》ちゃんがとろ火で煮たりんごもどうぞ。のみこむのがたいへんだと思って、トーストはお持ちしませんでした」

ずっと自分の上にかがみこんでいてくれればいいのに、オリヴァーはそう思いながらうなずいた。かすかに薔薇《ばら》の香りがする。めったに嗅ぐことのできない甘い香りは、タールや火薬の臭いよりもはるかによかった。

オリヴァーはふたたび彼女を見た。「ミス・マッシー、背中に枕を入れてくれないか？きみはどうしてもベッドで食べさせるつもりらしいから、そうするが、病気の老人のように粥を胸にたらしたくないんだ」

彼女は枕をふたつともふくらませて、言われたとおりにオリヴァーの背中にあてた。それからアイロンを入れた引き出しからもうひとつ取りだし、それを頭の後ろにあてた。オリヴァーのこめかみを彼女の腕がかすめた。オリヴァーは天国にいる心地がした。

それがすんでミス・マッシーがベッドから離れると、ピート・カーターが進みでて、見るからにまずそうなものが入ったカップをベッドの脇にあるテーブルに置いた。「こいつは喉と耳の炎症によく効く。粥とりんごを食べたあとでぐっと飲むといい」

ピートがにやにやしているのを見て、オリヴァーはいやな予感がしながら半信半疑でそのカップを見た。「一度に飲むのか？　何度かに分けて夜までに飲んだほうがいいんじゃないか？」

「一度にぐっと飲むのがいちばんだ。あとで次のを持ってくるよ」そう言ってピートは笑った。「よく効きますぜ、艦長。絶対間違いねえ。保証つきだ」

オリヴァーはつかのま少尉候補生時代に戻り、航海長の厳しい目ににらまれているような気がした。この老水兵め。おまるを手にオリヴァーに恥ずかしい思いをさせぬようにさっさと部屋を出ていくピートを見送りながら、オリヴァーはそう思った。

ミス・マッシーとふたりきりになると、彼はがらにもなく恥じらいを感じた。それからしなければならないことを思いだした。タイアレス号よりもなによりも、エレノア・マッシーにもっと食べさせることのほうが先だ。

「ミス・マッシー、きみはもう朝食をすませたのか？」

前置きもなにもないこのぶっきらぼうな質問に、彼女は驚いてまばたきし、それからどう答えればいいか考えるような目になった。オリヴァーは嘘《うそ》をついた少尉候補生をにらむときの表情を作った。

「嘘をつかないと約束したはずだぞ」彼はスプーンを取りあげながら言った。

「あれはゆうべのことよ」彼女はそう言い返し、オリヴァーの表情を見て笑った。「ええ、たしかに約束したわね。いいえ、まだよ」

彼はスプーンを置いた。「では、きみが自分の粥を持ってくるまで待つことにする。もしも、残りがあればだが――」

「あるわ」彼女は急いでオリヴァーをさえぎった。「あなたがお代わりする分をとってあるの」

「ぼくはこれで十分だ」彼は膝の上にあるトレーを見下ろした。「きみが好きなだけよそって、戻っておいで」

彼女が黙って部屋を出て、ドアを閉めると、オリヴァーは粥を見下ろした。どうやら怒らせてしまったようだ。服を着て、彼女を捜しに行くべきだろうか？　なんのために？　謝るためか？　厳しい顔で命じるためか？　おまえはなぜ突然、ミス・マッシーの状況を改善することにこれほど熱心になったんだ？

粥はほっぺたが落ちるほどおいしかった。すでに入っている砂糖も適量で、それ以上は必要ない。おまけに痛む喉を刺激せずにするりと通ってくれた。ミス・マッシーを怒らせてしまったことが気になり、十分味わって食べることができないのが残念だ。惨めさと孤独が胸を満たした。

ありがたいことに、まもなくミス・マッシーが粥をたっぷり入れた器とスプーンを手に戻ってきた。彼女はベッドのそばに椅子を引き寄せ、彼のトレーにある砂糖壺《つぼ》に手を伸ばしながら説明した。「ありったけのお砂糖をここに持ってきたの」

オリヴァーは粥に向かって微笑《ほほえ》み、口に入れた粥がとたんにぐんとうまさを増したことに驚いた。ちらっとミス・マッシーを見ると、恍惚《こうこつ》とした表情で、粥を口に入れている。

オリヴァーはあわてて目をそらした。彼女を見ていることを知られて、詮索していると思われてはまずい。食事ごとにお相伴してくれと誘うのは大胆すぎるかもしれないが、まあ、様子を見よう。彼はそう思った。

食事が終わると、オリヴァーはピート・カーターが置いていった調合薬に目をやった。

「この特効薬のことを知ってるかい？」用心深い声で尋ねた。

「わたしも一、二度飲んだことがあるわ。それをぐっと飲んでから、アップルソースを食べたほうがいいわ」

「効くのかな？」

「ぐずぐず引き延ばしているのね、艦長」彼女がからかうようにそう言うのを聞いて、オリヴァーはほっとした。どうやらさきほど怒ったと思ったのは、彼の思い違いだったようだ。

「うむ。フランス艦隊と相対するのは少しも怖くないが……」彼はカップを手に取った。

「得体の知れないものを飲むのは……」

「臆病な真似をしたら、永久に陸の仕事にまわされて、給料も半分になるわよ」

どうやらミス・マッシーは、海軍に関する知識があるらしい。「きみはぼくの愛国心に訴えているのかい？」いまいましい樽《たる》のなかの古い水よりひどい味のものなどそうはあるまい。彼は深く息を吸いこみ、そう自分に言い聞かせながら、カップの中身を飲みほした。

思ったほどひどくはなかった。名前も知らない、知りたくもないひどい味の〝特効薬〟に比べれば、口のなかに残るきつい糖蜜とかすかなラム酒の味はまあまあだ。アップルソースをあとにするのは、いい考えだった。彼がそう言うと、ミス・マッシーは嬉《うれ》しそうな笑みを浮かべた。

「水のお代わりを持ってくるわね」彼女は立ちあがりながら言った。

「ついでに石版と鉛筆も持ってきてくれ」彼は頼んだ。「いま何時だい？」

「七時半よ」

彼は手をこすりあわせ、枕に背を戻した。ミス・マッシーがトレーを手にしてドアに向かう。「午前のベルが二回鳴るまでには、タイアレス号を見上げているつもりだ。つまり、九時には、ってことだ」ミス・マッシーが抗議しようと口を開いたが、彼はかぶせるようにこう言った。「その前に、いくつかリストを準備する必要がある。手伝ってくれないか？」

「ええ、まあ」彼女の大きな丸い瞳に警戒するような表情が浮かんだ。

この部屋で過ごすのがいやなのだな。うむ。おそらく祖母から海軍の将校に関して警告されているに違いない。この警戒心はぼくには都合が悪いが、彼女の祖母には喜ばしいことだろう。

「優先順位をリストにしなくてはならないんだ」オリヴァーは説明した。「本来なら一等航海士にメモをとらせるんだが。残念ながら、彼は結婚してまだ一年にもならない夫人の腕のなかにいる。部下に訊《き》けば、ぼくは人一倍厳しい艦長だと言うだろうが、そのぼくとて、血も涙もないわけではないよ。そういうわけだから、きみが手伝ってくれると大いに助かる」

率直な頼みだ。これなら文句は言わないだろう。ミス・マッシーのほおが初々しく染まり、いっそう愛らしくなるのを見ながら、彼は思った。「ピート・カーターに頼んでもいいんだが、彼が書けるとは思えないんでね」

「ピートが書けるのは自分の名前だけよ」彼女は言った。「艦隊では、それだけ書ければ不自由はしなかったんですもの」ミス・マッシーはオリヴァーの頼みと自分の仕事を秤《はかり》にかけるような顔で少しのあいだ考えていた。「お手伝いしてもいいわ」

「ありがたい。八時半に来てもらうように馬車を呼んでくれと、ピートに言ってくれ」

「今日は寝ているべきよ」彼女は弱々しく抗議した。

「そのとおりだが、無理なんだ」オリヴァーは艦長のようにではなく、理性的に聞こえるように説明しようとした。「喉が炎症を起こしているからといって、ナポレオンが手加減してくれるとは思えない。耳の痛みなどもっと気にしないだろう」

まさか彼がナポレオンを持ちだすとは思わなかったらしく、ミス・マッシーは潔く引きさがり、「ええ、とくにあなたの耳にはね」と憎まれ口をたたきながら立ち去った。

ナナは静かに階段をおりた。お粥を持ってワージー艦長の部屋へ戻ったのは、彼が階下で一緒に食べると言いだすのを恐れたからだった。彼は率直だし、ぶっきらぼうだ。でも、プリマスに戻ってからの歳月で出会った海の男たちはみな似たようなものだったから、とくに腹は立たなかった。驚いたことに、ナナのことを心配してくれているらしい。でも、なぜわたしにちゃんと食事をとらせるのが自分の義務だと感じているのかしら？

「会ったばかりなのに」ナナは階段を見上げながらつぶやいた。

階段をおりたところにある居間に入ると、そこを通り抜け、隣にある同じくらい狭い食堂に入った。祖母からワージー艦長の席を準備するように言われて、八つあるテーブルのうちのひとつに備えたひとり分の皿とナイフやフォークが、なんだか愚かしく見えた。ナナはそこに腰をおろし、この春亡くなったマルベリー亭のもうひとりの宿泊客のことを思った。

ミス・エドガー。ナナが知っているのは姓だけで、名前のほうはとうとう最後までわからずじまいだった。ミス・エドガーは家庭教師で、港の管理官一家に住みこんで働いたのが、最後の仕事になった。運悪く、管理官のふたりの娘が成長し、ミス・エドガーの助言や教育を必要としなくなったときには、ほかで仕事を見つける費用もその気力もなくしていた。それにヨーロッパのさまざまな首都に関する記憶がぼやけはじめている老女から、いささか時代遅れのフランス語を学びたいという人間はそういるものではない。

ミス・エドガーはマルベリー亭に部屋を借りた。値段は安いが清潔だったからだ。しかし、つましい蓄えは五年で底をついた。ナナが十五歳の誕生日のときから、休日にプリマスを訪れるたびに、ミス・エドガーは自分だけしかいない食堂にぽつんと座って食事をとり、居間にひとりで座って夜を過ごしていた。

ナナの祖母は、ミス・エドガーに緑のフェルトを張ったドアの先にある、建物の裏手の自分たちの住まいにミス・エドガーを招こうとした。「あたしはただ、あの人がひとりでいるのが気の毒で、一緒に食事をしてはどうかと思っただけなんだよ」祖母は傷ついた声でナナに言ったものだ。「だけど、あの人は端《はな》っから受けつけなかった。あたしらとは格が違う、ってね」

蓄えが尽きたあと、ミス・エドガーは本来なら放りだされる運命にあった。だが、ナナがバースからプリマスに帰ってくると、ミス・エドガーはまだマルベリー亭に滞在していた。

「放りだすわけにもいかないじゃないか」ミス・エドガーが階段を上がって自分の部屋へ行ったあと、祖母はそう言った。「あたしらが用意するものを食べて、宿賃も払わずに泊まっているってのに、あの人はお金が尽きたことを決して口にしないし、あたしら下々の人間とは決して打ち解けないけどね」

ナナはワージー艦長のために用意したナイフやフォークを集めたものの、立ちあがろうとはしなかった。ナナの祖母が最後の病にかかったミス・エドガーの看病をして、死んだミス・エドガーの目を閉じ、お墓に埋めるために遺体を整えてから教区の墓地協会に連絡を取ったのは、ほんの数カ月前のことだ。貧困者が死ぬと、この協会が遺体をマツの棺《ひつぎ》に入れ、墓石のない墓に埋めてくれるのだ。

ナナは祖母とふたりで、ミス・エドガーの部屋を片づけたが、そこに残っていたのは、何メートルものレース編みと古い本が数冊、ひと束の手紙だけで、お金になりそうなものはなにもなかった。ナナが衣装箱からすり切れた服を出していると、祖母が涙のあふれる目でナナの腕をつかんだ。「ミス・エドガーが心を開いてさえくれたら、あたしたちは友だちになれたかもしれないのに！　もっと悪いことに、あたしはおまえがミス・ピムの女学校で勉強して、ミス・エドガーみたいな仕事に就いてくれたらと思っていたんだよ」

ナナは黙って祖母のほおに唇を押しつけた。何年も前にミス・ピムから、私生児として生まれた女性に子どもの教育を任せる親などどこにもいない、だからナナがその仕事に就くことは決してできない、と微妙な言いまわしで告げられていたのだ。でも、祖母がそれを知る必要はない。祖母には、二度とマルベリー亭を離れるつもりはない、と言っただけだった。

それから何分か、ナナはがらんとした食堂に座り、窓を叩く雨の音を聞きながら、階級や地位、それにこだわる愚かしさについて考えていた。ワージー艦長は宿の経営者や下働きの人間と食事をともにするよりも、がらんとした食堂で食べることを選ぶだろうか？

ピートは出かけていたが、裏の部屋では祖母と下働きのサルが、最後のお粥を食べおえるところだった。「ワージー艦長がわたしにメモをとってほしいんですって」ナナは祖母が帳簿を入れておく引き出しから石版と鉛筆を取りだしながら言った。「水ももっと欲しいそうよ」そう言ってサルに笑顔を向ける。「もう少ししたら、髭剃《ひげそ》り用のお湯を持ってきてくれる？　乾ドックに出かけるらしいの」

「あの様子じゃ、立ちあがるのも無理だろうに」祖母が言った。

「でも、きっと行くわ」

「あんなに具合が悪いのに、この雨のなかを出かけるなんて自殺行為だよ」

祖母は彼の部屋に戻るのを反対するかもしれないと思ったが、小声でそうつぶやいただけだった。そして新しい湿布を作るために残った小麦に手を伸ばした。

鉛筆を耳にはさんで石版を小脇に抱え、水差しを片手で持つと、ナナはワージー艦長の部屋へ戻った。静かにノックしたが、答えがない。もう一度やはり静かにノックしてから、部屋のなかをのぞきこんだ。

ワージー艦長は眠っていた。階下に戻ろうか？　ナナはちらっとそう思ったが、彼が一時間後には乾ドックに行くと言ったのを思いだし、静かに水差しを置いて、ふたたびベッドのそばに腰をおろした。

そして彼が寝ている姿勢に心を打たれた。両手をお腹《なか》の上に重ね、ベッドの真ん中にまっすぐに寝ている。まるで納棺された遺体のように。この不吉な思いが浮かんだとたん、背筋を震えが走った。しばらくワージー艦長を見ているうちに、その理由に思いあたった。ハンモックや狭い寝台で寝相を悪くすれば、デッキに落ちてしまう。

この人は寝返りを打つことがあるのかしら？　ナナは好奇心にかられた。それはともかく、おそらく彼にしては穏やかな顔で眠っている。薄い唇の上のまっすぐな鼻は細くて高い。暗褐色の髪は、こめかみのところに白いものがちらほら交じっている。丸みをおびたかすかな傷が、そこからほお骨の下にかけて、右の鼻孔のすぐ近くまで延びていた。バーバリー・コーストの海賊とでも戦ったのかしら？　それとも、必死に応戦するフランス兵が飛ばした四つ爪のフックにでもやられたの？

ワージー艦長は、人の食事のことまで気にかけるべきじゃないわ。自分だってこんなに痩せているのに。とても安らかな感じに重ねられた両手は、太い血管が浮きあがっている。これでも冬になって色褪《いろあ》せたのだろうが、スペイン沖に容赦なく降りそそぐ陽射《ひざ》しで温かいマホガニー色に焼けた顔のなかで、両目が落ちくぼんでいた。目のまわりには、なにものも取り除くことができないほど深いしわが刻まれている。もう何年もプリマスに住んでいるナナは、海の真ん中で過ごす男たちのしるしをよく知っていた。

ワージー艦長が急に咳《せ》きこみ、つばをのみこもうとして喉の痛みにたじろぎ、なにやらつぶやきながら目を開けた。彼はしばらく天井を見ていたあとで、ようやく自分がどこにいるか思いだしたようだった。

ナナの気配を感じたに違いない。彼はまだ天井を見たまま話しかけてきた。

「いつもこうなんだよ、ミス・マッシー。目が覚めると、まず頭上にある羅針盤を見る。この天井の梁《はり》から羅針盤をさげれば、ほかの艦長もマルベリー亭に泊まる気になるかもしれないぞ」

「海にいる時間が長すぎるんだと思うわ、艦長」ナナは笑いながら答えた。

「それはたしかだな」

「寝返りを打って横を向いても、ここなら大丈夫よ」ナナはそう言ってからかった。「マルベリー亭はエレガントな高級宿屋とは言えないけど、ベッドが傾いてお客を床に放りだすことはないもの」

「長年の癖を直すのは不可能に近い」彼はそう言ってから、横を向いてナナと目を合わせた。「仕事にかかる前に、衣装箱からタールを塗った袋を持ってきてくれ」

ああ、それでずっとタールの臭いがしていたのね。ナナはそう思いながら彼の指示にしたがった。

「そこには航海日誌が入っているが、いま必要なのは登録簿だ。小さく巻いて麻紐《あさひも》で縛ってある。それを開いて、そこにある名前を読みあげ、その横にぼくが言う数字を入れてくれないか」

ナナは名簿を見つけ、麻紐をほどいて、巻いてある紙を開いた。でも、それを読む前に、彼のカップに水を注いでやった。ワージー艦長は一気に飲みほし、続けてもう一杯飲んだ。そしてカップをナナに返すと、両手を頭の後ろで組んで枕に背をあずけた。ナナがそばにいてもくつろげるかのように。ナナはそんな彼の仕草に思いがけず心を打たれ、彼がゆっくりと注意深く手を動かすのを笑みを含んだ目で見守った。

彼がリスト作りに取りかかる必要があることはわかっていたが、ナナはついこう訊いていた。「艦長、その傷はどうしてできたの?」

「カリブ海の海賊が投げた四つ爪のフックにやられたみたいだろう?」

ナナは驚いて目を見開いた。

「がっかりさせて悪いが、これはイーストボーンの牧師館で、子どものころ木から落ちて、鋭い枝にぶつかったときの傷さ」

ナナは失望を隠そうとしたが、どうやらうまくいかなかったようだ。

「四つ爪フックの傷なら、左の脇の下にあるよ」彼がわざとらしい真剣な表情でこう言い、片目をつぶった。「弾の穴のすぐ横に」

「嘘ばっかり」

「嘘なものか！　それで、どこまで行ったかな？」

わたしがいる世界はあなたの世界とはまるで違うのね、ナナは登録簿を膝に広げながら思った。わたしの人生はそれに比べたらなんて平凡なのかしら。艦長に目をやると、驚いたことにまるで彼女の顔を頭に刻みつけるかのようにじっと見つめている。

「艦長、ひとつ訊いてもいい？」

「いいとも」

「怖くなったことがある？」ナナはこの問いを口にしたとたんに後悔し、赤くなった。こんなことを訊くなんて、よっぽどばかだと思われるわ。

「常に怖いよ、ミス・マッシー」ワージー艦長はしばらく考えたあとでそう言った。「タイアレス号が沈むのが怖いし、部下がけがをするのが、死ぬのが怖い。ぼく自身がそうなるのも怖い」彼はふたたび天井に目をやった。「まあ、そういう順序であるべきだろうな」

「ごめんなさい。ばかな質問だったわ」ナナは口ごもった。

「いや、正直な質問だ。だから正直に答えたんだよ」彼はまっすぐナナを見た。「イギリスを戦禍から守っているのは、ぼくが乗っているような軍艦だけだ。プリマスの生活も苦しいとは思うが、海上封鎖を敷いているわれわれのほうがはるかに厳しい状況にある。それにスペインやポルトガルの人々はどうだ？　オポルトはもうそれほど長くフランス軍との戦いに持ちこたえられるとは思えない。ナポレオンとスールト元帥が地獄に堕《お》ちてくれれば、どれほど多くの国が喜ぶことか。ジョン・ムーア卿の軍隊にしても、もう一日戦いを生き延びたら奇跡のようなものだ。ああ、ぼくは怖い。だから片足をお棺に突っこむことになったとしても、九時に乾ドックへ行く必要があると言っても、怒らないでもらいたい。どうしても行かなくてはならないんだ」

ナナはショックを受けて艦長を見つめた。彼も同じように驚いた顔で見つめ返してくる。まるで、自分の口から出た言葉に驚嘆しているかのように。ナナは彼の顔に浮かんだ驚きが苛立《いらだ》ちに代わり、それから一抹の悲しみを秘めた表情へと和むのを見守った。

ふたたび口を開いたときには、ワージー艦長はまるで謝っているように聞こえた。「ミス・マッシー、その……たったいまぼくが言ったことは、海軍省の高官以外は誰ひとり知らないことだ」

「でも、誰かに言う必要があったのかもしれないわ」ナナはしばらくしてから言った。実の父親が娘に計画していたぞっとするような将来について祖母に打ち明けたときは、肩の荷がおりたような深い安堵《あんど》をおぼえたものだった。「悪い知らせは自分だけの胸に秘めておくよりも、誰かに話したほうが気が楽になるものよ」ナナは声を落とした。「この戦争はそんなにひどい状況なの？」

「ああ。いま話したよりも悪いくらいだ」彼は片手で目を覆った。「乾ドックに行かなくては。そこの船大工長に会って、修理には最短でも二カ月必要だという彼の説明に耳を傾け、それから脅しつけてなんとか三週間で終わらせるという確約を取り、それが終わったら、食料品の供給者をなだめすかして、食糧と水を大急ぎで調達してもらわなくてはならない」

「わたしにお手伝いできることがあればいいのに」

だが、ナナにはなにひとつできることはなかった。有力なコネなどひとつもないし、役に立つ助言もない。彼女は大英帝国の誰よりも無力な人間だ。

なぜだかわからないが、どうやらワージー艦長はそう思っていないらしく、ふたたびじっとナナを見て、短く応えた。「もう手伝ってくれたよ。ぼくの話を聞いてくれた」

「それくらい、誰でもするわ」

「いや、そんなことはない。ぼくの経験では、不安を感じたり、戸惑ったりすると、人は話題を変えるものだ」彼は深く息を吸いこんで言った。「この国の政府のトップにいる人々ですらね」

ナナは言葉もなく彼を見つめた。この人はわたしに決して嘘をつかない。でも、そんなことは関係ないわ。ドレイク亭のほうが快適に過ごせることに、そのうち気づくに違いないもの。そしてここを出て、二度と会うことはないでしょう。ええ、この人に見倣って、わたしも嘘をつかずに現実を見つめるべきだわ。

# 3

ナナは膝の上の登録簿を見下ろした。「始めましょうか？」

ワージー艦長はうなずいて、スペインからどちらの方角に風が吹いているかを教えてくれる羅針盤が、そこにあることを願うように天井を見上げた。

登録簿には二百人の名前があったが。三十四門の大砲を持つフリゲート艦には、十分とは言えない。ナナが名前を読みあげるたびに、彼は一、二、三、四のいずれかを横の余白に書きこませた。

「この数字はなんのためなの？」ワージー艦長の指示が終わると、ナナは尋ねた。

「乗組員に与える上陸許可の順番だ。一の五十人がまず五日間の上陸許可をもらう。続いて二、三、四と同じことが繰り返される」彼は低い声で笑った。「ほかの艦長は、上陸許可を出すこと自体、狂気の沙汰だと思うだろうが、ぼくの艦には、脱走兵の問題はほとんどないんだ」

さきほど極秘機密をもらしてしまったばかりだというのに、ワージー艦長はまだナナと話したがっているようだ。きっとわたしがその機密をどうすることもできないとわかっているから、安心しておしゃべりができるのね。ナナは思った。ワージー艦長はナナにはなにを言っても安全だと本能的に感じているようだった。もちろん、彼の直感は正しい。ナナには艦長の話で得をするような知り合いはひとりもいなかった。ワージー艦長にはそれがわかっているのだ。

少なくともナナはそう理屈をつけた。さきほどのワージー艦長のように鋭い目でじっと観察したわけではないが、ナナはワージー艦長を見て、この人は厳しい顔をしているけれど、恐れる必要はまったくない、と判断した。それにさっきは怖いと言ったが、おそらくライオンよりも勇敢なのだろう。

ナナは彼の笑顔が見たくなった。「乗組員が脱走しないのは、あなたが毎晩部屋を暖めて、寝かしつけてあげるからなの？」

ワージー艦長は声をあげて笑い、ナナの期待に十二分に応えてくれた。「いや、いちばんの理由は、ハンモックを揺らしながらお話をして、子守唄を歌ってやるからだと思うね」

今度はナナが笑う番だった。艦長の目をのぞきこむと、そこには笑いがきらめいていた。

「それと、明かりを消す前にあげる温かい牛乳のおかげね」

「そのとおりさ。正直に打ち明けると、ぼくは紙幣でカップを包んで渡すんだよ」彼は笑いながらつけ足した。「タイアレス号は海峡艦隊の所属で、われわれは海軍の命令のもとに任務を遂行することになっているが、近頃はなんでもかんでも金が物を言うからね」彼はナナを見た。「こんな話は退屈かい?」

退屈どころか、何時間でもこうしていられそうだ。「あなたの話で退屈することなんか、ありえないと思うわ。プリマスのここの生活には、ほとんど変化がないの」

「ぼくの軍艦はいつ海軍省から特殊任務を与えられるかわからない。海軍の命令は厄介な場合が多くてね」

まるで自慢しているようだと思ったのか、彼は顔をしかめた。

「だが、誰かがしなければならないことだ。じつは、敵の船を拿捕《だほ》したときは、その報奨金を艦隊のすべてと分ける必要はないんだよ。だから当然、艦長から、もっとも低い階級の見習い士官まで、乗組員ひとり当たりの分け前が大きくなる。彼らがぼくを愛しているのはその金のためさ」

ナナはそんなことはこれっぽっちも信じなかった。それを見てとったらしくワージー艦長が尋ねた。

「脱走兵が出ない説明がほかにあるかい?」

「あなたが公平だからよ」

「きみはぼくを知りもしないのに」

「ええ、知らないわ」ナナは赤い顔でうなずいた。なんだか部屋のなかが急に暑くなったようだ。「そろそろピートに、馬車を呼んでくるように言いましょうか？」

彼はそろそろと体を起こした。「いや、もうひとつ頼みたい。さっきの袋のなかを見てくれないか？　修理と書いた折りたたんだ紙が入っているはずだ。そこにいくつか書きこんでもらいたいことがある」

ナナはふたたび腰をおろし、ひどい臭いに顔をしかめながら袋を取りあげ、その紙を見つけた。

「ああ、それだ。タイアレス号が乾ドックに入ったら、すぐに船大工長に渡せるように、原本は航海長に預けてあるんだよ」

彼の指示を聞いて、ナナは二箇所にチェックを書き加え、その紙を渡した。ワージー艦長はざっと目を通し、ふたたびナナを見た。「よし。ピートに馬車を呼んでくるように頼んでくれ。着替えをすませて、用意をしておく。それと、こんなことを頼んですまないが、ドレイク亭にいる副官に手紙を書くから、それを届けてくれないか？　彼を煩わせるのは気が進まないんだが、乾ドックに足を運んでもらう必要がある」彼はそう言ってにやっと笑った。「奥さんの腕から出るのはつらいだろうが、辛抱してもらわなくてはならん」ナナは唇を噛《か》んで笑いをこらえた。

あとのほうは聞こえなかったふりをすべきだということはわかっていたから、ナナは唇を噛んで笑いをこらえた。

だが、ワージー艦長に気づかれてしまったようだ。「ミス・マッシー、きみのお祖母《ばあ》さんから、それに間違いなくピートから、わが国の海軍兵士とは決してかかわりあうな、と警告されているに違いないな。海軍兵士はとにかくみだらで、しつこい連中だからね」

ナナは笑いながら立ちあがった。

「うむ。女性の笑い声を聞くのはいいものだ」ワージー艦長は真顔でそう言った。いや、これも冗談かもしれない。「それはともかく、水兵たちを相手にするときには、気をつけることだ、ミス・マッシー。では主甲板の下で、いや階下《した》で会おう」

「承知《アイ》しました、艦長」ナナは笑いながら答えた。だが、ワージー艦長はまるでひとりになりたくないかのように彼女を呼び戻し、雨が流れる窓を示した。「こんな悪天候のなかに送りださねばならないのは気がひけるな」彼はどう切りだせばよいか考える時間を稼ぐように、咳払《せきばら》いをひとつした。「きみの髪はずいぶん短いんだね。ひょっとして、最近まで具合が悪くてふせっていたのかい？　だとしたら、ミスター・プラウディに手紙を届けるのは、ほかの誰かに頼むことにしよう」

今度はナナが髪に手をやり、時間を稼ぐ番だった。どう説明しようか？　冗談にまぎらせ、髪が重たすぎて邪魔だったし、うなじがちくちくしたから切ったの、と笑うこともできる。でも、真実を正直に告げることもできる。ワージー艦長の治める世界では、正直であることが大切なようだ。

「かつら屋に売ったの」ナナはまっすぐ彼を見て言った。「お金が必要だったから」ナナは一刻も早くこの部屋を逃れたくてドアを開けた。彼の目が悲しそうにくもるのを見たあとは、なおさらいたたまれなかった。「わたしは健康よ、艦長。どんなお天気でも手紙を届けられるわ」

ナナは部屋を出て、ドアを閉め、それにもたれた。息が乱れ、なぜかめまいまで襲ってきた。ワージー艦長のところに戻って、自分の胸に押しこめている心配をすっかり話すことができたら、どんなにほっとするだろう。お金もなく、結婚できる見通しもなく、恥知らずの父親は、娘を利用する道具としか考えていない。マルベリー亭は遠からずつぶれそうだし、そうなれば屈辱をしのび、教区の人々のあまり頼りにならないお情けにすがるしかないのだ。

彼はいまでもたくさんの心配事を抱えているのよ。ナナは自分にそう言い聞かせ、階段をおりはじめた。少なくとも、手紙を届けるくらいはわたしにもできる。それにたとえマルベリー亭がデヴォンの海岸一みすぼらしい宿屋だとしても、彼の滞在を快適なものにする方法はあるはずよ。

オリヴァー・ワージーはゆっくり着替えた。途中で何度か耳の痛みがひどくなり、部屋がまわりはじめて、横になった。彼は最悪の気分だった。できることなら、もう一度毛布のなかにもぐりこみたいくらいだ。明日はゆっくり休めるかもしれない。とにかく出かけ、最低限必要なことを取り決めるとしよう。タイアレス号の修理が始まれば、船大工はむしろ彼が顔を出さないほうが喜ぶに違いない。

マルベリー亭でのんびり過ごし、気が向いたら本を読み、うまいものを食べて、いくつか手紙を書く。しばらくはそういう毎日が送れるかもしれない。海軍省の命令で、シティに何日か滞在しなくてはならないとき、ロンドンのホテルに泊まっている人々は、よくそうしているようだった。だが、オリヴァーにとってはそんなゆとりのある生活は、いわば世界の七不思議のひとつ、実際には想像もつかなかった。

それに、誰に手紙を書けばいいのか？　両親はどちらも死んでいる。ともに切磋琢磨《せっさたくま》した同僚も、不運に見舞われ、海の上で敵に遭遇するか、ひどい嵐に襲われるか、強風にあおられて座礁し、命を落とした者が多い。残りは海上で任務に就き、彼同様、返事を書く時間などない。何年か前、彼はナポリで出会った税関吏の未亡人に、一、二度手紙を書いたことがあった。だが、三年後にあの疫病が流行《はや》っている町に彼女を訪れると、すでに再婚して母親となり、またしても未亡人となっていた。彼も海の男が持つ迷信を持っていたに違いない。その女性と結婚するのはあまりに不吉に思えて、二度と彼女のもとには戻らなかった。

それが五年前のことだ。当時彼は二十五歳で、まだ万事に楽観的だった。二度と結婚のことなど考えまいと決意してナポリ港を離れ、この五年はそうしてきた。だからエレノア・マッシーのような魅力的な女性も、彼に危険を感じる必要はない。決して女性に心を動かされないと自分自身に誓ったのだし、実際、そのつもりでいるのだから。

これは艦隊の男たちが話題にする事柄ではなかったが、妻と離れて長いこと海にいる男たちになにが起こるか、彼はよく知っていた。酒で寂しさをまぎらす者もいるが、たいていはひどく寡黙になり、苛々《いらいら》して仲間や部下に当たり散らす。

おそらく、夫の帰りを待つ妻は、もっとつらい思いを味わうのだろう。リトリビューション号が二年にわたる航海を終えて港に戻ったときのことを、彼はいまでも忘れられなかった。埠頭《ふとう》にずらりと並んだ妻たちの姿を。艦長に自分たちの夫が命を落とし、遠くの港に葬られた、あるいは海の真ん中で水葬されたと告げられ、泣き叫ぶ者や気を失う者もいた。これは艦長の義務のなかでは最悪の部類に入る。自分は決して妻にそういう苦しみを与えたくない。オリヴァーのこの決意は年とともに深まるばかりだった。

だが、エレノア・マッシーは……静かな部屋にいて、ふだんよりもはるかに時間のあるいま、オリヴァーは彼女のことを考えずにはいられなかった。彼は髭《ひげ》を剃《そ》りながら小さな鏡に映っている顔をじっくりと見た。そこには若く美しい女性の気持ちをそそるようなものは、なにひとつない。自分では常に厳しい顔をするつもりはない。ほかの男たちと同じように声をあげて笑うのが好きだ。だが、最近は笑いたくなるようなことがあまりなかった。女性は気の利いた会話で楽しませてもらいたがるものだ。

それなのにぼくはなにをした？　海峡の状況がどれほど厳しいかを話して、あの魅力的な娘を怖がらせた。オリヴァーは遅まきながら自分を叱った。もっと平和なときであれば……ナポリの女性と出会ったのはそういう時期だったのだ。徴兵のための大規模な催しや、夜会で、ほかの将校がロマンティックな海の生活を話してレディたちを楽しませるのをさんざん見てきたというのに、なぜミス・マッシーの心をくすぐるような明るい話を思いつけなかったのか？

まあ、たしかに浮ついた話は彼にはできない。真実を醜い飾りで覆うのは昔から嫌いなのだ。しかし、ところどころに罪のない嘘《うそ》を交え、ミス・マッシーを笑わせて、彼女の抱えている問題から気をそらしてやるくらいはできたはずだ。

彼は洗濯してある最後のベストのボタンを留め、襟元にスカーフを結んだ。厳しい顔で船大工長をにらみつければ、歯の浮くようなお世辞を言ったり、ぺこぺこ頭をさげたりしなくても、タイアレス号の修理にかかる時間を短縮してもらえるかもしれない。それにおべっかなど、おそらく使うだけ無駄だ。修理を急がせる艦長はイングランドのどこの乾ドックにもいやになるほどたくさんいる。スコットランドの港ですら、例外ではないのだ。

支度が終わると、暖炉のすぐ横に置いてある小机の前に腰をおろし、急いでミスター・プラウディ中尉宛に、乾ドックで会いたいという手紙をしたためた。あとは中尉がどうにか妻のそばから離れられることを願うしかない。三人のうちではもっとも階級の低い二等航海士のラムスールは、すでに乾ドックにいる。三人揃《そろ》えば、即座に返事をしなければ脚を折るとか、奥さんや娘を襲う、銀行の預金を奪う、などと船大工長を脅すこともできるかもしれない。

　オリヴァーは手紙に署名した。こんな考えが頭に浮かぶとは、だいぶ頭がイカれはじめているようだぞ。そう思ったとき、ひづめの音が聞こえてきた。彼は窓を開け、身を乗りだした。「いまおりていく」そう叫ぶと、まるで火を噴くような喉の痛みに襲われ、即座に後悔した。

　彼がおりていくと、ナナは誰もいない居間で暖炉の埃《ほこり》を払っていた。彼女が微笑《ほほえ》みかけてくるのを見て、オリヴァーは自分が女性の魅力に影響を受けないことを感謝した。それにしても、なんという美しさだ。こんなに輝く肌を、これまで見たことがあったか？イギリスの南西にある海岸の湿気は、ヨーロッパのどこよりも透明感のある肌を作りだすという話には、多少の真実が含まれているのかもしれない。

　オリヴァーは書いたばかりの手紙を差しだした。「自分で届けてもいいんだが、まっすぐ西にある乾ドックに行くつもりなんだ」

「喜んで届けるわ、艦長」手紙を渡したとき、ナナの指がオリヴァーの指をかすめた。

「ちょうど祖母にも〝食糧の再補給〟を頼まれているの。あなたたちはこう言うんでしょう?」

「そうだよ」オリヴァーは帽子をかぶり、てっぺんが低い天井をかすめるとふたたびそれを取った。「コクゾウムシが湧いたビスケットはごめんだぞ。耳のない白いパンがいい」

ナナは笑った。「なかにパンしか入っていないパンをちょうだい、と頼むわ」

ナナはエプロンをはずしながら、先に立って廊下に出た。おかげで彼はそそるように揺れるスカートをよく見ることができた。それに両手でつかめそうなとても細い腰も。ナナは外套《がいとう》をはおり、袖のなかに手紙を入れて、帽子を手にしてそこに立っている彼を残して出ていった。

御者は彼をプリマス市街から五キロほど離れた、タマー川の東の土手にある乾ドックへと運んでくれた。主帆と索具装置を取り去られたタイアレス号は、いかにもわびしげに見える。まるで愛らしい女の口から突きでた歯のように、折れたマストがすっきりした線をそこなっている。その近くには二等航海士のラムスール少尉と船大工長が立っていた。

物事は最初が肝心だ。オリヴァーは御者に金を払い、心を引きしめた。タイアレス号を万全に戻し、三週間後には海に戻るために必要なら、どんな戦いでもいとわない。ふたりに向かって歩きながら、彼はエレノア・マッシーのことを思った。すると雑巾を手にしてにっこり笑いかけた姿が目に浮かび、またしても独身で通すと決めたことを神に感謝した。

ふつうなら、これだけ痛めつけられた軍艦の修理には二カ月はかかるだろうが、それをなんとか三週間に縮めてくれるよう船大工長を説得できれば、文句なしにすばらしい。たとえ四週間でも、交渉の結果に満足できるだろう。その分長くミス・マッシーから微笑みを引きだす方法をもっと見つけられるかもしれない。結婚するつもりはないのだから、それで十分だ。

ドレイク亭に着くころには、ナナはワージー艦長から預かった手紙をどうするかじっくり考え、フィリオン夫人に渡すのがいちばんだと決めていた。プラウディ夫妻の部屋をノックして、ふたりがなにをしているにせよ、それを邪魔するはめになるのはごめんだ。そういうデリケートな仕事は、ドレイク亭の女主人に任せるにかぎる。

だが、二十年も宿屋を経営してきたフィリオン夫人は、そういうデリケートな配慮とは無縁だった。ナナから手紙を受けとると、彼女は笑いながらナナに顔を近づけ、内緒話のように声を落としてこう言った。「あのふたりは、今朝の食事にさえおりてこなかったのよ、ナナ。朝食は宿代に含まれているってのに。新婚のカップルはこの商売にとっちゃ上得意だわ！」

今日は、フィリオン夫人のおしゃべりにつきあってはいられない。ここに来たのは、手紙を届けるためで、このあと夕食の買い物をしなくてはならないのだ。ナナは口のなかで曖昧につぶやき、ドアへと戻りかけた。こういう話を聞かされるよりも、たとえさっきより本降りになってきたとはいえ、外の雨のほうがまだましだ。

でも、結局フィリオン夫人が戻ってくるのを待つことにして、入り口に置いてあるラックに濡《ぬ》れた外套を掛けた。マルベリーがとても必要としていたお客を送ってくれたことに、よくお礼を言っとくれ、祖母にそう頼まれたのを思いだしたのだ。

フィリオン夫人はしばらく戻らず、おりてくるとすぐに一緒に来いとナナに合図してキッチンへ向かい、昨日のスープを器に盛ってくれた。お腹《なか》はすいていないの、ナナはそう言いかけたが、思い直した。ワージー艦長がずっとマルベリー亭に泊まるとはかぎらないのだ。

「昨日の残りだとしても、そのスープはとてもおいしかった。ナナは食べられるだけ食べてから、ようやくスプーンを置いた。「フィリオン夫人、ワージー艦長をうちに送ってくださって、ほんとにありがとう。お宅も満室じゃないのに。祖母もわたしも、心からご厚意に感謝しているんです」

フィリオン夫人は首を傾《かし》げた。「それがおかしな話なのよ、ディア。わたしがワージー艦長にマルベリー亭を薦めたわけじゃないの。ミスター・プラウディとミスター・ラムスールと外科医が揃ってここに来たときには、艦長は自分の所持品箱《シー・チェスト》をいつもの部屋に運んでおくようにと命じて、馬車でロンドンへ発《た》ったのよ」

「あら、どうして気が変わったのかしら？」ナナは驚いて尋ねた。

フィリオン夫人は無造作に肩をすくめた。どうやらとくにその点を気にしているようには見えない。「彼をお宅に送ったことを謝らなくちゃと思っていたくらい」

それはいったいどういう意味かしら？　ナナは頭に浮かんだ疑問を口にした。「謝るって？」

誰かが裏口をノックした。フィリオン夫人はそちらに目をやり、細く開いた戸口の向こうにいる、四分の一頭分の牛の肉を肩に担ぎ、まだ羽毛をつけたままの鶏をベルトからさげた男に入れと合図し、ため息をつきながら立ちあがった。「やれやれ、貧乏暇なしとはよく言ったものね」彼女はナナに顔を戻した。「ワージー艦長はとても陽気な人物とは言えないわ。考えてみると、あの薄い唇を引き結んだ骸骨みたいな艦長は、笑ったこともないんじゃないかしら。それにめったに口もきかないし」

「あら、ワージー艦長はよく笑うわ。それによくしゃべるわ」

フィリオン夫人は配達の男のことを忘れ、驚いてナナを見つめた。「オリヴァー・ワージーが？」

「ええ……そうよ。それが艦長の名前なら。だけど、とても痩せていることはたしかね。彼が言うには……」ナナは急に曖昧な声になった。艦長はわたしにいろいろなことを話してくれた。でも、それをほかの人に話すべきじゃないわ。「たしかに彼は、少し厳しいかもしれないわ」ナナは矛先をそらそうとフィリオン夫人の言葉に同意した。ゴシップに目のないフィリオン夫人にあれこれ詮索されたくない。

さいわい、夫人にはナナを問いただしている時間はなかった。「そういう奇跡が起きているとしたら、キリストの再臨は、わたしたちが思っているよりずっと近いに違いないわ」彼女はそうつぶやきながら、配達の男が入りやすいようにドアを大きく開けに行った。ナナはスープのお礼にお辞儀をして、急いでキッチンを出た。

冴えない顔つきのプラウディがいかにもしぶしぶといった様子で階段をおりてくるのを見て、ほんの一瞬、ナナは国中の居間に配られたちらしにある、ネルソン卿《きょう》の口上をこの男に聞かせたくなった。〝イングランドはあらゆる男が自分の義務を果たすことを期待している〟と。でも、見ず知らずの人にそんな無礼なことはできない。

　ミス・ピムが見たら発作を起こすだろうが、ナナは自分から彼に話しかけた。「あの、プラウディ中尉ですか？」

彼はそうだと答えた。

「ワージー艦長がうちの宿屋に泊まっているんですけど、どんな料理がお好きかご存じですか？」

プラウディは、ちょうど紳士が使用人にするように、ナナのお辞儀にうなずいてみせた。「艦長はステーキとエール・パイがお好きだ。それに鱈《たら》の料理はほぼみな好きだな。鱈とポロネギがとくに」彼はふたたびうなずいて、馬車を呼びに出ていった。

ナナは買い物リストにポロネギを加えた。食料品店で手にしたお金を見せると、店主はせっせとそこにある品物を集め、おだてすかさなくても、昼過ぎにはすべてマルベリーに届けると約束してくれた。雨で滑る敷石に気をつけながら、ナナはそれから波止場に向かい、いきのよさそうな鱈を選んだ。

「なんだかわたしをにらんでいるみたい」ナナがそう言うと、魚屋は出刃包丁で頭を切り落とし、茶色い紙に包んで紐《ひも》で縛ってくれた。鱈はナナのかごからそれほどはみださなかった。

いつのまにか雨がやみ、キャットウォーターから乾ドックにかけて大きな虹がかかった。あれが吉兆だといいけど。ナナはそう思いながらマルベリー亭に戻りはじめた。ワージー艦長が海上封鎖に戻りたくてじりじりしていることはよくわかっている。虹だけでは、願いがかなうかどうか少々心もとなかったから、ナナは少しばかり後押しするために、セント・アンドリュース教会の前で足を止めた。

教会の扉は開いていた。きちんと包まれてはいるものの、鱈を持ったまま主の家に入ってもいいものかどうか、少し迷った。でも、外に置いていくことはできない。ナナの人間に対する信頼は、おあつらえ向きの獲物で誘惑する気になるほど深くはなかった。不景気の風が吹き荒れているいまのプリマスではなおさらだ。

ナナは鱈を入れたかごを後ろのほうの会衆席の横に置いて、財布から小銭を取りだした。

厳密に言えば、ワージー艦長のお金を使っていることになるが、少しぐらいは気にしないだろう。硬貨を献金箱に落とし、蝋燭《ろうそく》をつけると、鱈から目を離すまいと決めて、そこに立ったまま両手を組みあわせ、主なるキリストと同じく漁師だった聖アンドリューに、どうぞタイアレス号の修理がすみやかに終わりますように、と祈った。

それからこう訂正した。「でも、あまり速すぎないようにお願いします、おやさしい神さま。ワージー艦長は喉と耳に炎症を起こしているし、まだお祖母ちゃんの鱈とポロネギを食べていませんから」

目を開けて誰もそばにいないことを確認してから、こうつけ加える。

「それに、彼と話すのはとても楽しいんです」

## 4

オリヴァーは自分が微妙なニュアンスをうまく伝えられる人間ではないことを承知していた。そもそも、そんな艦長がどこにいる？　だが、彼はエレノア・マッシーについてもっと詳しく知る如才ない方法を見つける必要があった。ラトリフ卿《きょう》が娘に関してなにひとつ知らないことは明らかだ。

しかし、当面の問題はタイアレス号だ。そしてタマー川にある乾ドックで船大工長に会った瞬間から、この問題が彼の頭を占領した。実際、船大工長はうっかり見過ごしてしまうような男ではなかった。ロジャー・チャイルダーズと顔を合わせるのはこれが初めてだが、この男についてはいろいろと話を聞いていた。その大部分は頭のあちこちにある円形のはげに関する話だ。噂《うわさ》によれば、ぴりぴりした艦長たちに無理難題を押しつけられるたびに、彼は自分の髪をつかみ、引っこ抜くのだという。

チャイルダーズが修理に関する話を始める前に、オリヴァーは手にした写しを彼に手渡した。その写しには、彼の査定した修理箇所と、ナナに加えてもらった二、三の項目が含まれている。船大工長がそのリストに目を通しながら左耳の脇の髪を何本か引っ張りはじめるのを見て、オリヴァーはこみあげてくる笑いを必死にこらえ、彼と同じ噂を聞いているはずのふたりの航海士とは、目を合わせないように努めた。

チャイルダーズは深いため息をついて、細い髪がはりついている指でオリヴァーのリストを突いた。「最低でも二カ月はかかりますね。二カ月でも足りないくらいですよ、艦長」

「だが、三週間でやってもらわねばならん」

チャイルダーズの指がまたしても髪をつかむ。この戦争がまもなく終わらなければ、この男はつるっぱげになってしまうぞ。オリヴァーはまたしてもこみあげてきた笑いを押し戻すために、土手に目をやった。

船大工長と押し問答するあいだ、オリヴァーは断固たる決意を浮かべて、タイアレス号と甲板に並んでいる乗組員に目をやった。甲板長から砲手の手伝いをする少年まで、全員が好奇心を浮かべて成り行きを見守っている。おそらく多少とも給料が残っている者たちが、賭けをしているのだろう。彼らはチャイルダーズの頭にいくつはげが増えるか賭けているのだろうか？　それとも修理にかかる日数を賭けているのか？

「六週間ですな、これ以上は一分も短くなりません」チャイルダーズはついにそう言った。

「一カ月だ」

それからまた同じような問答が続いた。船大工長の声はしだいに弱くなっていく。

ようやく彼らは三週間半で折りあった。そしてオリヴァーは矛盾する思いにさいなまれた。三週間のほうがよかっただろうが、何日か余分にかかるおかげで、それだけ長くナナ・マッシーを見ていられる。ナナという愛称で呼ぶ勇気はないが、彼のなかではナナはもう〝ミス・マッシー〟ではなくなっていた。

ここにいられる時間が短すぎる。彼はそう思った。三週間半など、あっというまだ。そのあとは、また海に戻らねばならない。

オリヴァーのかたわらでは、打ちひしがれたチャイルダーズが修正を加えた修理項目のリストを差しだし、署名を求めていた。オリヴァーは署名した。

「あなたはむごいお方ですな、ワージー艦長」

「戦争はむごいものだよ、ミスター・チャイルダーズ」

彼は乾ドックに目を戻した。彼のフリゲート艦のこちら側には二本マストの帆船がある。残りの四つの乾ドックはからっぽだ。向こう側に目をやると、修理中の船は一隻だけだった。「どうやら、きみたちはこの仕事を必要としているようだな」

「おっしゃるとおりですよ」船大工長の苦悶《くもん》に満ちた目に少し光が戻り、声もふたたび友好的になり、髪を引き抜きたくなる話し合いが始まる前よりも、活気づいているようだ。

だが、それからチャイルダーズは顔をしかめた。「提督のガードナー卿には、海峡艦隊を海上に配置しつづける理由があることは承知していますが――」彼はフリゲート艦の艦尾を身振りで示した。「整備を引き延ばすにも限度というものがあります。　浸水してからあわてても、間に合いません。そうでしょうが？」

　これは船の墓場で口にされる典型的なジョークだ。「ああ、そうだな」オリヴァーが相槌《づち》を打ち、右手を差しだすと、船大工長は力強く握った。ふたりは気持ちよく別れた。

　オリヴァーはナナに数字を入れてもらった登録簿をプラウディに渡した。「いつもの要領でやるとしよう。一番の者たちに五日間の上陸許可を与え、順繰りに残りにも与える。乗組員には、全員が戻ってからでなければ次の上陸許可はおりないと、改めて念を押しておきたまえ。それと、この航海でわれわれが拿捕《だほ》した船の報奨金の取り分は、〈ブルースタイン・アンド・カーター〉から引きだせると言ってくれ。身分証明書を見せれば登録簿に照らしあわせて支払われる」

「アイ、アイ、サー」プラウディは登録簿を受けとり、タイアレス号に向かってそれを高く掲げた。甲板から歓声があがる。

　オリヴァーはラムスールに顔を向けた。「事務長はまだ艦にいるのか？」

「アイ、サー」

　オリヴァーはベストのポケットからいくつか硬貨を取りだし、それを二等航海士に渡した。「この金で牛を四分の一頭とうまいラムチョップをひと包み、いや、十包み調達して、マルベリー亭に届くよう手配を頼んでくれ。食糧供給者のことはわたしよりも彼のほうがよく知っているからな」

「アイ、サー」

「それから……」

「はい？」

「最初の二週間はわたしときみで修理の進行を見守ることにしないか。そうすればミスター・プラウディは奥さんをエクセターの家まで送り、少しのあいだ誰にも邪魔されずに静けさを楽しめる」

思ったとおりラムスールは赤くなりながら、にやっと笑ってうなずいた。「はい、艦長。わたしからそう伝えますか？」

「そうしてくれ。乗組員の割り当てが終わったら、エクセターに向かってかまわない、とな」

オリヴァーはラムスールに目をやり、じっくりと見て、若く、忠実で、比較的経験が浅いのを見てとった。「ミスター・ラムスール、乾ドックではわたしやきみが処理できないような問題は起こらないと思うね」

「そうでしょうか？」

オリヴァーの二等航海士はまるで学生のような声で尋ねた。ぼくにもこんなに若いときがあっただろうか？　オリヴァーはつかのまそう思った。もちろん、あった。

「そうとも」ついでに、もうひと言加えておくとしよう。「ミスター・ラムスール、ウェルスプリング号が艦尾にぶつかってきたときの、きみの冷静な判断にまだ礼を言っていなかった。あのとき見張りに立っていたのが少尉候補生ではなく、きみで本当によかった。さもなければ、結果は違っていたかもしれん」

オリヴァーは人差し指で帽子に触れると、チャイルダーズの質問に答えるために向きを変えた。ラムスールに目を戻したときには、若い少尉は背筋をぴんと伸ばし、自信に満ちた足取りでタイアレス号へと厚板の上を渡っていくところだった。

もっとたびたび褒める必要があるな。二等航海士の後ろ姿を見送りながら、彼は思った。思いやりのある言葉は、ときとして報奨金よりも有益なものだ。ふとナナ・マッシーのことが頭に浮かんだ。女性にも同じことが言えるだろうか？　うむ、おそらく言える。

数分後、ミスター・プラウディは言葉よりも雄弁な感謝のまなざしでオリヴァーに敬礼を送ると、二週間後に戻ると約束した。

「そうしてくれれば、ミスター・ラムスールもライム・レジスにある実家に一週間ほど戻れる。彼は牧師のお嬢さんのことをなにか言っていなかったか？」

「事務弁護士の令嬢です、艦長」プラウディは訂正した。「たしか、ドリーという名前です。ご配慮を心から感謝します、艦長」

オリヴァーは彼が立ち去るのを見送った。ドリーだって？　どうしてぼくはこの世のドリーが通り過ぎるのを許してしまったんだ？　そんな思いがちらっと浮かんだ。ふだんのオリヴァーは部下の私生活に思いを向けることなどまずない。これはラトリフ卿の細密画と、海軍省で経験した奇妙な軸の傾斜の変化のせいだろう。

チャイルダーズとスープ一杯の昼食をとったあと、オリヴァーはマルベリー亭のベッドに戻る必要があることに気づいた。「明日、また来る」彼は船大工長に告げた。「なにか質問があれば、ミスター・ラムスールに訊《き》いてくれたまえ」

耳がずきずきし、喉が万力で締めつけられているようだったが、馬車に乗るとまずドレイク亭へ行くように告げた。情報が欲しいだけだ、彼は自分にそう言い聞かせた。噂話に目のないフィリオン夫人のことだ。少し水を向ければ、洗いざらい話してくれるだろう。だが、慎重に質問する必要があるぞ。

ドレイク亭の前で待つように御者に命じ、オリヴァーはなかに入った。フィリオン夫人は暗い顔で帳簿とにらめっこしていたが、彼を見たとたん、顔を輝かせた。

「マルベリー亭がお気に召しませんでしたか？　あそこはお客が必要なんですよ」

「きみもそうらしいな、マダム」彼はそう答えながらキッチンの椅子に腰をおろした。

「まだしばらくはたいへんだな」

夫人は心配そうな顔で彼を見た。「うちはなんとかやっていきますわ、艦長。マルベリー亭では、お世話が行き届いていますか？」

「いるとも」彼は答えた。「マッシー家にはすっかり世話になった」彼が身を乗りだすと、フィリオン夫人も同じように身を乗りだした。「ピート・カーターは喉に効くというひどい味の薬を作ってくれたし、ミス・マッシーはたえず火に気を配って部屋を暖かく保ってくれる。マッシー夫人はぼくを怖がっているが」彼はそう言って首を振った。

フィリオン夫人が笑った。「ナンシー・マッシーはナナを守っているんですよ」夫人はふたたび身を乗りだした。「あの人がいなけりゃ、いまごろナナがどうなっていたか想像もつきませんわ」

フィリオン夫人を促すには、黙って眉を上げるだけでよかった。

「ナンシーの娘のレイチェルは、ちょっと軽はずみなとこがあってね。たまたまここで軍艦を降りたある中尉の目に留まったんですよ。そして世界中の港でたくさんの女に起きてることが、レイチェルの身にも起きたってわけなんです」夫人は意味ありげにオリヴァーを見た。

「なるほど」

ドレイク亭の女主人は声を落とした。「かわいそうにレイチェルはお産を乗り越えられなくて……。ナンシーがどんな手を使ったのか、あたしにはわかりませんけど、あの人はその中尉を捕まえて、多少の責任を取らせたんです」

「珍しいことだな」

「ええ、ほんとに」フィリオン夫人は肩をすくめた。「思いつめたときのナンシー・マッシーは、ちょっと怖いくらい。とにかく、あの人は赤ん坊の父親に、娘に教育を授け、暮らしが立つようにすると約束させたんですよ」

「だが、その娘がプリマスにいるところを見ると、その約束は守られなかったようだな」

フィリオン夫人はうなずいた。「五年前、ナナは郵便馬車でバースから帰ってきたんです。そのわけは誰も口にしようとしませんわ」

フィリオン夫人にも聞きだせないとなると、これは固く守られている秘密なのだろう。夫人はその中尉が誰かも知らないようだ。オリヴァーは失望を感じた。フィリオン夫人が知っているのは、すでにラトリフ卿から聞いたことだけだ。ナナがプリマスへ逃げ帰った理由については、結局なんの情報も手に入らなかった。

「少なくとも、ミス・マッシーには祖母がいる」オリヴァーはナナの知らぬところで彼女を話題にしていることに、後味の悪さをおぼえながら体を起こした。

「ええ、ナンシー・マッシーはあの子をしっかり守ってますよ。老ピートもね」

「スキュラとカリブディスのように」オリヴァーはつぶやいた。

「それってフランス人ですの？」フィリオン夫人が尋ねた。

「もっと悪いものさ。ギリシャ人だ」

「で、ナナはプリマスに戻ったんですよ。ここを出る日が来るかどうかは、誰にもわかりゃしません」

「持参金もないんだろうな」

「そんなもの、あるわけありませんわ！」フィリオン夫人はため息をつき、意味ありげにオリヴァーを見た。「プリマスじゃ、美しい女が思いがけない幸運に見舞われることもありますけどね。ナナはだめ。金持ちの男の非嫡出子は、レディとは言えませんもの」

「ミス・マッシーは立派なレディだよ」きっぱりと言い返したとたん、フィリオン夫人の目に計算するような表情が浮かんだ。オリヴァーは急いでいまの言葉を和らげようと、夫人に調子を合わせた。「しかし気の毒だな。ミス・マッシーにはどんな将来が望める？」

「どんなもこんなもありませんよ。あの子には将来などないも同然ですわ。かわいそうに！　あんなに美しい娘なのに。ちっちゃなあの子がナンシー・マッシーに遅れまいとして、ちょこちょこ歩いてくる姿がいまでも目に見えるようですよ。魚屋ってのは、荒っぽい連中が多いんですけど、その魚屋でさえあの子には甘くてね！」

　幼いナナ・マッシーがプリマスの人々の心をつかんだことは想像にかたくない。オリヴァーはふと、幼い娘か息子を連れてタイアレス号を訪れ、自分が慣れ親しんだ海と男たちの世界を見せてやれたら、と思った。その子を抱いて舵《かじ》を取らせてやったら……。

　どうやらまともなことを考える力がなくなってきたようだ。そろそろドレイク亭を出て、ベッドに戻る潮時だろう。「しばらくはたいへんだな」彼はさきほどの言葉を繰り返し、立ちあがった。「マッシー夫人はお孫さんをまだナナと呼んでいるのかい」

「わたしたちはみんながそうしてますわ。赤ん坊のころ、あの子は〝エレノア〟と言えなくてね。バースの気取った女学校では、きっとエレノアと呼ばれていたんでしょうけど、それがどんな役に立ちました？」

ああ、どんな役に立った？　オリヴァーはそう思いながら待たせてあった馬車に戻った。

サウス・ホーへ向かう途中、ラムヘイ通りの角にあるかつら屋が目に留まった。プリマスはそれほど大きな町ではない。かつら屋がそう何軒もあるとは思えなかった。特殊な場合でないかぎり、男性が他人の髪をつけずに、自分の髪を堂々と人前にさらすようになったいまはとくに。

もう一度待つように御者に告げ、彼は店のなかに入った。ドアを開けると呼び鈴が鳴り、はげあがった男が奥の部屋から出てきた。男がとっさに自分の髪に目をやり、がっかりして目をそらすのを見て、オリヴァーは唇をひくつかせ、笑みをこらえた。

「買いに来たわけではないんだ」オリヴァーは言った。

ふだんのオリヴァーは極端に嘘《うそ》を嫌うのだが、店に入った目的を果たすにはその必要がある。「じつは……父が、髪が薄くなったのを気にしているものだから、ちょっと見てみたいと思ってね」

店主は熱心に商品を説明しはじめた。オリヴァーは嘘をついたことが気になって落ち着かなかったが、せっかく来たのだから目的を果たすべきだ、と自分に言い聞かせた。

彼は店主の言葉に耳を傾け、かつらを作る過程について二、三質問した。「髪はどうやって調達するんだい？　ここには見本のようなものがあるのかい？」

ある、と店主は答え、カウンターの下から二本の長い髪の束を取りだした。ひとつはブロンド、もうひとつは……ナナの髪だ。オリヴァーは赤よりも褐色に近い深みのある銅色のその髪に、指を走らせたい衝動をこらえた。その髪の美しさに、彼は息が止まるような気がした。それとも、息苦しさをおぼえたのは喉の炎症のせいだろうか。

「どうぞ」店主は勧めた。「さわってごらんになってみてください」

オリヴァーはナナの髪に指を走らせ、こらえきれずにそれを指ですいた。まだもとの持ち主の頭にあるこの髪が枕に広がるところを見たい、突然わけもなく愚かな思いにかられ、自分にこう言い聞かせなくてはならなかった。おまえは海軍兵士だ、結婚をあきらめた男だぞ。女性の魅力には免疫があるはずではないか。

「美しい髪だ」彼はようやくそう言って、名残惜しそうに手を引っこめた。「こういう髪にはいくらぐらい払うんだい？」

店主はゆるいウエーブのかかった髪に、自分でも指を走らせた。「この長さですと、ふつうは八シリングから十シリングですが」彼はそう言って顔をくもらせた。

「だが？」オリヴァーは促した。

「この娘さんには一ポンド払ったんですよ」かつら屋は首を振った。「思いとどまらせようとしたんです。考えてもみてください。若いお嬢さんが……でも、切ってくれと言うもんだから。どうしても金が必要だったんです」彼はナナから買った髪を引き出しに戻した。「切りおわったときは泣いてましたよ」

「そうだろうな」オリヴァーはつぶやいた。彼は一刻も早く店を出たくなった。今度は喉が痛むからではなく、ナナの悲しみに耐えられなかったからだ。「父にどう思うか訊いてみるよ。いろいろとありがとう」

だが、髪の話をしたとき、ナナは自分が祖母を助けられたことをとても喜んでいたようだった。オリヴァーはマルベリー亭へと向かう馬車のなかでそう思った。御者に料金を払い、小道を入り口のドアへと歩く途中で、彼は足を止めた。新しい清潔な土に植えかえられたすみれが、元気を取り戻している。マルベリー亭では、誰もが二度目のチャンスを与えられるのかもしれない。

ナナが廊下で彼を出迎えた。「おかえりなさい、艦長。馬車の音が聞こえたような気がしたの」

ぼくの名前はオリヴァーだ、彼はそう言いたかったが言わなかった。「うむ、そうか。ドックから戻ったんだ。どうやら三週間半もあれば、タイアレス号の負傷は全快するらしい。そのあいだはぼくに我慢してもらう必要があるぞ」彼はそう言ってからかった。

自分で思っているよりも具合が悪く見えるに違いない、ナナは涙ぐんだ。こういう場合は見て見ぬふりをすべきなのか？　それとも気の利いたセリフでごまかすべきなのか？

「あれはタフな艦だ」オリヴァーはそう言った。

ありがたいことに、ナナは目を拭いてまっすぐに彼を見た。「あ、あなたにはもっと長いお休みが必要だと思ったの」彼女はほんの少し震える声で言った。「あなたが自分のことを考えないで、誰が考えてくれるの？」

なかなかよい質問だ。だが、海軍省も、ほかの誰も、とくに案じてはくれないだろう。気にかける者がいるとすれば、突然彼が死ねば昇級のチャンスが訪れる若い将校ぐらいなものだ。

「三週間半もあれば、ぼくもすっかり回復するとも。たぶんもっと早くよくなる」

ナナは立ち直ったらしく、彼の言葉にうなずいた。「ええ、そのとおりね」そして心配する代わりに彼を叱った。「今朝出かける前に、ピートが作った薬をのむのを忘れたでしょう？　ちゃんとのんでもらわないと困るわ」

ナナの涙とこの叱責のどちらがより心に響いたのか、オリヴァーにはわからなかった。

「困るのはきみだけ？　ほかにも誰かいるのかい？」

「まあ……わたしだけよ」ナナは一瞬戸惑ってそう言ったあと、彼をもっとよく見た。

「いやだ、からかっているのね！」

「ついでに引き延ばしているのさ。あれはひどい味なんだ」彼は階段のほうを見た。「くたくただということは潔く認めるよ。失礼して、横になって死ぬとしよう」

「マルベリー亭で死ぬのはご法度よ」ナナはお返しにそう言って彼をからかった。

オリヴァーは這《は》うようにしてベッドにもぐりこみ、ピート・カーターが作ってくれた薬をのむと、午後の残りは寝て過ごした。彼はナナの夢を見て目を覚まし、うろたえた。こういう少尉候補生のころの夢とは、もうおさらばしたと思っていたのに。

しばらくすると誰かが石炭を足しに来て、タオルに包んだ熱い煉瓦《れんが》をそっと足元に入れた。彼が汗をかきはじめると、誰かが冷たい布で顔を拭き、小麦の湿布を巻いてくれた。そこで今度はパンの夢を見た。誓ってもいいが、彼の額に手をあてたのは、ナナ・マッシーに違いない。その冷たくて柔らかい手からかすかな薔薇《ばら》の香りが漂ってきたからだ。ピートが薔薇の香りを漂わせているとはとても思えない。

ようやく目が覚めると、部屋は暗かった。明かりは暖炉で燃えている石炭の光だけだ。ナナにいてほしいと願うのはあまりに勝手すぎるだろうが、ナナはそこにいた。ベッドのそばに引き寄せた椅子に座って眠っている。オリヴァーは用を足す必要があったが、ナナの眠りを妨げなくてはならないほど差し迫っているわけではない。それに彼はナナを見ていたかった。

背もたれがまっすぐの椅子に少し横向きに座って、頭を傾けている。弱い光のなかで、濃いまつげが信じられないほど長く見えた。彼女は靴下をはいた足をベッドの裾にのせていた。

彼はそっと右足を動かし、ナナの足のすぐ横で止めた。触れるようなばかな真似《まね》はしなかったが、彼女のぬくもりを感じた。そしてそれに心を和ませられ、ふたたび眠りに引きこまれた。


そのあと目を覚ますと、ナナの代わりにピートがいて、彼の膝のあいだにしびんをあてようとしているところだった。オリヴァーは抗議の声をのみこみ、ため息をついた。天国から落ちて、地獄のような屈辱をなめるとはこのことだ。ナナが部屋を出たのは、彼が落ち着きなく腰を動かし、おしっこがしたくなった子どものように自分の一物を指ではさむのに気づいたからだろうか？

「あんたはこれが必要らしいぞ」ピートはぶっきらぼうだが、思いやりのある声で言った。

「すまない」オリヴァーは言った。「ミス・マッシーに気まずい思いをさせていないといいが」

ピートはしびんを上掛けの下に入れた。「わしが具合が悪くて起きられねえときは、あの子が世話をしてくれるんだ。祖母《ばあ》さんと違って、あの子ははにかみ屋じゃねえ。わしの手がふさがってれば、あの子がやっただろうよ」

なんと恐ろしい。オリヴァーは考えただけで背筋が震えた。「起きあがって、自分で用を足すくらいはできる」彼は弱々しい声で抗議した。

「ふらついて倒れ、いらんけがをするのがおちだ」ピートは叱るように言った。「わしはもうあんたの海軍とは関係ねえから、思ったことを言わしてもらうよ」

「ああ、かまわないとも」オリヴァーはおとなしく同意した。「それにきみの言うとおりだ」彼は用を足し、しびんをピートに返した。そっちが事務的になれるなら、ぼくだってなれる。ただ、これから三週間半のあいだ、ナナ・マッシーと顔を合わせずにすむことを祈るだけだ。

だが、ピートが出ていくとすぐに、ナナがドアをノックした。彼女がトレーを手にしているのを見て、オリヴァーは恥ずかしさよりも空腹のほうが勝っていることに気づいた。繊細な男を気取るのもこれまでだ。

ナナがベッドのそばに来て、トレーをベッドの裾のほうに置き、窓のそばのサイドテーブルから余分な枕を取りあげるのを見て、彼はナナがそれを頭の後ろにはさめるように体を起こした。ナナが膝の両脇でトレーの脚を伸ばす。

「鱈《たら》とポロネギのクリーム煮よ。プラウディ中尉からあなたの好物だと聞いたの。お祖母ちゃんはこれなら喉の通りがいいはずだ、って」

ナナの顔をまともに見るのはばつが悪かったが、避けるわけにもいかない。それにオリヴァーはナナを見たかった。彼女の顔には小娘のように気取ったところはまったくなかった。まあ、ぼくが人間だということを彼女が気にしないなら、ぼくもすべきではないぞ。彼はそう自分に言い聞かせてスプーンを手に取った。

クリームで煮た鱈はため息が出るほどおいしく、喉の腫れのまわりを流れ落ちた。「じつに結構だ。シェフにそう言ってくれないか」ナナが微笑《ほほえ》み、オリヴァーを喜ばせた。

「お祖母ちゃんが作ったの。でも、よく見ていたから、この次はわたしにも作れるわ」

彼女は腰をおろし、それからまた立って彼の寝間着の襟にナプキンをはさんだ。そしてトレーを少しだけ彼の体に近づけてから、自分のスプーンと器を手に取った。ナナが一緒に食べるつもりだと知って、オリヴァーは嬉《うれ》しい驚きを感じた。

「わたしもちゃんと食べているってことを知らせるためよ」ナナは言った。「お祖母ちゃんもピートもサルもね。お祖母ちゃんはみんながたっぷり食べられるようにたくさん作ったの」

では、マルベリー亭の人々は、ぼくの意図を理解してくれたわけだな。それはよかった。

「サルというのは誰だい？」彼は食べるあいまに尋ねた。

「下働きのメイド」ナナはオリヴァーを見て、彼の思いを読みとったようにつけ加えた。「お客が来なくなっても、クビにできなかったの。本人が、救貧院へ戻るより、飢え死にしてもここに残りたいと言うものだから」

「賢い選択だったな」

食事が終わればナナが行ってしまうことがわかっていたから、彼は鱈と同じくらい彼女と一緒に過ごす時間を楽しみながら、できるだけゆっくり食べた。ナナが自分とほぼ同量をたいらげるのを見て、彼はこう思った。食欲の旺盛な女性はいいものだ。

オリヴァーが食べおわると、ナナは立ちあがってトレーを手に取ったものの、なにか言いたいことがある様子でためらっている。オリヴァーは黙って待った。

「明日は絶対に乾ドックには行けないわ、艦長。わたしが外出を禁止します」

オリヴァーは笑いそうになったが、真剣そのもののナナの顔を見たとたん、胸がじんと熱くなった。ナナは緊張のあまりふっくらした唇をぎゅっと結んで、関節が白くなるほど強くトレーをつかんでいる。彼が逆らおうものなら、火のような言葉で応酬する気でいるようだ。

「では外出はあきらめるしかないな」オリヴァーはそう言ってナナを安心させた。「きみの言うとおりだ。ちゃんと休養しなければ、よくなるものもならない」

「あなたのことが心配なの」ナナはささやくような声で言った。「わたしは……わたしたちは、あなたによくなってほしいの」

「なるとも。約束する」

ナナはようやく体の力を抜いた。「夜のあいだになにか必要になれば……なんでも言ってちょうだい。ピートとわたしが交代であなたの部屋の前の寝台で眠るから」

そこまでする必要はない、彼がそう言おうとして口を開くと、ナナが挑むような顔でにらみつけた。オリヴァーは黙ってうなずいた。

「おやすみなさい、艦長」ナナはそう言って部屋を出ていった。

オリヴァーは夜中に一度目を覚ました。どうやらピートが目を覚ますほどもぞもぞと動いたらしく、死人をよみがえらせ、世界を癒やせるほど強烈な煎じ薬としびんを手に、彼が入ってきた。

明け方近く、オリヴァーはふたたび目を覚ました。喉の痛みは少しよくなったようだ。喉のなかの岩が、石の大きさに縮んだ気がする。今度は自分で用を足せそうだ。そこで静かに起きあがって、目的を果たし、うまくやった自分を褒めてやった。ベッドに戻る前に、ドアのところに行き、誰がいるのか確認するためにそっと開いた。

折りたたみ寝台に寝ているのはナナだった。ボールのように体を丸めているのは寒いからだろう。彼は部屋の衣装箱から毛布を取りだし、廊下に戻ってそれをかけてやった。ナナは身じろぎしたものの、目を開けなかった。オリヴァーが見ていると、まもなく脚を伸ばし、ふたたびぐっすりと眠りこんだ。彼は衝動的に彼女の頭に触れた。

こうやって一生彼女を見ていても飽きないに違いない。

# 5

バースの女学校で十年以上も過ごしたにもかかわらず、ナナは根っからのプリマスっ子だった。彼女は幼いときから、海軍の将校たちにほとんど本能的な畏敬の念を抱いていた。プリマスの最初の記憶のひとつは、たぶん四歳ぐらいだったと思うが、マルベリー亭に泊まっていた小艦の艦長が中心だった。そのころはまだ、艦長たちがマルベリー亭に泊まっていたのだ。彼は廊下でナナの手を握っている祖母に話しかけていた。ふたりよりも床にはるかに近い場所から、ナナはふたりを見上げ、さらに見上げたが、きらきら光るボタンの少し上あたりまでしか見えず、わっと泣きだした。

見上げるような長身のオリヴァー・ワージー艦長を最初に見たときも、やはりこの本能的な畏敬の念をおぼえたものだった。頭頂部が高く、前と後ろにひさしが伸びている帽子をかぶって、船用の外套《がいとう》をはおり、バックルつきの靴をはいた彼は、とても堂々としていた。海軍の兵士たちはどことなく無敵のオーラを感じさせる。彼らは過酷な環境に耐えて祖国を守る、少しばかりの苦難にはびくともしない男たちなのだ。

彼がすみれの上に吐いたときか、最初の晩に小麦の湿布を巻いてあげたときだろうか。それとも、彼がしびんを使う必要があると気づいたときか？　ナナは赤くなりながら思った。それがいつにせよ、ナナはわずか数日のあいだに、彼に恋をしていた。

最初は自分の気持ちがなんなのか、わからなかった。ミス・ピムの女学校にいたとき、友人のお兄さんが彼女の瞳に関して、〝茶色《ブラウン》〟と〝王冠《クラウン》〟の韻を踏み、一気に〝溺れる《ドラウン》〟へと飛躍するおかしな詩を送ってくれたとき、ナナは自分が恋をしていると思ったことがあった。結局、彼の間違いだらけの綴《つづ》りのせいで熱が冷めたのだが、その前に彼が表向きは妹を訪ねて学校に来たとき、ほおにキスを許したのだった。

何年か前、マルベリー亭に一週間泊まった麻縄売りが好きになったこともあった。乾ドックの近くにあるまっすぐの細い道で、彼が作った立派な商品を売るために口にする面白おかしい口上に、笑わずにはいられなかった。彼のほうもナナと一緒にいるのを楽しんでいるように見えたが、そのあと二度とマルベリー亭には戻らなかった。ナナは一週間ほどめそめそしたが、一カ月もすると彼の名前さえ思いだせなかったから、あれは恋ではなかったのだ。

ワージー艦長の場合は、そのふたつとはちがっていた。彼に恋をしたのは、廊下で毛布にくるまって目を覚ましたときだったかもしれない。彼女が眠っているあいだに、オリヴァー・ワージーが自分の部屋の衣装箱から取りだしてかけてくれたことは、すぐにわかった。ナナはまだ眠気の残る頭で、そのとき彼が自分に触れたのか、それともあれは夢だったのかと考えた。たぶん、夢だったのだろう。でも彼の指の感触が心に残っていた。

ナナはワージー艦長への恋のことは忘れようと努め、ほとんど成功した。海軍兵士とつきあうなんて、祖母が許してくれるはずがない。自分の娘であるナナの母親があんなことになったあとではなおさらだ。だから、「ねえ、お祖母《ばあ》ちゃん、恋をするとどんな気持になるの?」と気軽に訊《き》くことはできなかった。そんなことをすれば、へんに疑われるだけだ。この件は、自分の力でなんとか解決するしかない。

ナナには彼について知りたいことが山ほどあった。でも、知る方法がない。海の男は早く老けるから、彼の年齢さえよくわからない。ひょっとするとまだ二十五歳かもしれないが、海軍にはそんなに若い艦長はめったにいないから、おそらく三十歳ぐらいだろう。もっと年をとっている可能性もある。年齢なんかどうでもいいわ、とナナは思った。

母が身を滅ぼした顛末《てんまつ》はともかく、海軍の男に恋をするのが愚かだということは、ナナもよくわかっていた。まだ幼いころ、マルベリー亭が繁盛していたころから、海峡艦隊の軍艦が港に入るときには、海軍将校の妻たちが港に集まってきた。

ある晩、マルベリー亭で夫を待っている夫人のひとりに伝言が届けられたときのことは、いまでもよく覚えている。夫が乗っている軍艦が、プリマスではなく何十キロも離れたポーツマスに入港し、そこで夫が熱病で死んだと聞かされた彼女の泣き叫ぶ声は、宿のなかにいつまでもこだましていた。未亡人になったばかりのその女性のヒステリックな泣き声に、ナナはすっかりおびえて、バースに帰るまで祖母と一緒に眠らねばならなかったくらいだ。

廊下の折りたたみ寝台で目を覚ましたとき、ナナはその出来事を思いだした。だが、いまのナナには、たいして重要なことだとは思えなかった。彼女はそのままワージー艦長の部屋に行き、彼のベッドにもぐりこみたかった。

祖母のぶっきらぼうな説明のおかげで、男と女の営みのことはわかっている。いま感じている衝動は、彼のかたわらに横たわり、そのぬくもりを感じただけで治まるものではなさそうだ。ナナはワージー艦長の腕に抱かれ、戦争やさまざまな心配事から守ってほしかった。自分よりも強い人間の腕のなかにいれば、封鎖や飢え、寒さ、不安や疑いが消えると思うほど世間知らずではないが、ワージー艦長に抱かれていれば、どんな変化も耐えやすくなるという気がした。オリヴァー・ワージーがマルベリー亭に来るまでは、そんな気持ちになったことは一度もない。守ってもらえるという望みを抱いたこともなかった。

もっと大きな問題もある。自分自身の欲求も、その問題の前では影が薄くなった。愛がどんなものか正しく理解できたのは、その問題のおかげだと言ってもいいだろう。ほかのなによりも、ナナはワージー艦長を彼自身の義務がもたらす恐怖から守りたかった。

わたしがなにかを守れると思うなんて、ばかげているわ。わたしはただの女よ。それもひどく貧しいうえに、卑しい出生のせいでとても無力な女だ。それでも、わたしには彼を助ける力がある。ナナにはそれがわかっていた。ワージー艦長が陸に戻ったときに彼を愛し、たとえ彼が遠くにいても、死んでも、彼の子どもを産んで、愛情をたっぷりそそいで育てたい。彼を笑わせ、この腕に抱きしめて恐れから守ってあげたい。

この件はよく考える必要があるわ、ナナは自分にそう言い聞かせ、彼の部屋には入らなかった。

オリヴァー・ワージーが育った環境や彼の背景については、家族がひとりもいないということ以外はなにひとつわからない。海軍の将校は、勤勉とコネの二本立てで艦長になる者が多い。ネルソン卿《きょう》の父親は聖職者だったかもしれないが、彼のおじは海軍省で重要な地位に就いていたのだ。ワージー艦長もおそらくほかの将校と同じように、立派な教育を受け、同じくらい立派なコネを持っているのだろう。そういう男たちが、私生児を花嫁に迎えることはない。

バースで受けた教育はナナに、自分はオリヴァー・ワージーのような相手に相応《ふさわ》しい、特権階級の女だと信じるよう教えた。その教育がかえってあだになるとは、なんという意地悪な運命のいたずらだろう。私生児である自分は、世間の物差しでは、ちゃんと結婚した両親を持っている魚屋の子どもよりも卑しい生まれなのだ。

ワージー艦長との結婚は問題外だ。したがって、実際に彼を愛していることが確認できたとしてもなんの役にも立たない。冷たい朝の光のなかで、ナナはこの気持ちを誰にも知られてはならない、と決心した。タイアレス号は三週間半後には、ふたたび海に出ていく。わずか四週間弱のあいだも生き延びることができないとすれば、これまでの歴史に照らして、彼女はずいぶん愚かな女だということになる。

ナナは、タイアレス号がスペインの海岸沖の海上封鎖に戻ったあとのマルベリー亭での人生も、そのほかのどんな人生も、考えないことに決めた。彼女の生まれとこの戦争のせいで手の届かない相手を愛した罰に、心にぽっかりと穴が空いたようなむなしさを感じることになるのは仕方のないことだ。

ナナは静かに起きあがり、毛布をたたんで、足音をしのばせるようにして階段をおり、家族の部屋へ入った。祖母が鼻歌を歌いながらいろりの上でお粥《かゆ》をかきまわしている。ナナが黙って近づき、腕にもたれると、祖母は顔を向けた。

「少しは眠れたかい？」

「ええ。ワージー艦長はまだ寝ているみたい」

ほら、簡単なことだ。まるで二十人いる客のひとりについて話すように、ごくふつうに彼の名前を口にすることができた。祖母は本を読んだり手紙を書いたりするのは得意ではないが、人生のさまざまな迷路に関してはとても目端が利くし、勘が鋭い。ワージー艦長についてあまり話題にしすぎては、疑いを招くことになる。彼のことはなにも言わないほうがいい。ほかのマルベリーのお客について話す程度に留《とど》めておいたほうが無難だ。

でも、そう言うのは簡単だが、いざ実行するとなると簡単にはいかなかった。祖母が彼を話題にしたがる場合はとくに。

「部屋の物音に気をつけておくんだよ、ナナ」祖母はそう言った。「艦長が動きまわっている音がしたら、朝食にはまたお粥を召しあがるか、それともほかのものがいいか訊いとくれ」

「ほかのものがあるの?」ナナは驚いて訊き返した。

「あるともさ。ついさっき、肉屋がラムチョップを一ダースと、ベーコンと、牛を四分の一頭届けてくれたんだ。マフィンも作ったし、卵だってある」ナナの祖母はお粥を火からおろし、温めておく棚に移した。「肉屋が言うには、配達してくれた肉はワージー艦長のおごりだそうだ。ナナ、あの艦長はいったいどういう人なんだろうね」

「ほんと」ナナは相槌《あいづち》を打った。祖母の表情からすると、もっと心のこもった反応を期待していたようだ。お祖母ちゃん、あたしは彼を忘れようとしているのに、難しくしないで。ナナはそう思った。「どういう人なのかしら」

ナナは急いで服を着て、ちらっと鏡を見ながら髪がひと晩でもとの長さに伸びてくれればよかったのにと願い、どんな残酷な運命が鼻梁《びりよう》にそばかすを散らしたのかしら、と嘆いた。サルは皿洗いで忙しかったので、祖母はナナに湯の入った缶とタオルを渡し、艦長の部屋へ持っていくように言いつけた。

ナナは足取りも軽く階段を上がっていき、ワージー艦長の部屋の様子に耳を澄ました。彼が咳《せ》きこむのが聞こえ、続いて「くそ！」と毒づく声がした。

艦長はベッドに起きあがって、喉に手をあて、顔をしかめていた。嬉《うれ》しいことに、入ってきたのがナナだとわかると、ぱっと顔が明るくなった。彼はしゃがれた声で言った。「なんとひどい状況だ。静かに横になって咳《せき》をしなければ、完全に回復したような気がするのに、少しでも動くとこのざまだ」彼はため息をついた。「まあ、今日一日ぼくの姿を見ないですめば、少なくともミスター・チャイルダーズはほっとするだろうな」

ナナは湯の缶とタオルを洗面台に置いた。「あら、どうしてかしら？」

「修理を急がされている船大工で、艦長の監督を喜ぶ者はひとりもいないさ。たとえそれが海軍省の要請だとしても」

「船頭が多すぎるってこと？」

「そのとおり」

彼は近くへ来てくれと合図し、ベッドのそばに置かれた椅子を示した。きっと部下にもこんなふうに命令するのね、ナナはそう思いながら腰をおろした。

「今日は一日ベッドを離れない予定だが、だらだら寝ている気はない」彼はちらっとナナを見た。「怖い顔をしてもだめだよ、ミス・マッシー。戦争は化膿《かのう》した喉が治るのを待ってはくれないんだ」

この人の前では、思ったことを顔に出さないようにしなくちゃ、ナナはそう思った。

「ピートは彼の煎じ薬に関して、あなたが義務を果たすことを期待しているわ」

「結構。その件は同意する。手紙を書くから、彼に乾ドックへ届けてもらいたいんだが」片方の眉を上げてそう言う彼を見て、ナナの心臓は宙返りを打った。「いや、ミス・マッシー、きみは行かないんだ。あそこはレディが行く場所じゃない」

「ええ、その件は同意するわ」ナナがわざと彼の言いまわしを真似《まね》ると、ワージー艦長は微笑《ほほえ》んだ。

「今日の手紙は、われわれの大砲に火薬を運ぶ、マシューという少年に宛てたものだ。マシューは字が読めないから、ミスター・ラムスールに読んでもらわねばならない。マシューにはここに来て、今日一日、ひょっとすると明日も、ぼくの使いをしてもらいたい。ミスター・チャイルダーズがぼくと連絡をとる必要が生じたら、マシューにそれをここに届けてもらう。それに、港務長と事務長にも手紙を書いて、マシューに託すつもりだ。彼が好きなときに使えるように馬車を一台用意するとしよう。マシューは大いに喜ぶだろう」

「ええ」ナナは言った。「その子がほとんどの男の子と同じならね。マシューはいくつなの？」

「十一歳だと思う。だいたいそれくらいだ」

「そんなに若いの」

ワージー艦長は背中にあてた枕にもたれた。「彼が砲列甲板で働くために来たのは八歳のときだった」

「まあ！」ナナは驚いて叫んだ。

「ぼくが自立したのは、十二歳のときだ」ワージー艦長は言った。「海軍に入隊して十八年になる。船に乗るのは、若いうちのほうがいいんだよ。ありがたいことに、ぼくらは陸軍ではないからね」

するとあなたは三十歳なのね。わたしが三つのときには、もう船に乗っていたんだわ。

彼は少し体勢を変えて、ふたたびナナを見た。「マシューのことで頼みがあるんだが」

あなたのためならなんでもするわ。ナナはそう思った。彼がなぜ頭に焼きつけているようなまなざしで自分の顔を見はじめたのか、ナナにはわからなかった。心をくすぐられると同時に、目のやり場に困りながら、ナナは思った。もしかすると、自信たっぷりに見えるけれど、実際はそうでもないのかもしれない。

「五日後には、マシューにも上陸許可がおりるんだが、あの子はポーツマスの救貧院で育ったんだ。そこに帰りたいとはこれっぽっちも思わないはずだ。ここに来てもかまわないかい？」

「もちろんよ。マッシー家のほうに泊まってはどうかしら？　空いている部屋はたくさんあるけれど、ひとりじゃ寂しいと思うの」

彼はうなずき、低い声で笑いながら言った。「きみがそう言ってくれるのを願っていたんだ。仕事を言いつけてもかまわないよ。火薬庫から火薬を持って大砲まで走ってくるのが彼の仕事なんだが、あいつは感心するほど器用でね、まだぼくらをひとりも吹き飛ばしたことがない。その技術をきみのお祖母さんのキッチンで使えれば、だが」

ナナは彼と一緒に笑った。彼の少しばかり恐ろしいユーモアを楽しむのは、驚くほどたやすかった。「縫い物も同じくらい上手なら、繕いを手伝ってもらおうかしら」

「帆の修理を教わっているが、細かい縫い物はどうかな」

これはナナには関係のないことだが、訊かずにはいられなかった。「ほかの火薬運搬係はどうするの？　彼らもここに来てかまわないのよ」

「ありがとう、ナナ。ひとりは昨日、母親の家に帰った。バービカンから通りを三本ばかり隔てたところだ。ほかのふたりは双子で、父親はぼくの掌砲兵曹だ。あの一家は全員が大砲にかかわっている」

彼は自分がナナという愛称を口にしたことに気づいていないに違いない。ナナも艦長の誤りを正したいと思う理由はひとつもなかった。彼が自分の愛称をとても自然に口にしたように見えるとあっては、なおさらだ。

「プリマスには会員制の図書館があるかい？」

「ええ。でも、うちの会員証は……期限が切れているの」ナナは恥ずかしくて口ごもった。

彼は気づかなかったようだ。「いちばん上の引き出しにある財布から、硬貨をいくつか持っていくといい。ギボンの『ローマ帝国衰亡史』の第五巻を借りてきてくれないか。一巻から四巻までと、六巻は読んだが、五巻はカリブの海底に沈んでしまったんだ」

「第六巻を読んだのなら、ローマがどんなふうに衰亡していったかもうわかっているんでしょう?」ナナはそう言わずにはいられなかった。

彼は笑い、それから苦痛に顔をゆがめて片手で喉を押さえた。「もちろん、『衰亡記』がどんな形で終わるかはわかっている。だが、途中が抜けているのがいやなんだ。ひょっとすると、ぼくのほうがきみよりも几帳面《きちょうめん》な性格なのかもしれないな」

ナナはベッドの彼のところに財布を持っていった。「財布の中身を取りだすのはいやだわ。あなたがしてください」

彼から硬貨をいくつかもらい、財布を受けとると、ナナは引き出しに戻した。

「そろそろ、お粥を食べる用意ができたかしら?」

「いつそう言ってくれるかと思っていたよ」彼はナナにもう一枚の硬貨と船大工宛の手紙を渡した。「馬車で手紙を届けて、マシューを連れてくるように、ピートに頼んでくれ」

「いいですとも」ナナは洗面台に目をやった。「お湯はあそこにあるわ」

「今日は無視するつもりだ」彼はそう言って枕にもたれ、頭の後ろで手を組んだ。「汚れた体と無精髭《ひげ》をそのままにして、もう一度寝ることにしよう。そして、できれば今夜風呂に入りたい。マルベリー亭には風呂があるのかい？」

「台所に続く小部屋の隣にあるわ」なぜこんな平凡な会話に赤くなるのかわからないが、ナナはほおを染めた。「でも、浴槽とお湯をここに運んでもいいのよ」

「いや、結構だ。一日ゆっくり寝て、夜には風呂に入り、ラムチョップを食べられるだけの元気を取り戻すつもりだよ」彼はちらっとナナを見て、抗議した。「そんな疑い深い顔をしないでもらいたいな！」

ナナはドアへと向かったが、彼に呼びとめられた。「ミス・マッシー、図書館に『ロビンソン・クルーソー』があったら、それも借りてきてくれないか？　きみとマシューとぼくに空いている時間があれば、ぼくたちにそれを読んでくれるとありがたい」

ナナはうなずいた。ワージー艦長が使い走りの少年のことまで気にかけているのが嬉しかった。「ほかにもなにかありますか？」

彼は少し恥ずかしそうに言った。「こんなことを頼むのは気がひけるんだが、もしも許してもらえれば、今夜はきみたちと一緒に食事をしたい」

この言葉を聞いたとたんに、ナナの頭にはミス・エドガーと、彼女がマルベリー亭の者たちとは一線を画して過ごした孤独な年月のことが頭に浮かんだ。「いいですとも」祖母がどれほど喜ぶことか。ナナは涙ぐみながらどうにか答えた。

「どうしたんだい、湿っぽい顔をして？」

やさしいその声に、ナナは飛びついて思いきり抱きしめたい衝動にかられた。「いつか話すわ」彼女はそう言ってワージー艦長の部屋を出た。


やれやれ、危ないところだった。ドアが閉まり、ナナ・マッシーの姿が視界から消えると、オリヴァーはそう思った。ナナは喉に炎症を起こしている髭面の男に、あやうく抱きしめられそうになったことに気づいているんだろうか？

彼女が戻ったら、一緒に食べてほしいと頼むつもりでいたが、ナナはトレーを運んでくると、彼が口を開かないうちに、自分はもう食べたと彼に告げた。オリヴァーはその言葉を信じた。ナナはオリヴァーのシャツと下着とハンカチなどの小物類をすっかり取りだした。美しい顔には昨日と同じ、〝文句があるなら言ってごらん〟という表情が浮かんでいたので、彼はナナを止めなかった。

「湿布を巻いたときに、首が赤くなっているのに気づいたのよ」ナナは説明しながらほおを染めた。「着ているものを海水で洗っているせいだと思うの」

首の湿疹《しっしん》を見ただけで赤くなっているナナに、海水で洗った下着が股や腿にどんな発疹と痒《かゆ》みをもたらすかはとても話せない。代わりに彼はこう言った。「身に着けるものを真水で洗濯してもらえるのは、陸にいるときの大きな喜びのひとつだ。洗濯は下働きの子がするんだろうね」

「そうよ。サルにちょっとしたお礼をあげてくれれば……」

「喜んでそうするとも」

ナナは出ていくときに、部屋のなかの空気を全部持ち去ったに違いない。ナナが彼の指示で所持品箱《シー・チェスト》から取りだし、ベッドへと運んでくれた革張りの書類入れに気持ちを向けるのが難しかった。だが、まもなくオリヴァーはひとりにされたことにあきらめをつけ、ときどき眠りながら、午前中は書類仕事をして過ごした。

火薬運搬係の少年がドアをノックしたときも、彼はちょうどうとうとしていた。マシューは寝間着姿でまだベッドにいる艦長を見て目を丸くし、もう少しで拳を額につけ、敬礼するのを忘れそうになった。タイアレス号では、こんなことはありえないからだ。

オリヴァーは苦労して真面目な顔を保ちながら、少年に驚きから立ち直る時間を与えたあと、届けてもらいたい書類を差しだしながら椅子に座るように身振りで示した。マシューは帽子をぎゅっと握りしめ、椅子の端にちょこんと尻をのせた。

チャイルダーズからの報告は、気が滅入《めい》るような内容で始まった。艦尾の損傷が予想したよりひどく、艦倉の横桁を何本も取り換える必要があるという。オリヴァーはうめき声を押し殺し、読みつづけた。〝しかしながら、緊急に修理が必要なことはわかっております。そこであちこちから少しずつ大工たちをこの横桁に再割り当てするとしましょう。そうすれば最初の予定をたいして超過せずに修理が終わると思います〟

「ありがたい」オリヴァーは声に出してそう叫ぶと、満面の笑みでマシューに目をやった。

「これはよい知らせだぞ、マシュー」

火薬運搬係の少年は目を輝かせてオリヴァーを見たものの、質問されてもいないのに艦長に向かって口をきくようなことはしないだけの分別を持っていた。

「わたしの使いをする準備はできているか？」

「アイ、アイ、サー」

オリヴァーがその先を続けようとすると、ナナがドアをノックして、本を二冊手にして入ってきた。

窓から見える木々が大きく揺れているところを見ると、外は風が強いのだろう。ナナのほおが赤くなっているのは、その風が冷たいせいだ。鼻梁に散っている愛らしいそばかすを除けばしみひとつない肌に、オリヴァーはまたしても感嘆せずにはいられなかった。ちらっとマシューを見ると、こちらもすっかりみとれている。そうとも、マシュー、これがレディというものだぞ、彼はそう思った。海峡艦隊ではあまり見られない光景だな。

マシューがぱっと立ちあがって、ぎこちなくお辞儀をするのを見て、オリヴァーはにやっと笑った。ナナがいたずらっぽく目をきらめかせ、片膝を折ってお辞儀を返す。

「ワージー艦長が手紙を託すほど信頼している若い紳士というのは、あなたのことね」

「アイ、サー」マシューはとっさにそう答え、それから混乱したような顔になった。

こんな場面に遭遇したのは、ずいぶん久しぶりのことだ。オリヴァーはそう思いながら、やさしく訂正してやった。「この場合は、アイ、ミス、と言うべきだぞ」

ナナはベッドのそばに本を置いて、大きく見開いた目で彼女のあらゆる動きを追っているマシューに顔を戻した。「艦長のお使いに出かける前に、キッチンに寄っていくといいわ。たしかミートパイがひと切れあったはずよ。艦長にお許しをいただいたら、わたしがキッチンに連れていってあげる」

「ぼくにもひと切れ持ってきてくれたら、許可する」オリヴァーはそう言って書類を横に置いた。

「それはどうかしら。あなたは実のないスープにしておいたほうがいいと思うわ。それとアップルソースを少し」ナナの言葉に、驚きのあまりマシューは目玉が落ちそうなほど大きく目をみはった。

「だめだよ、ミス。艦長に逆らったりしたら、鞭《むち》で打たれるよ!」彼は思わず叫んでいた。

「ワージー艦長はそんなことをするものですか」ナナは澄まして答えた。

マシューは真っ青な顔でオリヴァーを見た。

「マシュー、おまえはレディについて学ばねばならないことがあるぞ」ナナの顔に浮かんでいる嬉しそうな笑みに目を留めながら、オリヴァーは少年にそう言った。「レディは、自分たちが誰よりも賢いと思っているんだ。陸ではたぶんそのとおりだろうな。わたしはミス・マッシーの機嫌をそこねるのはごめんだ」

マシューはごくんとつばをのみ、ベッドに近づいてささやいた。「こんなこと言ってすみません、艦長。だけど、この人はあなたが誰か知らないんですか？」

「正確にはわかっていないと思うね、マシュー」彼はささやき返した。「だから大目に見てやるとしよう」

火薬運搬係の少年は言葉もなくオリヴァーに頭をさげると、部屋を出ていった。すぐに彼が階段を駆けおりる音が聞こえてきた。

ナナはその後ろ姿を見送ってから、オリヴァーに顔を戻した。「あなたとわたしのどちらが余計にあの子をびっくりさせたのかしら？」

オリヴァーは枕に背をあずけた。「たぶんぼくだな。あの子はこれまで、ぼくが座るところさえ見たことがなかったんだ。そのぼくがベッドに大の字になっているんだからな。それもまだ寝間着を着たまま」

「〝大の字〟とは言えないわ」ナナは言い返し、赤くなった。そんなところまで観察しているのを知られて恥ずかしくなったのだろう。

彼は問いかけるような顔でナナを見た。

「きっと何年もハンモックに寝ているせいね」オリヴァーの問いを読んだらしく、彼女はこう言った。「ベッドでも、とてもまっすぐに寝ているのよ」

思いもかけなかった答えに、オリヴァーはふいをつかれてつぶやいた。「そうか。きみは観察力が鋭いんだね」

ナナはにっこり笑うと、マシューの敬礼を完璧に真似てから部屋を出ていった。

きみの観察力は鋭すぎる、ぼくがきみから片時も目を離せずにいることも、そのうち気づかれてしまいそうだ。オリヴァーは閉じたドアを見ながら思い、革の書類入れを膝の上に戻して、ひと束の書類を取りだした。手元には鉛筆しかないがそれで間に合わせるとしよう。そろそろラトリフ卿に手紙を書いて、娘の近況を知らせなくてはならない。

〝親愛なるラトリフ卿〟、オリヴァーはそう書いたあと、手を止めた。海軍省の上官であるあの子爵は、五年前に娘がバースの女学校から逃げだし、自分の保護下を離れたあと、どんな暮らしをしているか教えてくれ、と頼んできた。遠く離れているとはいえ、娘のことを案じている父親に、いまにもつぶれそうなマルベリー亭の窮乏を教え、娘には助けが必要だと告げるのは簡単なことだ。ナナがぼくの娘なら、なんとか助けになってやりたいと思うだろう。ラトリフ卿もおそらくそう思うに違いない。

だが、奇妙なことに、彼の直感はマルベリー亭の状況をあるがままに報告するな、と告げていた。海軍省でラトリフ卿の話を聞いたときに感じた違和感を拭いきれないのだ。なにかを疑う根拠はまったくない。だが、オリヴァーは自分の勘を信じていた。彼自身も彼の軍艦も何度となくそのおかげで助かっている。たとえ陸に足止めをくい、木賃宿で休養をとっているからといって、今回はその勘がはずれていると判断する理由はひとつもない。

ナナがぼくの娘なら、オリヴァーはそう思いながら書きはじめようとして、ふたたび手を止めた。〝ナナがぼくの妻なら、彼女の面倒はぼくが見られるのに〟ふと頭に浮かんだこの考えに彼は低い笑いをもらした。ばかばかしい。ナナは海峡艦隊の艦長と結婚するほど愚かな女ではない。もちろん彼自身も結婚を仄《ほの》めかすほど愚かではないが、この想像に心をそそられ、彼は紙の切れ端に、〝オリヴァー・ワージー艦長と艦長夫人〟と書かずにはいられず、それからその紙の切れ端を丸めて暖炉に投げこんだ。

親愛なるラトリフ卿

ご承知のとおり、われわれが海上を封鎖し、戦争が行われている状況とあって、プリマスは決して活気にあふれているとは言えません。しかしながら、お嬢さんのエレノア・マッシーはたいへん順調に暮らしておられます。マルベリー亭は通常どおり営業を行っています。もちろん、もっと客の数が多ければ、それに越したことはないでしょうが、ミス・マッシーについてはなんのご心配もいらないことをご報告申しあげます。彼女はよき手に守られています。

彼はふたたび鉛筆を置いた。〝よき手〟というのは彼自身のことか？　うむ、彼はマルベリー亭に肉を届けさせた。ほかにももっとできることはある。彼は鉛筆を手に取った。するとナナが階段を上がってくる足音が聞こえた。たぶん、さきほど言った具のないスープを持ってきたのだ。それとピートの煎じ薬を。彼は急いで書きかけの手紙を片づけた。これは午後にでも書きあげて、ラムスールに渡すようマシューに命じるとしよう。そうすれば、ラムスールが投函《とうかん》してくれる。彼はいま書いたことを思い返してみた。ほとんどが嘘《うそ》だ。マルベリー亭は実際、破産寸前だし、ナナは痩せすぎている。

彼女に堂々と必要な援助を与えられるたったひとりの人物に、なぜ嘘八百を並べたてるのか？　そのわけはオリヴァー自身にもわからなかった。わかっているのは、自分の直感がこれまで常に自分を助けてくれたことだけだ。ナナのノックに応えながら彼はそう思った。それが今回にかぎって自分を裏切るとは思えない。

ふいにべつの考えが頭に浮かんだが、オリヴァーはそれをすぐさま否定しようとさえしなかった。前世紀から続いている戦争がいつ終わるとも知れぬ状況で恋に落ち、夫がいつ帰るのか、生きて帰るのかどうかすらわからずに待たされる気の毒な女性を、もうひとり増やすほど愚かではない。彼は何年も自分にそう言い聞かせてきた。

だが、これはどんな嘘よりも大きな嘘だ。

# *6*

一抹の心地悪さを感じながらも、オリヴァーはラトリフ卿《きょう》宛の手紙をマシューに託した。

サルは期待を上回る働きをしてくれた。まだほんの少し脇の下が湿っているとはいえ、彼の手元にはその夜の夕食に着る、真水で洗ったシャツが届いていた。これもナナの指示で、サルとピートがたっぷりお湯を沸かし、浴槽に入れてくれた。おかげでオリヴァーは久しぶりのお湯にゆっくりとつかり、垢《あか》と汚れを落とすことができた。

ふたたび自分の部屋に戻ると、彼は髭《ひげ》を剃《そ》りながら、目のまわりのしわを消すことができたら、と思った。長年、吹きさらしの甲板で過ごしてきた結果だ。ナナは何十冊もの聖書に誓うと言っても、ぼくが三十歳だとは信じてくれないだろう。彼は小さな鏡に向かって顔をしかめた。それにこの冷酷そうな唇はどうだ？　これよりも薄い唇は、スコットランドの男にしか見たことがないぞ。

たいらな腹だけが、せめてもの救いだ。海軍省を往復する急ぎの旅で、陸には贅肉《ぜいにく》のついた男たちがいかに多いか知っているオリヴァーはそう思った。海峡艦隊の艦長には余分な肉がついている男などひとりもいない。もっとも、少尉候補生のころのズボンをはくのは、さすがに無理だ。これはあたりまえのことだが、体格があのころとは違う。いずれにせよ、さまざまな港で彼の相手をした女たちは、誰ひとり不満を言わなかった。

いいかげんに埒《らち》もないことを考えるのはよせ。彼は膝丈のズボン《ブリーチズ》のボタンをはめながら自分を叱った。だいたい、女たちが不満を言う理由がどこにある？　たっぷり金をもらったのに。牧師だった父は、冷たい水風呂や厳しい自制心についてよく説教したものだった。しかし、海の風呂はみな冷たいし、海上で何カ月も過ごしたあと、港で満足を与えようとする女性たちに囲まれた数週間は、どんな剛毅《ごうき》な精神も骨抜きにする。

ほかのことを考えろ。オリヴァーは自分にそう命じて、鏡に映った顔を見ないようにしながらスカーフを結んだ。そして結びおわると、喉を見つめた。ありがたいことに、痛みも不快な腫れもだいぶましになり、もうほとんど気にならない。耳の痛みのせいで頭にはまだ綿がつまっているようだが、海の男を悩ます慢性疾患には慣れている。

明日は乾ドックに戻り、船大工長の人生を惨めにすることができない理由はひとつもない。この見通しに、もっと心が弾んでもいいはずだが、そうなるとナナ・マッシーには早朝と夜しか会えないことになる。女性の魅力には惑わされないはずだぞ、と自分に言い聞かせる手間もかけずに、彼は部屋を出た。そんな題目はでたらめもいいところだ。

階段の下で待っていたマシューが、彼の姿を見てぱっと立ちあがった。

「マシュー、新しいシャツを着ているのか？」

「アイ、サー」マシューはそう答え、その先をつけ足すべきかどうか考えるようにためらった。

「それで？」

「ミスター・ラムスールがスロップ・チェストから取りだしてくれたんです」マシューは目を輝かせてそう言った。スロップ・チェストとは身の回り品が入れてある箱のことで、航海中に水兵たちはそこから必要なものを買うのだ。「ミスター・ラムスールは、おいらがきちんとした服装をすべきだと思ったんです」

「そのとおりだ」大人のシャツを着たマシューは、だぶだぶの袖を何回もまくっている。オリヴァーはそれを不憫《ふびん》に思った。「彼には、わたしのつけにするように言うとしよう」

　適切な距離を空けてしたがうマシューとともに、オリヴァーは居間とがらんとした食堂を通り抜け、廊下に出た。彼が廊下のはずれの緑色のフェルトが張ってあるドアをノックすると、サルがそれを開け、にっこり笑ってちょこんと膝を折った。

　彼がお返しに頭をさげると、サルはくすくす笑った。「サル、きみはすばらしい人だ。このシャツに染みこんだ塩をすっかり洗い落としてくれた恩は、決して忘れないよ」

　サルは片手を口にあてて、大きく目をみはり、なにも言えずにもう一度お辞儀をすると、くるっと向きを変えて走っていく。

「サル！　きみはぼくたちを案内してくれるはずじゃないのか？」オリヴァーは彼女の背中に向かって言った。

サルはナナにぶつかってようやく止まったものの、笑いながら自分をつかんでやさしく背中を叩《たた》くナナの手を振り払って、そのままキッチンに入ってしまった。

「わたしの乗組員を怖がらせたの？」ナナはオリヴァーをからかった。

「お礼を言っただけさ。本当だよ」

「ほんと、マシュー？」ナナはオリヴァーの横から顔を出し、後ろにいる少年に尋ねた。

「アイ、サ……ミス」マシューはショックを浮かべた目で艦長を見上げた。

「マシュー、おまえがわたしの言葉を疑ったりしたら鞭《むち》で打たせるが、ミス・マッシーにはそんなことはできない。そうだろう？」オリヴァーは少年に言った。「ミス・マッシーはレディだ。陸にいる者には、われわれのルールはわからないからな」

ああ、そうとも。ナナは海の掟《おきて》を知らない。オリヴァーはスカートの揺れを楽しみながら、狭い廊下の奥へと進む彼女のあとにしたがった。ナナは明るい色の服を着ていたが、痩せた体には大きすぎて、後ろでかなりつまんである。あの骨にもっと肉をつけるにはどうすればいいのか？　なにか方法があるに違いない。彼女の祖母かピートがぼくに手伝わせてくれるかもしれない。

夕食はすばらしかった。ナナの祖母が料理したラムチョップは、表面はぱりっとしているが、なかはまだピンクで軟らかく、マッシュルームのソースで煮た小さなじゃがいもも、海軍のビーンスープも最高の味だった。マッシー夫人が誇らしげにテーブルに置いたデザート、乾燥プラムのプディングは、なんとも甘くしっとりとしていた。

たしかにドレイク亭のほうが料理の数は多い。それに食後には密輸された極上のシェリーと、チーズの取り合わせも出てくる。マルベリー亭の食後の楽しみは、熱いりんご酒とチェダーチーズがひと塊だったが、りんご酒はすんなり喉を通ったし、海に出ているときに食べるのと同じ種類のチーズも満足のいく味だった。

オリヴァーはテーブルを見まわした。彼らは少人数で食卓を囲んでいた。彼とナナがサルとマシューに向かいあって座り、ナナの祖母が上座に、ピートが下座に着いている。こぢんまりした食堂は、タイアレス号で彼自身が使う食堂兼談話室を彷彿《ほうふつ》とさせ、わが家にいるようにくつろいだ気持ちになれた。

すぐ横にナナが座っているおかげで、タイアレス号よりもはるかに楽しい。最初はさりげなく眺められるように向かいに座ってほしいと思ったのだが、すぐに横にいるほうがもっといいことに気づいた。ときどき左利きのナナの袖が彼の袖に触れるからだ。

最初に腕がぶつかったとき、ナナは謝って場所を変わろうと腰を浮かしたが、彼は気にするなと押しとどめた。ナナがあっさりそれを受け入れたのを見て、オリヴァーはちらっと思った。この触れ合いを楽しんでいるのは自分だけではないかもしれない。

それにナナが祖母と話すのを聞いているのも楽しかった。ラトリフ卿によれば、エレノア・マッシーはミス・ピムの女学校で、エレガントな立ち居振る舞いや話し方を身に着けたと思われる。だが、ここにいるナナは、おそらくプリマスで送ってきた日々の経験で培った知識以外はなんの教育も受けていない祖母と、楽しげに愛情のこもった会話を交わしている。ナナの祖母はどこから見ても〝一般庶民〟だった。その点ではサルとピートも同じだ。だが、ナナが彼らを見る目には、深い愛情があふれていた。

きみはとんでもなく細い線の上を歩いているが、とても自然にそうしているんだな。オリヴァーはそう思いながら、ちらっとナナを見た。フィリオン夫人がなぜ無理やりでも余分のパイをナナに持たせ、かつら屋が美しい髪に法外な値を払うのか、オリヴァーにもわかるような気がした。プリマスの人々はみな、ナナが泥のなかのダイヤだとわかっているに違いない。オリヴァーもひしひしとそれを感じた。

それにしても、なぜナナの祖母はさっきからいまにも泣きそうな顔をしているのか。ナンシー・マッシーは海軍将校の軍服に簡単に畏怖の念を抱くような女性には見えなかった。それに彼は艦上で部下を威嚇するような声を出しているわけでもない。だが、マッシー夫人はさっきから彼のほうをちらちら見ては、まるで涙をこらえるように唇を噛《か》みしめている。あとでナナとふたりだけになったときに、そのわけを尋ねてみなくては。

夕食はあまりにも早く終わり、マルベリー亭の女たちは席を立ってテーブルを片づけはじめた。これはマルベリー亭の作法からはずれているかもしれないが、ナナが汚れた皿とともに自分の前から姿を消してしまうことに耐えられず、オリヴァーは急いで立ちあがり、咳払《せきばら》いして、すぐにそれを後悔しながら言った。

「マッシー夫人、この艦の舵《かじ》を取っているのはあなたですから、ぼくとマシューもキッチンに入る許可をいただきたい。皿洗いを手伝えば、そのあとお孫さんに『ロビンソン・クルーソー』を読んでもらう時間があるかもしれません」

どうやら彼の発言に仰天したらしく、ナナの祖母はわっと泣きだした。でも、すぐに涙を抑えると、うなずいた。「喜んでお手伝いしてもらいますよ、艦長。ナナに本を読んでもらうのは、あたしたちも楽しみだもの」

よかった！　ナナの勧めで軍服の上着を脱ぐと、マッシー夫人からエプロンを受けとり、彼はナナと並んで流しで皿を洗いはじめた。マシューのほうはちらっとも見ないようにした。鬼より怖い艦長がエプロンをしているのをまともに見たら、おそらくマシューはヒステリックに笑いだしてあとで悔やむことになるだろう。彼の叱責の効き目が相当弱くなることはたしかだ。

ありがたいことに、ピートが気を利かせてキッチンで出たごみを裏庭に運び、そこに置いてある大きな缶のなかで燃やせ、とマシューに言いつけた。そのあとは、明日かまどで使う細い薪《まき》を切る仕事が待っていた。

サルが皿の汚れを落とし、ナナがそれをすすいで、オリヴァーが拭いた。「どうやらぼくはきみのお祖母《ばあ》さんを動揺させてしまったようだ。なぜだかわからないが」

「あとで話すわ」ナナはそう言いながら皿を手渡した。「お祖母ちゃんは怒っているのでも、悲しんでいるのでもないの」

オリヴァーは眉を上げた。「だったら、いったいなぜ泣きだしたりしたんだ?」

ナナは彼のほうを見ようともせず、石鹸水《せっけんすい》に向かって微笑《ほほえ》んだ。「もっとしょっちゅう女性のそばにいれば、喜びの涙とそうでない涙の区別ぐらいつくはずよ」

ナナの言葉はオリヴァーをいっそう煙に巻いただけだった。彼はときどきちらっとナナを見るほかは皿を拭く仕事に専念しながら、こう思わずにはいられなかった。立派な教育を受けたレディが、なぜ運命に配られたカードにわめきちらすどころか、ひと言の不満すらもらさずそれを受け入れているのか? ぼくなら憤懣《ふんまん》やる方ないだろうに。

ナナが祖母は艦長である自分を恐れているわけでも、腹を立てているわけでもないと請けあってくれたので、ナナが上の部屋に『ロビンソン・クルーソー』を取りに行くと、オリヴァーはナンシー・マッシーに話を持ちかけることにした。

「マッシー夫人、まだ知りあったばかりでこんな申し出をするのは、おそらくあらゆる礼儀作法を逸脱しているのでしょう。しかし、じっくり構えて適切な時期を待つ時間がないものですから……」

ナナの祖母はかまどを拭いている手を止めて、彼の言葉を待った。

「この町はどこも不況にあえいでいます。海に出ているわれわれは見落としがちですが、このあたりの沿岸一帯が、戦争のためにひどい目に遭っている。あなた方はみな感心するほどよく持ちこたえています。しかし、ぼくはお孫さんがあまりにも痩せているのが心配なんです」

「あたしも心配ですよ」マッシー夫人は低い声で答えた。「いやになるくらい」

「よろしければ、ぼくが海峡に戻ったあと、必要な食べ物を買えるように手配したいんですが」彼はあからさまな命令には聞こえないように努力した。きわめて合理的な申し出だという調子で話せば、ナナの祖母もすんなり同意するかもしれない。さもないと、オリヴァーの申し出を施しだと解釈し、頭から拒否するに違いない。

ナナの祖母はまたしても涙ぐんだ。だが、今度は彼にもナナが言ったことがわかった。マッシー夫人はオリヴァーに腹を立てているのでも、悲しんでいるのでもない。ほっとしているのだ。それは彼の腕に飛びこみ、首にかじりついたかのようにはっきりしていた。

これで問題のひとつは解決した。「さっそく明日、〈ブルースタイン・アンド・カーター〉に行って、マルベリー亭の口座を作ることにします」彼はそう言った。「あなた方にはとても親身に世話をしてもらいましたからね。あなたの心配をひとつ減らすことができて、ぼくも嬉《うれ》しいんですよ」

するとナンシー・マッシーは驚いている彼の手を取って、それにキスした。それからエプロンを目にあてて、キッチンを出ていった。オリヴァーは、そんな奇特な慈善行為をするお金があるのか、と問いただされ、どちらもばつの悪い思いをしなくてすんだことにほっとした。彼にはその余裕があるのだ。必要とあれば、プリマス中の人々を養えるくらいある。

『ロビンソン・クルーソー』は何度も読んでいるが、これほどそれを楽しんだことはなかった。ナナは本を膝に置いて、暖炉とランプのそばに座った。オリヴァーは部屋の反対側、好きなだけナナを見ていられる位置に座った。サルは、それにオリヴァーの許可を得たあとマシューも、ナナのそばの床にあぐらをかいた。マッシー夫人も満ち足りた顔で編み物を手に孫娘のそばに座っている。編み棒が触れあう音がオリヴァーに母のことを思いださせた。彼の母も座るときには必ずなにかを手にしていたものだ。ピートは最初の章が終わるころには眠りこんでいた。

ナナの柔らかい声の響きが安らぎをもたらし、オリヴァー自身もいつのまにかうとうとしていた。バースで身に着いた上品なアクセントと、ラ行の音でほんの少し舌を巻くデヴォンシャーの訛《なま》りが絶妙に組みあわさったナナの声が、なんとも言えず心地よい。ミス・ピムが細かいことに目くじらを立てる女性だとしたら、母音をかすかに引き延ばす癖には相当苛立《いらだ》ったに違いない。しかし、ミス・ピム、ナナ・マッシーからプリマスのすべてを取り去ることはできませんよ。オリヴァーはそう思った。

彼はナナに惹《ひ》かれずにはいられなかった。艦長といえども、ただの男にすぎない。ロビンソン・クルーソーが海賊に捕まるくだりを聞きながら、彼はベッドのなかのナナを想像しはじめた。その前に少しばかり肉をつける必要がある。彼自身も痩せているほうだが、いまのナナでは愛撫《あいぶ》の最中にどこかが折れるのではないかと、気が気ではないだろう。ナナは長身ではないが、とても脚が長そうだ。もちろんそれをこの目で確かめたわけではないが、それが自分の腰に巻きついたらどんな感じがするか、想像せずにはいられなかった。そしてナナの息遣いが耳元でしだいに荒くなり……。

ばかげた想像はやめろ！　彼は厳しく自分に言い聞かせた。みんなと離れた部屋の隅に座っていてよかった。そのおかげで押し殺そうとした低いうめき声は、誰にも聞こえなかったはずだ。彼はナナの読んでいる物語に神経を集中しようと努め、ほかの聴き手同様、まもなくそれに心を奪われていた。

やがてナナは部屋を見まわし、それから部屋の遠くの隅にいる彼を見た。「この部屋でまだ眠っていないのは、わたしたちふたりだけみたい」

「ああ、そのようだ」

「どうします？」

「みんなをベッドに送ってやろう」

それは簡単だった。マシューは肩に手を置いただけでぱっと目を開け、立ちあがった。サルはもう少し時間がかかった。マッシー夫人はあくびをして、子どもたちを寝かしつけることに同意した。

「おいらはここの床でも眠れるよ」マシューは言った。「砲列甲板ほど固くないもの」ナナのショックを見てとり、彼は怒りのまなざしをそらすように両手を上げた。「こいつはちゃんとハンモックで寝ている。本当だ」それからしぶしぶ例外もあることを認めた。「まあ、だいたいはね。われわれは交代で甲板で眠るんだ」

「今夜はサルのベッドで眠るのよ。サルはわたしと一緒に寝るわ」ナナはきっぱりと言った。「マシュー、あなたはうちのお客様なんですからね」

逆らっても無駄だとわかっているらしく、マシューはオリヴァーのほうに笑みを投げ、マッシー夫人のあとにしたがった。ナナはまだ膝に本をのせて、暖炉のそばの椅子に座っている。

オリヴァーは自分の幸運が信じられなかった。ピートは一時間前に早々と寝に行ってしまい、ナナの祖母も子どもたちを連れて出ていった。彼は脚を伸ばし、暖炉の格子に靴をのせた。こうすれば、ナナが部屋を出るには、彼をまわりこまなくてはならない。だから、もう少し一緒にいてくれるかもしれない。

ナナは動きたくなさそうだった。話したくもなさそうだ。オリヴァーがちらっと見ると、目をそらした。ナナが長いことここにいてくれるとは思っていなかったが、あとで教えると約束したことを訊《き》きだすチャンスだ。

「ミス・マッシー、今夜はマシューに親切にしてくれてありがとう」

ナナはわざわざ礼を言われるほどのことではない、というように片手を振った。「気にしないで。あの子はとてもいい子だし、泊めるところもあるんだもの」

ナナがもっとなにか言いたそうなのを見て、オリヴァーは表情の豊かな顔ではなく、暖炉の火へと目を戻した。

「あの子はラムチョップを食べたことがなかったみたい」

ラムチョップ。なんという平凡な言葉だろう。まるで夫と妻が自分たちの子どものことを話しているようだ。頭に浮かんだこの思いにオリヴァーは胸を打たれた。これが平和というものに違いない。外にはなんの憂いも心配もなく、暖炉の前に座り、ラムチョップや子どもたちのことを話す。いつかそういう日が来るとは、ほとんど信じられないくらいだ。

「救貧院でラムチョップが夕食に出るとは思えないからな」オリヴァーはふいに頭に浮かんだこの思いを振り払った。「だが、シシカバブなら、モロッコの市場で食べたことがある」

ナナは少し考えてからこう言った。「つまり、軍艦であちこちの港をまわって歩くのはきつい人生だけど、それなりの報酬もあるってこと?」ナナはまるで彼の腕に触れたがっているように、ついと身を乗りだした。「わたしはモロッコに行ったことがないわ」

「だろうね。きみの生活はもっと静かなものだ」オリヴァーは椅子に背をあずけ、暖炉の火が靴の底を温める心地よさを味わった。オリヴァーや彼と同じような男たちが命がけで戦っているおかげで、この美しい女性が安全な場所で静かに座っていられるのだ。そう思うと、深い満足をおぼえた。「マッシー夫人がなぜ今夜はあんなに心を乱されている様子だったのか、あとで教えてくれると言ったね?」

「ええ、言ったわ」ナナは体の下に脚をたたんで、椅子の背に片方のほおをあずけ、まっすぐに彼を見た。「ついこのあいだまで、うちには家庭教師をしていたミス・エドガーという下宿人がいたの」

「定期的な収入は、こういう商売ではありがたいものだろうな」この愛らしいまなざしに自分の心臓が耐えられるだろうか? オリヴァーはそう思いながら言った。

「ええ。でも、ミス・エドガーの貯金は五年ですっからかんになってしまったのよ」ナナはあたりまえのような口調で言った。まるでどんな下宿人にも同じようなことが起こるものだというように。「でも、わたしたちはそれまでと同じように彼女を下宿人としてここに置き、お金のことはひと言も口にしなかった。ここを追いだせば、救貧院しか行き場がないことは明らかだったから」

ほかの宿屋なら、ためらわずに追いだすだろう。マルベリー亭が金に困っているのも不思議ではない。

「ミス・エドガーはいつもがらんとした食堂で食べたの。お祖母ちゃんは何度も今夜のあなたとマシューのように、一緒に夕食をとろうと招いたけど、がんとして承知しなかった。わたしたちの慈善にすがって生きていたのに、食卓をともにするのはプライドが許さなかったのよ」

「自分はマッシー家の人間よりましだと思っていたわけか」オリヴァーは低い声で軽口のように言ったが、マッシー家の女性が受けた侮辱を思うと怒りが胸を焼いた。マルベリー亭の人々のお情けで人並みに食べ、体面を保っていられる境遇でありながら、マッシー夫人の善意に、どうすれば気づかずにいられるのか？　なんという愚かな、理不尽なプライドだ。

　ナナは彼の考えを読みとったようだった。「プライドはひどい重荷になるに違いないわね、ワージー艦長。ミス・エドガーはヨブの雄鶏《おんどり》より貧しかったけれど、自分の身分はわたしたちよりも高いと信じていた。だから、わたしたち下々の人間と一緒に食べるのも、友だちになるのもプライドが許さなかった。お祖母ちゃんはそれをとても悲しんでいたの」

　ナナはそう言ってオリヴァーの手に触れた。彼は少しでも動いてナナがこの仕草に気づくのを恐れ、息を止めた。彼の手の甲に置いた指にかすかに力がこもった。「あなたに今夜一緒に食事をしたいと言われたとき、お祖母ちゃんはすっかり感激して、テーブルにふたり分の席を作るようにと言うのも、ままならなかったくらい。ありがとう、ワージー艦長。ミス・エドガーの拒絶のあとで、お祖母ちゃんがあなたの申し出をどんなに嬉しく思ったか、とても言葉では説明できないわ」

オリヴァーはごく自然にてのひらを返し、ナナの手を握りしめていた。ナナは彼に向かって微笑み、手を引っこめた。「あなたは今夜、お祖母ちゃんをとても幸せにしてくれたのよ」ナナは彼が自分の手をつかもうとしたことに、うろたえた様子もなくそう言った。「もちろん、わたしのことも」

この最後の言葉を聞かなければ、オリヴァーは立ちあがって、ナナに断り、部屋に引きあげたに違いない。これで墓穴を掘ることになるかもしれない。しかし、いったんやりかけたら、最後までやり通せ、と言うではないか。

ナナはまるでいつもそうしているように横座りに丸くなり、心地よい姿勢で彼を見守っている。オリヴァーは彼女を抱きあげて膝にのせ、抱きしめたかった。

ナナはまだ肘掛けに腕をのせている。彼はそれをぽんと叩いた。「きみに訊きたいことがあるんだ。ぼくにはまったく関係のないことだが……」

ナナは好奇心と警戒の入り混じった表情で彼を見た。

「文句があるなら、ネルソン卿に言ってもらいたい。彼はかつてこう言ったんだ。〝敵の艦の横に艦をつける艦長は、決して負けない〟と。もちろん、きみは敵ではないが……」

オリヴァーは急いでつけ加え、自分の愚かさにあきれて言葉を切った。

だが、ナナは彼がそれを口にする前に、なにを訊きたがっているのか察したようだった。

「わたしが十六のときになぜバースからここに帰ってきたのか、不思議に思った人はあなただけじゃないわ。わたしをレディにするためにお金を払ってくれる父親がいるのに」

オリヴァーは美しい額に音をたててキスをしたいと思いながらうなずいた。

ナナの口調は、さきほどラムチョップの話をしたときと変わらなかったが、彼女が体を起こすのを見て、オリヴァーは自分を蹴り飛ばしたくなった。ナナは彼ではなく、暖炉の火を見つめ、独り言のようにつぶやいた。「この町の人たちは、みんな知りたがっているはずよ」

きみはぼくに話すつもりはないんだね、とオリヴァーはそう思った。もともとぼくにはまったく関係のないことだ。なぜ話す必要がある？

「どうして知りたいの？」ナナはだしぬけに尋ねた。

はっきりした理由があるのかどうかすら、オリヴァーにはよくわからなかった。おそらく彼はマシューのように、マルベリー亭の団欒《だんらん》に加われたことが嬉しくて、自分の立場をうっかり忘れたのだ。彼は十二のときから、家庭を持たずに過ごしてきた。プリマスの裏通りにあるみすぼらしい宿で過ごしたこの二、三日で、家庭の団欒が恋しくなり、それに浸ったつもりになったに違いない。だから、身のほど知らずにも、こんな厚かましい質問をぶつけたのだ。

ラトリフ卿にマルベリー亭の様子を探り、知らせてくれと頼まれたからだ、とは言いたくなかった。ナナの父親に手紙を出したというだけで、すでに後ろめたい気持ちにかられているのだ。

きみが好きだから、傷ついたかどうか知りたいのだ、と言うこともできる。だが、それを口に出すにはためらいがあった。彼は自分の部下以外の人間を気にかける立場にはないからだ。二百人の男たちと三十四門の大砲を積んだフリゲート艦には、彼の愛と献身のすべてが必要だ。少なくとも、オリヴァーはそう思っていた。

「ただ知りたいだけさ」彼は短く答えた。

ナナが立ちあがるのを見て彼は息を止めたが、彼女が居間を横切ったのは、ドアを閉めるためだった。ナナが火のそばに戻り、さきほどのようにくつろいだ姿勢で座るのを見て、彼は溜《た》めていた息を静かに吐きだした。

「お話しするわ、ワージー艦長。そんなに恐ろしいことじゃないもの。たぶんね。ああいう展開を予期しているべきだったんでしょうね」

# 7

この話を聞いたら、ワージー艦長は深い嫌悪を示すに違いない。ナナは心のなかで身構えた。この話ほど自分が私生児であることを痛烈に思いださせるものはない。でも、その事実からはどうあがいても逃れられないのだ。逃れられると思うのは愚かだった。

ピートと祖母は知っている。五年前プリマスに戻ったときは、ふたりに自分が受けた屈辱を話すつもりはなかった。でも、小さなバッグのほかにはなにも持たずにマルベリー亭に着いて、ふたりの心配そうな顔を見たとたんに、この決心はもろくも崩れ去ったのだった。

ワージー艦長に話すのは、それとは事情が違う。オリヴァー・ワージーが示してくれる思いやりは、事実を知れば消え失《きう》せるに違いない。でも、それでいいの。ナナは自分に言い聞かせた。バースを逃げだしたわけを説明するのは、しばらく前から彼女の心が告げている彼への想《おも》いを冷ます、ちょうどいい薬にもなる。ナナは深く息を吸いこんだ。

「母は結婚しないままわたしを産んで、お産で亡くなったの。父のウィリアム・ストークスはラトリフ子爵で、当時トナント号の中尉だった。父は本当に母を愛していたのかもしれないわ。自分がわたしの父親だということを、一度も否定しなかったんですもの」

「それは寛大なことだ」ワージー艦長は皮肉たっぷりにつぶやいた。

「自分が私生児の父親だと認める男性は少ないわ。その点は考慮してあげなくては」自分でも思いがけぬきつい口調で、ナナは父をかばっていた。

どうやらナナの言葉には同意しかねるらしく、艦長は答えようとしない。この〝情状酌量の余地〟に異を唱えるなんて、珍しい人ね。そう言ってもよかったが、残念ながらわたしの話が終わったあとは、そんな気も起きなくなるだろう。

「祖母はラトリフ卿《きょう》に、わたしに教育を授け、なんらかの将来を与える、という証文を書かせたけど、五つになるまでプリマスで育ったの。だから幼いころの記憶はすべてこの町のものよ」

「なにを覚えているんだい？」

ワージー艦長が本気で子どもだった自分に関心を持っているのを見て、ナナは喜んで答えた。

「かもめ」ナナはそう言って笑い、彼の椅子の肘掛けに手を置いた。「かもめの鳴き声よ。かもめはプリマスのどこにでもいるわ。漁船が港に入ってきたときはとくによく鳴いているでしょう？　これはお祖母《ばあ》ちゃんから聞いたことだけど、ふたりで波止場にいたときに、一羽のかもめがわたしの頭に止まって、わたしが持っていたビスケットを盗んだんですって」

「ああ、軍艦でもときどき同じことが起こる。あいつらはうるさい泥棒だ」

ナナは椅子に背を戻した。「無理やりミス・ピムのところに連れていかれたときは、大泣きしたものよ。でも、バースにもかもめがいたから、なんとかホームシックで死なずにすんだの」

「きみはぼくよりもっと小さいときに家を離れたんだね」

そのとおりだ。ナナはいまさらながら驚いてそう思った。「少なくとも、休みのときはプリマスに戻ることを許されたわ。なぜわたしがいつも飛ぶようにしてプリマスに帰りたがるのか、ミス・ピムには理解できなかったみたい。でも、お祖母ちゃんはわたしを愛してくれるし、わたしもお祖母ちゃんが大好きなの」

彼女はちらっとワージー艦長を見た。薄暗い光のなかでさえ、彼の浅黒いほおが染まったのがわかる。ワージー艦長、あなたも誰かを愛したことがあったのね。それがわたしだったらよかったのに。ナナは少しのあいだ黙って思いを募らせた。正気の女なら、誰だってワージー艦長のような男性に愛されたいと思うに違いない。

「十六になるまで、父と実際に会ったことはなかったのよ。でも、父は毎年絵描きをバースによこして、わたしの細密画を描かせたの」

その先を続けるのがつらくて、言葉が途切れた。ワージー艦長は無理強いしようとはしなかった。きっとうんざりしているんだわ。ナナは暗い気持ちで思った。でも、それはわかっていたこと。さっさと終わらせてしまったほうがいい。

「十六になると、わたしはロンドンの父の自宅に招かれたの」

「子爵はきみをどんなふうに迎えたんだい？」

「とても親切で、礼儀正しかった。マナーには文句のつけようがなかったわね。お祖母ちゃんと同じくらい立派だったわ」

ナナは艦長を笑わせるつもりで軽口をたたいた。思ったとおり、彼はこの言葉に笑い、少しばかり張りつめていた部屋の空気を和らげてくれた。ナナは屈辱のあまりワージー艦長をまともに見ることができず、まっすぐ前を見つめた。

「そして、お天気の話でもするみたいに落ち着いた声で、おまえが自分の友人のひとりの愛人になる手配をした、と言ったの。その男から借りているお金を帳消しにしてもらうのと引き換えに」

「なんだって！」艦長はそう叫ぶとぱっと立ちあがり、じっとしていられないようにしばらく歩きまわってから暖炉のそばで足を止め、燃える火を見つめた。「どうしてそんなことをするのか、説明したのかい？」

「借金の代わりにするという説明で、十分だと思ったようだわ。金のかかる立派な教育を無駄にするつもりはない。それにわたしのような境遇の女には、とうていふつうの……」ナナは言いよどみ、それから一気に言った。「私生児にはふつうの結婚は望めない。これはとてもよい話だ、と」

ほら、ちゃんとおしまいまで言えたわ。ワージー艦長の顔に浮かんだ恐怖を見さえしなければ、この先だって続けられる。

「絵描きを雇って細密画を描かせたのは、そのためだったのよ。毎年紳士クラブでそれをまわし、わたしを引き受けてくれる相手をやっと見つけたわけ。わたしを手に入れる代わりに、借金を棒引きにしてくれる友人を」

ワージー艦長はずっと昔ナナが波止場で耳にした言葉を口走った。ナナはそれを真似《まね》て、祖母に叩《たた》かれ、夕食をもらえなかった覚えがある。勇気をふるってちらっと見ると、彼の顔は石のように冷たかった。でも、その顔がまるでナナの苦痛を感じているようにとても悲しげになるのを見ると、胸が温かくなった。

「ラトリフ卿が十六まで待ってくれたことに感謝すべきだったんでしょうね。十一のときに、わたしを欲しがった侯爵がいたそうなの。ラトリフ卿には、それを拒否するだけの良識があった。とにかく、彼はそう言ったわ」ナナは顔をしかめた。「子どもを好むようなけだものの手におまえを渡すことなど、絶対にするつもりはなかった、と。娘思いの父親だと強調したかったのね、きっと」

ワージー艦長は呆然《ぼうぜん》とした顔で、まるで脚の力が抜けたかのようにどすんと腰をおろした。「なんと言えばいいのか……」

「わたしもただ彼を見つめることしかできなかった」涙があふれ、ほおを伝ったが、ナナはそれを止めようとはしなかった。「そんなおぞましい取り引きには決して応じられない、と言うと、彼は笑って〝なにを期待していたんだ？　私生児のくせに〟と言い返した。そして、さっさと出ていけ、と命じたわ」

ナナはエプロンで涙を拭った。身を乗りだしたときに、ワージー艦長の手がうなじに置かれるのを感じた。ほんのつかのまのことだったが、その指の温かさと彼の行為が、わびしさを慰めてくれた。

「その日のうちにロンドンを出たの。それからまもなくミス・ピムに、父が支払いを止めたから、学校を辞めてもらわなくてはならない、と言われたのよ」ナナはようやくまっすぐに彼を見た。「だからわたしはプリマスに戻ったの。わたしを愛してくれる家族がいる場所に」

「後悔はしていないんだね？」

ワージー艦長のやさしい顔を見て、ナナの心臓は胸のなかでひっくり返った。「一度だって悔やんだことはないわ。自分が私生児だということは、昔から知っていたのよ。お祖母ちゃんは決して隠したりしなかったから」彼女はもう一度涙を拭き、気持ちを立て直した。「いいえ、ひとつだけ、バースにあった服をプリマスに持って帰ればよかった、とあとで思ったわ。あれを売れば、マルベリー亭の役に立てられたもの」

「そうとも、その意気だ。なにもかも残してきたのかい？」

「ええ、全部ではなかったけど。だって下着姿じゃ、郵便馬車に乗せてもらえないでしょう？」

彼は笑った。「きみはたいした女性だな、ナナ。お祖母さんのしたたかさを受け継いだに違いない。いいことだ。で、その悪党はその後なにか言ってきたのかい？」

「いいえ。それだけはありがたいわ」いまの打ち明け話をどう感じているにせよ、ワージー艦長は信頼できる人間だ。でも、ナナは念を押さずにはいられなかった。「この話は誰にも言わないでくれるわね」

「もちろんだとも。心配はいらないよ。お祖母さんとピートには話したと言ったね？」

ナナはうなずいた。「なにも言うつもりはなかったのに、勝手に口から出てしまったの」

「ラトリフ卿の借金はまだそのままなんだな」

「わたしが彼の財政を助けなかったことはたしかね」ナナは皮肉をこめてそう言った。

「計画がお流れになって、どうやって借金を返すつもりなのかしら」

「いい質問だ」ワージー艦長は自分の胸に片手をあてた。「今夜はこれ以上の興奮には耐えられそうもない。そろそろやすむことにするよ」

「ええ、もちろん」ナナは立ちあがってドアを開けた。彼は明日にでもマルベリーを出て、ドレイク亭に戻るかもしれない。きっとそうするわ。

ワージー艦長は彼女のそばを離れがたいように、少しのあいだドア口に立っていた。

「明日は乾ドックに行くつもりだ。これから三週間あまり、あそこで癇癪《かんしゃく》を起こしたり、苛々《いらいら》させせられたりすることを思うと、封鎖に戻るときにはクリスマスにわが家に帰るような気がするだろうな」

彼の声はわびしげだった。ワージー艦長にはわが家はないのだ。彼がマルベリー亭に来た最初の晩のやりとりで、ナナはそれを知っていた。天涯孤独の身である艦長に比べれば、わたしはまだ幸せだわ。これからは私生児だからってぐちを言わないようにしなくては。

それから彼はナナを驚かせた。やさしく彼女の顔をはさみ、額を合わせて、ふたりの呼吸が重なるまでそうしていた。

「いいかい、ナナ。きみの身に起きたことは、きみにはなんの責任もないことだよ」

ナナは彼の額のぬくもりを感じ、彼の息を深く吸いこみながら不思議な安らぎに満たされてうなずいた。「まだ友だちでいてくれる？」

「ああ、友だちでいるとも」

オリヴァーはまるで鉛のように重く感じられる足で、一段一段、階段を上がり、自分の部屋へ向かった。足の動きとは対照的に、彼の頭はめまぐるしく働き、その日の午後ラトリフ卿に書いた手紙の一言一句を思いだしていた。得体の知れない胸騒ぎを信じて、マルベリー亭の状況を実際よりもはるかに薔薇《ばら》色に描いたのは正解だった。それだけで、あの男の次の一手を封じるのに十分だといいが。

自分がラトリフ卿に書いた内容には、ふたたびあの男の注意をプリマスにいる娘に向けるものはなにひとつない、ようやくオリヴァーはそう判断した。ただし、この先あの男と話すときに、悪しざまに罵り、撃ち殺すのをどうやって回避するかという問題は残る。

横になったあとも、一時間ばかりは眠れなかった。海軍大臣に面会を申しこみ、封鎖の報告をする上官を変えてもらうべきだろうか？　これから一、二カ月あの男に会わずにすむことを考えれば、適当な理由をでっちあげる時間はたっぷりある。

とはいえ、オリヴァーは心配だった。プリマスの状況に関してはもっと楽観的に報告しておくべきだったかもしれない。ラトリフの経済的な事情が五年のあいだに改善されたとは思えない。むしろますます追いつめられているとしたら、またしても娘を犠牲にしようと企《たくら》むかもしれない。

そうだとしても、おまえになにができる？　オリヴァーは眠りの神モルペウスの腕に心地よく抱かれるどころか、悶々《もんもん》と考えつづけた。夜明け間近にようやく疲れはてて目を閉じたものの、まもなく、マシューのノックで起こされた。

マッシー夫人は彼が十分回復したと判断したらしく、朝食のトレーにはいつもよりこぶりの器に入れた粥《かゆ》のほかに、ベーコン・エッグ、豚の血を固めて作ったブラック・プディングが添えてある。ナナが一緒に来て、食べるあいだかたわらにいてくれれば申し分なかったのだが、彼女の姿はなかった。

ゆうべの告白のあとで、ぼくを避けているのだろうか？　不安にかられて、彼はトレーを運んできたマシューに尋ねた。そしてナナはだいぶ前にピートと魚市場に行ったと聞いて、ほっとした。出かける前にナナの姿をひと目でも見たくて、オリヴァーは支度に時間をかけた。

だが、いつまでたっても戻る様子はない。あきらめて表のドアを開けると、ナナはそこで階段をはいていた。彼女はゆうべと少しも変わっていないように見えた。いや、ゆうべより美しい。今朝は太陽が輝き、褐色の髪に赤いきらめきをもたらしていた。

オリヴァーは革の書類入れを抱え、誇らしげに胸を張っているマシューに片手を振り、先に行けと合図した。ナナはかすかに笑みを浮かべ、マシューが階段を踏み外さないように横に寄って、馬車へと向かう彼に声をかけた。

「マシュー、ワージー艦長が何日かはあなたなしでも大丈夫だと判断したら、ここに戻っていらっしゃいね」ナナは少年にそう言った。

マシューはこくんとうなずいた。「アイ、ミス」

「夜になったら戻る。タイアレス号が寝ずの番を必要としなければ、だが」そう言ったとたん、ナナの顔に驚きが浮かぶのを見て、オリヴァーは内心首を傾《かし》げた。まさか、昨夜の告白で彼女に対する彼の評価がさがったなどと考えていたわけではないだろうに。

ナナはすぐに立ち直り、彼をたしなめた。「あら、またなにか訊《き》きたそうな顔をしているわね。もちろん、あなたはここに戻るわ。あなたのシャツは一枚残らず洗濯室にあるんだもの。サルに言って、あれは人質にするわ。ほかの宿に鞍替《くらが》えしたら、一枚も戻らないわよ」

そんなことをするものか。オリヴァーは心のなかでつぶやいた。ナナが箒《ほうき》をドアに立てかけ、馬車まで一緒に歩いてくると、彼はまたしても言葉では表せない安らぎを感じた。まるでこの美しい女性が彼の妻で、彼を海に連れ戻す馬車のところまで見送りに来たかのように。ほんの短い距離を一緒に歩いた、ただそれだけのことだが、冬の海に戻ったあとも、この思い出が胸を温めてくれるに違いない。

オリヴァーは表門のそばの、すみれの鉢に目をやった。彼がひどい仕打ちをしたにもかかわらず、美しく咲いている。

「きみの手を煩わせたのでなければいいが……誰が後始末をしたんだい？」

「わたしよ」ナナは笑いにきらめく目を上げ、彼を見た。「どんなものにも、二度目のチャンスを与えられる資格があると思うから」

オリヴァーが馬車に乗りこみ、御者が手綱を構えるまで、ナナはそこに立っていた。

「夕食は六時よ」彼女は一歩さがって手を振りながらそう言った。

いいとも、ディア。その時間には帰る。そう思いながらふとかたわらを見ると、マシューもナナにみとれていた。「あの人をどう思う?」彼は尋ねた。

マシューはため息をついて、「艦長」と言っただけだった。

たしかに、言葉にするのは無理だ。オリヴァーは内心同意した。ふたりともまるで腑抜《ふぬ》けだぞ。われわれは海上封鎖に戻ったほうが安全かもしれないな、マシュー。ただ生き延びて、フランス人たちを港に閉じこめておくだけでいいんだからな。

いっそ祖国に気が散るものが少ないほうが、仕事が楽だ。一週間前の彼ならそう思ったに違いない。だが、いまのオリヴァーは、ナナ・マッシーから十時間近くも離れていなくてはならないだけで、胸を引き裂かれるような気がした。そうとも、自分に嘘《うそ》はつけない。自分に嘘をつくのは、ほかの人間に嘘をつくよりもたちが悪い。

少なくともワージー艦長が戻るまでは彼のことを頭から締めだすというナナの決心は、十分ももたなかった。残りの洗濯物を集めるためにサルを彼の部屋にやっていたら、あと十五分は続いたかもしれない。でも、サルは皿を洗うので忙しかったので、ナナは自分で行くことにした。

残りの洗濯物はドアの外に出してあった。それと硬貨を包んだ紙の切れ端が、両側をひねって添えてあった。〝サル〟と書かれたその紙を取りあげると、自然に笑みが浮かんだ。「艦長、あなたは気前がよすぎるわ」それからこうつけ加える。「でも、ありがとう」

洗濯物を腰に抱えたときに、つい彼の寝間着を見下ろしたのが失敗だった。それを顔に近づけると、潮水と湿布の小麦のにおいと彼の体臭が混じった不思議なにおいがした。かすかにベーラム香油のにおいもするような気がしたが、ほとんどが潮水のにおいだ。鼻につんとくるタールと、おそらくワージー艦長自身のもう少し穏やかなにおいがそれに混じっていた。

ナナは彼の寝間着にほおをすり寄せた。ゆうべ彼にすっかり打ち明けたのは、正しいことだった。あの告白がワージー艦長に、彼女が私生児で、社会のはみだし者だということを思いださせなかったとしても、ナナ自身はいやでもそれを思いだした。彼女は彼の寝間着で目を拭った。ありがたいことに、少なくとも彼は友だちだと言ってくれたわ。

今朝は仕事が山ほどあるのを覚悟していたが、実際、驚くほど忙しくなった。しかも午後になると、マルベリー亭にお客がふたりやってきた。ひとりは乾ドックの策具に関する複雑な仕組みを修理するためにきた職人だった。「長くても二泊だがね」その男は入り口のホールで祖母にそう言った。「ここじゃ、素朴でうまい料理を出すと聞いたんでね」

もうひとりは、タイアレス号の航海長ダニエル・ブリトルの夫人だった。「トーキーの家に連れて帰る気になれないのよ。ダニエルときたら、家に帰っても艦の話ばかりするんですもの、五日間もそれじゃたまらないわ」ノラ・ブリトルは宿の裏手にある二階の部屋に案内したナナにそう打ち明けた。「それに、ここならドックに艦があるあいだ、彼と一緒にいられるでしょ」彼女は意味ありげに片目をつぶり、ナナを赤面させた。

こんなすばらしいチャンスをみすみす無駄にはできない。ナナは部屋の洗面台にタオル類を足しながら、思いきって尋ねた。「ブリトル夫人、マルベリー亭のことをどこから聞いたんでしょう？　ここは表通りからはずれているのに」

ブリトル夫人は嬉《うれ》しそうに答えた。「ダンはずっとタイアレス号で寝泊まりしているの。でも、ワージー艦長がここに泊まってはどうかと勧めてくださったのよ。〝静かだし、清潔だし、わけのわからない食事は出てこない〟と言ったそうよ」

「ワージー艦長らしいわ」ナナは笑いながら言った。

「艦長を知ってるの、ディア？」

「ほんの少し」ナナはほおが染まるのを感じながら答えた。「艦長もうちに泊まっているんです」

ブリトル夫人はたんすを開け、外套《がいとう》を掛けた。「ダンが言うには、ワージー艦長は艦隊一すばらしい艦長だそうよ。夫は、ほかの艦長の下では働きたくないとまで言ってるわ」夫人はナナの薔薇色に染まった顔を見た。「ああ見えても、思いやりのある人なのよ。でも、あなたはもうご存じのようね」

ナナはさらに顔を赤くしてうなずき、どうにかこう言った。「わたしたちにとてもよくしてくださっているんです」

「ついさっき会ったときにダンが言ってたわ。〝マルベリー亭ではどんな奇跡を働いたのか、まるで死人のようだったワージー艦長が、ラザロみたいによみがえった！〟って！」

「たしかにここに来たとき、艦長の舳先《へさき》はたれていましたわ」ナナはミス・ピムが〝気付け薬をちょうだい〟と叫びそうな、ちょっとしたプリマスの造語を使った。

「その調子で続けてちょうだいな、ディア！」ブリトル夫人は荷物をほどきはじめ、部屋を出ていくナナにそう言った。

ワージー艦長はマルベリー亭を宣伝してくれているんだわ！　ナナは階段を一段おきに駆けおりながら思った。なんていい人なの。この分なら、食堂を開けることができる。キッチンに入ると、ナナはサルの腰をつかんで少女をくるっとまわした。かまどでスープをかきまわしていた祖母が、嬉しそうな笑みを浮かべる。ナナがかまどを見直すと、そこにはこの二年使ったことのない大鍋がかかっていた。

祖母を抱きしめ、ほっぺたにキスしたとき、玄関でまたしても呼び鈴が鳴った。

「出ておくれ、ナナ。またお客なら、夕食は六時から七時のあいだだよ！」

今度のお客はふたりだった。乾ドックで建造中の新しい軍艦に据えつける大砲を届けに来た国王陛下の兵器製造者たちだ。「今夜ひと晩だけだがね」年配のほうの男がそう言って、ふたり分の硬貨をテーブルに置いた。「来週もう一度お世話になるよ。部屋があれば、だが」

「ええ、ありますわ」ナナはきっぱりと答えた。ええ、もちろん、ありますとも。なくても作るわ。

ワージー艦長は疲れた顔で六時半に戻ってきた。六時から気をつけていたナナは、彼が小道をやってくると、さっとドアを開けた。

そして爪先立って、艦長が深いため息をつきながら外套を脱ぐのを手伝った。「長い一日だった」彼は言った。「艦尾の損傷が思ったよりはるかにひどくてね。あの状態でどうやってプリマスまで戻れたのかと思うくらいだ」彼はつかのま黙ってナナを見て、微笑を浮かべた。「なんだか踊りまわりたいような顔をしているね、ナナ。ぼくに会えたのが嬉しいのか、なにかいいことがあったのか、どちらかだな」

両方よ。ナナは心のなかで叫んだ。「食堂を開けたの。今日はほかのお客が四人も来たんですもの！　でも、あなたはもう知っているんでしょう？」

ワージー艦長は肩をすくめた。痩せた顔から疲れが消えはじめる。「いくつかヒントを口にしただけだよ」

気がつくと、彼はナナのほおにキスをしていた。あっというまの出来事だったし、騒ぐほどのキスではなかった。いずれにしろ、文句を言う気はない。

「そろそろマルベリー亭にツキがまわってきてもいいころだ」ワージー艦長はそう言うと、向きを変えて階段を上がりはじめた。「すぐにおりてくるよ」

ナナが見ていると、彼はまだ踊り場に着かないうちに口笛を吹いていた。

# 8

客が増えたのはいいが、ひとつ問題が生じた。ふたたび食堂を開けたあとは、ワージー艦長を自分たちの夕食に招くことができなくなったのだ。皿洗いがすんで、キッチンで朝食の準備が終わるころには、すっかり遅くなり、奥の部屋に引きあげる彼に笑顔を投げ、二、三言声をかけるくらいしかできなかった。

仕方がないわ。ナナはそう自分に言い聞かせた。ワージー艦長は三週間あまりのうちに、タイアレス号の修理を監督しながら二百人の部下に順番に上陸許可を与え、ふたたび海峡艦隊に戻る準備をしなくてはならないのよ。そこにはわたしの入りこむ余地などない。とくに出生の秘密を打ち明けたあとで、彼がわたしのために特別時間を作ってくれるはずがないわ。

だが、もっと一緒に過ごしたい、という願いは、ナナだけのものではなかったようだ。ワージー艦長は創意と工夫に富んだ人だということはわかっていたが、まさかこのジレンマを次の夕食のときまでに解決してくれるとは思いもしなかった。その解決は、翌日の午後、メモの形でマシューがマルベリー亭に持ってきた。マシューはまっすぐ祖母のところへ行き、メモを手渡した。

「マッシー夫人」ナナはそれを祖母に読んで聞かせた。「乾ドックの仕事がたてこんでいるため、たいへん申し訳ないが、夕食の時間までにマルベリー亭に戻ることができません。しばらくキッチンで食べられるように、なにか温かいものを暖炉の横棚に残しておいてくれませんか？　あなたのワージー」

わたしのワージー。すてきな響きだ。そう思いながらメモを置いて祖母を見ると、祖母が考えこむような顔で彼女を見ていた。ナナのことを心配しているのだ。ワージー艦長の帰りが遅くなるのは、忙しいからでほかに理由はないと安心させてやったほうがよさそうだ。

「お祖母ちゃん、彼はわたしの出生の秘密を知っているのよ。『ロビンソン・クルーソー』を読んだ夜に、ラトリフ卿《きょう》のことも話したの」これを口にするのはつらかったが、ナナはつけ加えた。「艦長の意図を心配する必要はないわ。分別のある人だもの」

「ああ、心配することなんかなにもないんだろうね」祖母はそう言って小麦粉を振りかけていた仔牛《こうし》肉のカツレツを作る作業に戻った。

ナナは祖母を抱きしめた。「お祖母ちゃん、わたしはお母さんとは違うわ」

祖母はせっせと粉を振りかけている。やがて鍋のまわりに小麦粉が雪のように積もった。

「ああ、おまえはあの子とは違う」ようやくそう言った祖母の声は悲しそうだった。

しまった。どうしてあんな思いやりのないことが言えたの？　ナナは自分を叱った。

「ごめんなさい、お祖母ちゃん。わたしはお母さんを知らなかったけど、お母さんはお祖母ちゃんの愛する娘だったのに。だけど、ワージー艦長は乾ドックでたくさん仕事があるの。遅くなる理由はそれだけよ」


オリヴァーがその夜マルベリー亭に戻ったときには七時をかなり過ぎていたが、ほとんど良心の呵責《かしゃく》を感じなかった。ただ自分が戻るところを誰にも見られなかったことを願うばかりだ。なぜなら、彼は乾ドックの方角からではなく、ブルースタイン・アンド・カーターのオフィスがあるバービカンの方角から来たからだ。自分の命令に即座にしたがう部下たちに慣れている彼は、彼自身の口座からわずかな金額をマルベリー亭の口座に送金する書類を作成するのに、ふたりの事務弁護士がなぜ手間取っているか、理解できなかった。

大きな金額ではない。戦争が激しくなり、どれほど物価が上がっても、マルベリー亭の人々が食べるものに困らないだけのささいな額だ。献立の中身がよくなれば、一度泊まった客が自然と戻ってくるだろう。マルベリー亭が波止場に近い大きな宿屋のように繁盛すると思うほど愚かではないが、ちょっとした後押しをしてやって悪いことはない。

ところが、デヴィッド・ブルースタインとイライアス・カーターは、なんとかしてオリヴァーの気持ちを変えようとした。「こんなことを申しあげてはなんですが、小規模な商売はそのまま潰れたほうがよい場合もあるんですよ、艦長」ブルースタインはそう言った。「たとえ少しばかりてこ入れなさっても、必然的な結果が少し先に延びるだけのことです。マルベリー亭はもう何年も前に潰れて当然だったんです」

自分の言葉に逆らわれることに慣れていないオリヴァーは、しだいに苛立《いらだ》ってきた。腹もすいてきたし、なによりも早くナナの顔が見たくてたまらない。彼は時計を見た。

「諸君、これのどこが理解できないのかな？　わたしは自分の金でこうしてもらいたいと要請しているというのに、さっきからなんだかんだと引き延ばしている」彼は自分の時計をテーブルに置いた。「この秒針がもう一度ぐるっとまわるあいだに解決がつかないようなら、きみたちはわたしとの取り引きを続ける気がないのだと考えざるを得ない。明日の朝いちばんに、二軒先の〈ウォーレス・アンド・サンズ〉を訪れることにする」

うむ、このほうがましだ。オリヴァーはそう思いながら、ミスター・ブルースタインがぱっと立ちあがり、謝罪の言葉を口ごもるのを聞いて時計をポケットにしまった。そして彼らにはマッシー夫人には自分からこの基金の件を説明しておくと告げ、彼らのオフィスをあとにしたのだった。

ナンシー・マッシーは、どうすればいいかわかっているはずだ。〈ブルースタイン・アンド・カーター〉の意見はどうあろうと、オリヴァーの直感は、マッシー夫人が用心深く、抜け目のない商売人だと告げていた。客足の遠のいたマルベリー亭を、マッシー夫人ほど長く潰さずにやっていける者がいたら、お目にかかりたいくらいだ。

あれこれ考えているうちに、馬車はマルベリー亭に到着し、ナナが表のドアのところで彼を出迎えた。自分が来るのを、彼女がずっと待っていたとは思えない。オリヴァーに言わせれば、そんなことをするほど彼のことを気にかける相手がいると思うだけでも気がふれているからだ。おそらくナナはちょうど北西から吹いてくる強風の様子を確かめに来たのだろう。スペインに向かうには申し分のない風だ。タイアレス号が出帆できる状態にないことが、ありがたかった。たとえ国王がみずからここに足を運んで、いますぐ船に乗ってくれと懇願しても、彼をマルベリー亭から引き離すのは無理だ。

こんな気持ちになったのは初めてのことだ。気をつけないと、オリヴァー・ワージーは港に入ったあとは嵐が続くのを好むという噂《うわさ》が艦隊中に広まることになりそうだ。

ナナが濡《ぬ》れた外套《がいとう》を脱がせやすいように、彼は少しかがみこんだ。自分で脱ぐこともももちろんできる。実際、そのほうが早いのだが、外套を脱がせるときに背中に触れるナナの腕の感触がなんとも言えず心地よいのだ。

「申し訳ないけど、仔牛のカツレツは全部はけてしまったの」彼女は言った。「スープだけでもかまわない？」

スポンジのようにナナの美しさを吸収するので忙しく、彼はほとんどうわの空でうなずいた。

ナナはうんざりしたように鼻を鳴らした。「あなたが餌に食いつかなければ、からかう意味がないじゃないの。カツレツはたっぷりあるわ。あなたが手を焼かせるなら、ピートの煎じ薬だってあるわよ」

「ミス・マッシー、きみは意地悪だな」オリヴァーはそう言いながら細い廊下をキッチンへ向かう彼女にしたがった。通りすがりに食堂をのぞくと、まだ何人かの客が陶製のパイプをくゆらせ、カードに興じている。彼はナナがそこで食べてはどうかと言わないでくれることを願った。ナナは食堂に目をやろうともしなかった。

マッシュルームを添えた仔牛のカツレツはおいしかった。軟らかくて、温かくて、エール味のグレーヴィーソースも申し分ない。パンもふわふわだが歯ごたえがあり、グレーヴィーソースをよく吸いこんだ。黒房すぐりが入ったライス・プディングをたいらげるころには、オリヴァーの空腹は完全に満たされていた。ナナは仔牛のカツレツとグレーヴィーソースには首を振ったが、ライス・プディングを器に入れて、彼のお相伴をした。

ふたりは黙って食べた。彼はぴんと背筋を伸ばすのを忘れ、椅子にゆったりと背をあずけるほどくつろいだ。今日は疲れた、すぐにも横になるべきだ。だが、それではまたナナを見ないで何時間も過ごさねばならない。

「疲れたでしょう？　横になるべきだわ」ナナが言った。

オリヴァーは驚いて彼女を見ると、その先を読まれずにすんだことを願いながら立ちあがった。

ナナは女学生のように両手を体の前で組んで彼の前に立った。その肩をつかんですばやく引き寄せ、激しいキスに思いのたけをこめる勇気を持つことができたら、おそらくはそれほど長くない一生の十年を失ってもかまわない。オリヴァーはこみあげてくる衝動と闘った。さいわい、その瞬間はまもなく過ぎ去った。

「お客をマルベリー亭に送ってくれて、本当にありがとう」

彼は肩をすくめた。「たいしたことじゃない。あちこちで、二、三言口にしただけだ。そこから先はきみたちの腕さ。ここがうまい食事を出す、泊まり心地のよい宿なら、マルベリー亭の噂は口伝《くちづ》てに広がる。だが、空約束はしないよ。いまは戦時中で、軍港はどこも不況だからね。大繁盛というわけにはいかないだろう。チャイルダーズは、さらに二隻のフリゲート艦の建造がまもなく始まると言っていたが、作業員は乾ドックで寝泊まりするそうだし」

「ええ」ナナはそう答えたものの、彼を見た褐色の瞳には希望が浮かんでいた。「だけど、ときどき彼らの奥さんや恋人が訪れるかもしれないわ」

「ナナ、きみは驚くほど楽天家なんだな」

「さもなければ、どうやってマルベリー亭で生き延びることができるの？」ナナは女学生のようなお辞儀をすると、隣の洗い場へ行き、一分後に湯を入れた缶とタオルを持ってきた。「三号室のお客さんが、十分前にここがまだ宿屋だってことを思いださせてくれたの。おやすみなさい、ワージー艦長」

彼はうなずいて、残ったライス・プディングをたいらげた。立ちあがろうとすると、ドアのそばで黙って見ていたマッシー夫人が首を振り、テーブルのそばにやってきて腰をおろした。

ぼくの気持ちはばればれだろうな。オリヴァーはそう思ってうろたえた。マッシー夫人の不安を取り除く必要がある。それから彼は〈ブルースタイン・アンド・カーター〉を訪れたことを思いだした。少なくとも、朗報で彼女の心配をごまかすことはできる。

「マッシー夫人、今日は〈ブルースタイン・アンド・カーター〉に行って、マルベリー亭の口座を作ってきたんだ」彼はスプーンを置いてからそう言った。「彼らは地元の食料品を扱う店に書類をまわしてくれるそうだから、これからは請求書に署名をするだけで買い物ができる」

「その件は考え直したほうがよさそうだね、艦長」

「その必要はないとも」彼はそう言った。だが、ナンシー・マッシーの気持ちが変わり、彼の援助を拒否することに決めれば、いくら命令口調で言っても、その決心をくつがえすことはできない。「ぼくにはよからぬ動機などひとつもない。あなた方がもっと健康になり、自活できるようになってもらいたいだけだ」

おそらくはさまざまな客を見て、経験を積んできたナナの祖母は、恐れていたとおりオリヴァーのナナに対する気持ちを見抜いていた。

「艦長、これだけは言わせておくれ。二度と繰り返すつもりはないよ、あんたは紳士だから」ナンシー・マッシーはオリヴァーの目を見て言葉を続けた。「あたしはたったひとりの娘を海軍に殺された。孫娘まで犠牲にするのはごめんだ。あんたにあの子をだめにされるくらいなら、飢え死にしたほうがまだましさ」

単刀直入なマッシー夫人の言葉に、オリヴァーも率直に応じた。「マッシー夫人、少尉候補生として軍艦に乗っていたころ、われわれは東洋を二年まわったあとでポーツマスに入港した。町のどこを見ても黒を着た女性しかいないことに驚いて、ぼくは同僚に、ポーツマスの女はひとり残らず喪服を着ているのか、と尋ねた。すると、彼はこう言った。〝アイ、そのようだな〟と」

マッシー夫人は椅子の上で身じろぎし、口を開きかけたが、オリヴァーはかまわず言葉を続けた。いまやめたら、二度と続ける勇気を持てないことはわかっていた。なぜなら、彼の決心は崩れかけていたからだ。

「いまでも航海から戻ると、あるいはどこかの港に入ると、ぼくはつい黒い服を着ている女性を探してしまう。驚くほど多くの女性が黒を着ているよ。そのたびに、決して自分は女性に喪服を着せるようなことはしない、と誓いを新たにするんだ。それにぼくは牧師の息子だ、愛する女性の生涯をだいなしにするようなことは決してしない。どうか信じてもらいたい」

名演説だ。オリヴァーは自分でもこれを信じた。信じなくてはならないのだ。マッシー夫人はまだ疑っているかもしれないが、嘘《うそ》つき呼ばわりするだけの度胸はないはずだ。孫娘を守ろうとする夫人の決心は固いだろうが、艦長という地位が彼の味方になってくれる。

どうにかうまくいったようだ。「わかりましたよ、艦長。あんたを信頼しなきゃならないようだね」マッシー夫人は、オリヴァーがウールの軍服の下で汗をかきはじめたころ、ようやくそう言った。

「無理強いをするつもりはない」彼は正直にそう答え、立ちあがった。「だが、信頼してくれて大丈夫だし、そうしてくれることを願っている。ぼくは自分のことを歩く死人だとみなしているんだ。現在スペインでは、タイアレス号を限界まで働かせなくてはならないような状況が進行中だ。どうかあなたとお孫さんのために、せめてひとつだけでもよいことをさせてくれないか」

「わかりましたよ」マッシー夫人はきっぱりと繰り返した。

オリヴァーはかすかなため息をもらし、自分の部屋へ引きあげた。その夜も、彼は明け方近くまで眠れなかった。

太陽が昇る前に二度か三度、彼はドレイク亭へ宿を移そうと決心した。このままマルベリー亭に留《とど》まれば、ナナの姿を見るたびに、そのつもりはなくても恋に落ちる可能性があることを、いやでも思い知らされる。

彼はナナの卑しい出自をことさら強調し、嫌悪をかき立てようとした。彼はごくふつうの家族の出だ。ワージー一族には、フリゲート艦の艦長だった母のおじを除けば軍にも政府にも有力な貴族のあいだにもコネはない。彼が軍艦テメレーア号に乗れるように取り計らってくれたのは、その大おじだった。それ以外は、彼自身の努力でここまでこぎつけたのだ。とはいえ、ワージーは立派な名前だし、立派な家族だ。

彼のような立場の男は、どれほど魅力的でも非嫡出子を妻に選ぶようなことをしないものだ。理屈を抜きにして、そういうことは誰もしない。同僚も部下も、非嫡出子との結婚などとんでもないと言うに違いない。少なくとも、彼はそう思った。彼が海軍の出世頭で、小なりといえども軍艦の艦長であることを考えれば、面と向かって彼をばかにすることはないだろうが……。

しかし、そういう男たちも、ナナ・マッシーをよく知るようになれば、自分と同じように彼女を好きにならずにはいられないはずだ。そしていったん無責任なおしゃべりや噂が一巡したあとは、ナナはどんな集団にも受け入れられるに違いない。なんと言ってもミス・ピムの女学校で仕込まれたマナーは非の打ちどころがないのだから。ナナは誰にとっても楽しい、喜ばしい相手だ。そして彼には、罪もない子どもに課される非嫡出子という負い目を、無にできるだけの地位がある。

彼はようやく眠るのをあきらめて裸足《はだし》のまま窓辺に立ち、灰色の空に目をやった。こういう無益な考えは、やめなくてはならない。三週間もすればスペイン沿岸に戻るのだ。軍艦の艦長としての人生に妻の入る余地はない。これまでも、これからも。

朝食のときにはナナを見たくない。オリヴァーは自分にそう言い聞かせた。ふたりが育てた心地よい友情は、そろそろおしまいにすべきだ、と。だが、ナナの姿が食堂になければ、できるだけ食事を引き延ばし、彼女が姿を現すまで粘るに違いないこともわかっていた。

ナナは食堂にいた。そしてなんとかナナを会話に引きこもうとしている、ふたりの行商人にお茶を注《つ》いでいた。あのほおがふっくらしてくるまで、どれくらいかかるだろう？　オリヴァーはそう思いながら席に着いた。おそらくぼくはそれを見ないで出港することになる。

「お茶をいかが、艦長？」ポットを手にしたナナがそう言った。

彼はカップを手で覆った。「じつは、もしもあれば、コーヒーのほうがいいんだが」

「ありますわ」

ナナはコーヒーのポットを持って戻った。その後ろにサルとピートがしたがってくる。彼らは朝食の料理をサイドボードに置いていった。オリヴァーはそれを見て満足をおぼえた。ベーコンにソーセージ、クリームのたっぷり入った粥《かゆ》、卵、ジャムを添えたトースト。この朝食なら、誰にも文句はつけられない。

オリヴァーが皿にたっぷり取って席に戻ると、ナナが粥の器を手に彼のテーブルに座った。彼がフォークを置くまで、彼女は黙って食べた。

「話してもかまわないんだよ」オリヴァーは促した。

「男の人が食べているときに邪魔をするな、ってお祖母ちゃんに言われてるの」

「ぼくはかまわないよ」オリヴァーは言った。お祖母さんが顔をしかめるテーブルの取るに足らないおしゃべりに、彼がどんなに飢えているか、ナナには想像もできないだろう。軍艦にいるときは、ほとんどの場合ひとりで食べる。唯一の相手は海図か海軍省から送られてきた公文書だ。彼が海軍に入る前、彼の両親はよく朝食の席で気難しい教区民のことから、夕食はラムにしようかキジがいいかというたわいのないことまで、これから始まる一日の細々としたことを話しあったものだった。

「今日はなにをするんだい？」彼は尋ねた。

「お祖母ちゃんには、手持ちのリネンを調べろと言われているの」

ナナがトーストを見ているのに気づいて、彼はそれを半分に裂き、大きいほうを差しだした。ナナは首を振って小さいほうを指さし、それにプラムのジャムをたっぷり塗った。

「だから、たぶんシーツを繕うことになるわね」ナナは顔をしかめた。「どう？　それより面白いことを考えつく？」

「思いつきそうもないな」オリヴァーは笑いながら答え、ちらっと思った。ぼくがいきなり身を乗りだしてテーブル越しにナナにキスしたら、あの行商人たちはどういう反応を示すだろう？　奇妙なことに、ナナはこれっぽっちも気にしないという予感がした。これは彼女を頭から追いだそうという決意を固める役には立たなかった。

「あら、できるはずよ」

なにが？　きみにキスすることが？　彼はそう思い、自分を叱った。オリヴァー、ぼんやりしていないで、ちゃんと人の話を聞かないか。「もっと面白い一日を考えつくか、と訊《き》いたのかい？」

ナナは血のめぐりの悪い子どもを相手にしているかのように、辛抱強い顔で彼を見た。

「そうだな。タイアレス号に乗って、傷ついたぼくのフリゲート艦を歩きまわりながら、少しでも怠けたら承知しないぞ、という顔で船大工や部下をにらみつける、というのはどうだい？　今日は新しいメインマストを立てるんだ」

「一緒に連れてって。まだ一度も見たことがないの」

「乾ドックは女性が行く場所じゃないよ」

ナナを見ている行商人たちが低い声で笑った。この人はレディだぞ、愚か者め。オリヴァーはそう言って彼らを一喝したかった。ただ、ほんの少し不運に見舞われただけだ。ナナが赤くなってふたたび粥を食べはじめる。オリヴァーは目を細め、ふたりの行商人を艦長の目でにらみつけた。海峡艦隊で音に聞こえたワージー艦長のひとにらみだ。これは望んでいたとおりの効果を発揮し、行商人たちは急いで自分たちの皿に目を戻した。

ナナは赤い顔で立ちあがり、オリヴァーが止めるまもなく部屋を出ていった。

すると卵はゴムのようになり、コーヒーは胆汁よりも苦くなった。レースのカーテン越しに見える外の空でさえ、まるで時計が戻ったように夜明け色になっている。彼女の姿が消えたとたんに、あらゆるものから命や美しさが失われるのはどういうわけだ？　オリヴァーは憂鬱な気持ちでそう思いながら立ちあがった。これ以上食堂にいても仕方がない。

彼は乾ドックまで五キロの道のりを歩くことにした。鉛色の空はいまにも雨が降りだしそうだが、いまの気分にはぴったりだ。道のいちばん高いところでプリマス海峡に目をやると、数隻の船が見えた。あまり大きくはない。スループ艦か沿岸用の一本マストの船だろう。スループ艦だとすると、海軍省への急使が乗っている確率が高い。フランス軍の元帥であるスールトは、目下、北のブルゴスにいる。ナポレオンがまたしても大陸軍を率いて国境を越えたいま、ジョン・ムーア卿と彼が率いる陸軍の精鋭も、おそらくブルゴスに向かっているだろう。オリヴァーの持ち場はフェロールだ。彼はそこにいるべきなのだ。

できるだけ早く戻らねばならない。

それから五日後、上陸許可を与えられたマシューがマルベリー亭に来るころには、ナナはワージー艦長以外のことを考えるよう自分を説得していた。国王の兵器製造業者のふたりは、ふたたびやってきて帰っていった。彼らは数週間かけて行う会計監査のためにプリマスを訪れた会計士とその事務官にマルベリー亭を推薦してくれた。ブリトル夫人はトーキーに戻ったが、夫である航海長は引きつづきマルベリー亭に泊まっている。そのためワージー艦長は、朝夕航海長とともにマルベリー亭と乾ドックを往復することになった。フイリオン夫人はドレイク亭が満室だからと、スループ艦の艦長をマルベリー亭に送ってくれた。

これはナナにとっては必ずしも喜ばしいことではなかった。まるで最初からそういう計画だったかのように、ワージー艦長はその艦長と航海長の三人で夕食をとり、ほかのみんなが寝静まったあとも、三人で海図を広げて静かな声で何事か話しあっていたからだ。そしてスループ艦の艦長が港に戻るときには、まだ何事か話しこみながら、波止場まで彼を送っていった。戻ってきた彼は厳しい顔で押し黙っていた。

実際、あまりにも厳しい顔なので、ナナは外套を受けとりながらこう言ったくらいだ。

「わたしに手伝えることがあるといいのに」

ワージー艦長は驚いて彼女を見ると、突然ひしと抱きしめてナナを驚かせた。ピートもぎゅっと抱いてくれたことがあるし、バースのクラスメートの兄もナナを抱きしめようとした。でも、どちらの経験も、これとは比べものにならなかった。たとえそうしたいと思っても、逃れることなどできないほど力のこもった抱擁だった。もちろんナナは、逃れたいとはこれっぽっちも思わず、はしたないことはわかっていたが、すぐに自分でもしっかりと彼を抱きしめていた。まるで自分のなかに彼を吸いこんでしまいたいかのように。少なくとも、戦争がもたらした彼の苦悩を吸いとってあげたかった。

ワージー艦長はなにも言わず、軍服のボタンが胸に食いこむほど強くナナを抱きしめている。でも、ナナは痛いと感じるどころか、それを心地よく思った。彼の胸に頭を押しつけると、心臓の音が聞こえた。ナナは目を閉じ、彼がこのまますべてを忘れて、タイアレス号が出港する日が来るまで、あと二週間こうして抱きしめていてほしいと願った。

しばらくしてようやくナナを自分から離すと、ワージー艦長は腕を伸ばし、彼女を見つめた。「すまなかった。だが、いまの抱擁がなによりもすばらしい助けになったよ、ナナ」ワージー艦長はかがみこんで、間近から彼女の目をのぞきこんだ。「ここで話題を変えるべきだと思うが、ぼくはなにを話せばいいかひとつも思いつかない。きみはどうだい？」

ナナは言葉もなくうなずいた。

彼はナナの頭をなで、階段へ向かいかけて振り向いた。「ぼくにはいまの抱擁が必要だったんだ」

男の人って、さっぱりわからないわ。彼の後ろ姿を見送りながら、ナナは思った。自分のことしか頭にないみたい。わたしもいまの抱擁が必要だったのよ。彼は気づかなかったかもしれないけど。

翌日ワージー艦長が乾ドックへ出かけたあと、新しい下宿人がやってきた。祖母とサルは二階でシーツを替えていたし、ピートとマシューはだいぶ前にかごを持って食料品店に出かけていたから、ナナは繕っていた枕カバーを置いて、鈴が鳴っている途中でドアを開けた。

外に立っているのは、彼女と同じ褐色の目をした男だった。郵便馬車で旅をしてきた者に特有のくしゃくしゃによれよれの格好だ。片手に旅行かばんをさげ、肩に布製のかばんをかけている。

その男がとても魅力的に笑いかけてきたから、ナナも微笑《ほほえ》んだ。最近はいつ見ても眉間に深いしわを寄せているワージー艦長と違って、目の前の旅人は、ナナがこれまで見た誰よりも自由で呑気《のんき》そうに見えた。

「マドモワゼル」彼はかすかに頭をさげた。「クリスマスはまだですが、部屋が空いているでしょうか」

ナナは笑みを浮かべながらうなずき、ドアを大きく開けた。「どうぞ、お入りくださいな。たとえあなたが東方の博士でなくても、お部屋をご用意できると思いますわ」

「これは一本取られた」男は陽気に叫んで自分の指先にキスした。

自分はアンリ・ルフェーブルといって、肖像画専門の画家なのだ、と彼は自己紹介した。

「大きなもの、小さなもの、家族やお友だちの肖像画、なんでもござれです」彼はそう言いながら宿帳に署名し、ナナから鍵を受けとった。明らかにフランス人のアクセントだが、ところどころにイングランド北部の訛《なま》りが聞きとれる。弾むようなしゃべり方からすると、スコットランド人の癖も混じっているようだ。ナナは宿帳を見て、彼が書いた文字を反対側から読もうとした。

アンリ・ルフェーブルは宿帳をくるりとまわした。「カーライルから来たんですよ。だが、そうは思えないでしょう？」

「ええ、まあね」相手の機転の利くしゃべり方に魅せられ、ナナは相槌《あいづち》を打った。

ルフェーブルはまたお辞儀をした。「もちろん、ぼくはパリから来たんです。どうか、疑わしい目で見ないでください、マドモワゼル！　アーサー・ウェルズリー卿がこう言ったじゃありませんか。〝馬屋で生まれたからと言って、男が馬になるわけではない〟と」

ナナはつい笑っていた。

「フランスへはもう何年も戻っていません。いまも言ったとおり、ぼくは肖像画専門の画家です。神の恵みのおかげで、カーライルには肖像画を描きたがる裕福な地主やその肥えた奥方たちがたくさんいる」彼は思い入れたっぷりにウインクした。「ですが、たくさんの仕事を得るためには、少しばかり若く、ほっそりと、ふさふさの髪や美しい歯に描く必要がある。どんな欠点でもとにかく修正しないといけません」彼は笑った。「ぼくはどんな欠点でも、消してしまうんですよ！　ふっとひと吹きして！」

ナナは男の口からよどみなく流れでてくる言葉を押し戻すように、片手を上げた。「あなたのおっしゃることを疑うつもりはありませんわ、ええと……」

「ルフェーブル」彼は親指と人差し指を唇にあて、音節を引っ張るように発音した。「ル・フェー・ブ・ル。ええ、そう。最後は幸運な紳士にキスをするように、唇をすぼめる。ルフェーブル、とね」

ナナがほおを染めると、彼はため息をつき、額をぴしゃりと叩《たた》いた。「おお、赤くなる若さが羨ましい！」

「彼は感嘆符がつくような話し方をするの」その晩遅く、ステーキと、彼が戻るまでかなり長いこと置かれていたせいで、皮がほんの少し湿ったエール・パイの夕食をとっているワージー艦長に、ナナは報告した。

「では、典型的なフランス人だな。ぼくが会う唯一のフランス人は、ぼくの艦の舷側に片舷斉射を加える度胸のある、いや、そうしたくてたまらないフランス軍のやつらだけだ」彼はテーブル越しに身を乗りだした。「ぼくはフランス人が嫌いだ。この言葉には感嘆符をつけてもかまわないよ」

いつのまにそうなったのかよくわからないが、ふたりのあいだには、昨夜の出来事についてはまったく触れないという暗黙の了解が成り立っていた。まあ、国が禁止命令や勅令を発することができるとすれば、わたしたちがそうしたとしてもおかしくないわ。ナナはそう思った。

ワージー艦長がときどきこちらをちらっと見ながら食べるところを見ているだけで、彼女は幸せだった。夕食のときに彼の前に座ったときはとくによく見られる。ワージー艦長はお代わりはいらないと首を振り、椅子の背にゆったりともたれた。ナナが一緒にいるとき、彼はこうして海軍のエチケットをよく破る。

「その男はプリマスに来たわけを言ったのかい？」

「彼はあらゆる情報を口にしたわ」ナナは答えた。「プリマスには休暇で来たんですって」

「休暇でここに？　それは眉唾だな」彼は皮肉たっぷりに言った。

「でも、筋は通っていると思うの。お客は買いたがらないけど、ムッシュ・ルフェーブルは風景画を描くのが好きなんですって」

「その男の腕がどれくらいなのか疑問が湧くね」

「かなり上手よ」ナナは立ちあがって洗い場の戸棚に行き、彼に一枚の絵を手渡した。「サルの肖像画。五分ぐらいで、ささっと描いたの。サルは感極まって泣きだし、エプロンで顔を覆っちゃったのよ」

ワージー艦長はその絵をじっくり見た。「うむ。たしかにへぼではなさそうだ」彼は立ちあがってのびをした。「まあ、彼がここで描きたくなるような風景をたっぷり見つけることを祈ろうじゃないか。彼は荒地《ムーア》にも出かける予定なのかい？」

「ムーアのことはなにも言わなかったわ」

ナナも立ちあがり、彼のあとから家族の部屋を出て、客用の食堂を通り抜けた。そしてワージー艦長が何分か一緒に過ごしてくれるのを期待して、居間の入り口で足を止めた。が、彼はそのまま階段へ向かった。

がっかりしていると、階段の下で足を止めた。「きみはまだマシューやほかの人たちに本を読んでやっているのかい？」

「ええ。ロビンソン・クルーソーはカヌーを作ったのよ」

「マシューは役に立っているのかな？」

「ええ、とっても。お祖母ちゃんが彼の体に合うシャツを作ってるの。袖の長さを見るために腕に合わせたら、大喜びしていたわ。袖だけであんなにはしゃぐなんて、シャツが仕上がったら、どうなっちゃうかしら！」

彼は二、三段上がった。「頼みがあるんだ。厚かましい頼みだが、この老水兵をかわいそうに思って聞いてくれないかな」

「ええ、なんでも言って」

「ぼくをオリヴァーと呼んでくれないか。誰もこの名前で呼んでくれないんだよ。いい名前なのに。それじゃ、おやすみ」

オリヴァー。その晩ナナは寝る前に、誰にも聞こえないように低い声でつぶやいた。マシューが洗い場の隣のくぼみにあるサルの寝床を使っているので、サルはナナのベッドで一緒に寝ている。ナナはその隣に体を滑りこませながら、サルが眠っているのを確認して、もう一度ささやいた。「オリヴァー」

まぶたが重くなり、眠りが訪れるころには、現実もベッドにもぐりこんできた。ナナのような立場の女性が、軍艦の艦長を名前で呼び捨てにすることはできない。そんなことをすれば、行き場のない気持ちに拍車をかけるだけだ。たとえ彼が自分の名前を聞きたがっているとしても、友だちだと言ってくれたとしても……。ナナは誰も相手を名前で呼ばない世界を想像してみようとしたが、できなかった。そういえば、ワージー艦長は、自分の航海士たちのことでさえ、呼び捨てにはせず、ミスターをつける。彼らは艦長と最も親しいに違いないのに、艦長という肩書がその親しみを表すことを許さないのだろう。

とはいえ、彼がおそらくそうと気づかずにナナと呼んだときは、とても嬉《うれ》しかった。ワージー艦長がマルベリー亭に来る前は、子どものころの愛称をそろそろ捨てようと思っていたのだが、彼に呼ばれて、気が変わった。彼の唇から出たその名前の響きに、胸がほのぼのと温かくなったからだ。彼はちゃんと意識してわたしをナナと呼んだのかもしれないわ。ナナはそう思うことにした。あれはたしか、ふたりだけのときだったもの。

いくらこんなことを考えても無駄なのに。ナナはため息をもらし、目を閉じた。

翌日は早朝から起きて、祖母の手伝いをしようとキッチンへ急いだ。祖母がそうしろと言って聞かないので、急いでお粥をかきこみ、マシューに手伝ってもらって、サルとふたり、早起きの会計士たちが苛々してナイフとフォークをがちゃつかせる前に、サイドボードに朝食を並べた。アンリ・ルフェーブルがまだおりてこないことはわかっていた。休暇でここにいるためだろうが、あの男はまるで時間を気にしない。それに、昨日の話では、描くのに最も適した光になるのは太陽が昇ったあと、まだ昇りすぎていないときらしい。

でも、ワージー艦長は朝が早い。

「おはよう、艦長」彼が食堂に入ってくると、ナナはさっそく声をかけた。

彼は顔をしかめ、ナナが示した席に着いて、すでに注いであるコーヒーをひと口すすった。「やっぱり〝艦長〟か」

「ほかの呼び方はできないわ」

彼はそれ以上なにも言わなかったが、彼の目には失望が浮かんでいた。

# 9

北西から吹きつける強い風が、プリマス海峡の水を波立てていた。だが、一隻だけは帆を短くたたんで果敢に港を出ていく。この前とはべつのスループ艦だ。

乾ドックへと向かう馬車のなかで、隣に座っている航海長もそれを見ていた。「わたしなら、こんな日に海峡を横切るのはごめんだ。重要な知らせを運んでいるんでしょうな」

オリヴァーはうなずいた。スループ艦のことを案じながらも、彼の心はナナのことを考えていた。ナナは今朝、彼を馬車に送ってこなかった。こんなにひどい風では無理もない。オリヴァーはそう思い、体重を移し替えた。風のせいでないことはわかっている。昨日は、スカートを押さえなくてはならないほど風が強かったにもかかわらず、ちゃんと馬車まで送ってくれたからだ。そして彼が腕を取っても、吹き飛ばされなくてちょうどいいわ、と気にしなかった。昨日と今日の違いはブリトルだ。昨日の朝、航海長はオリヴァーよりも早く出かけたのだ。ナナはほかの人間がいるときには、彼に親しげなそぶりを見せないように気をつけている。

オリヴァー自身も常にその配慮をしていたから、彼はちょうどグラスのなかのブランデーのように、この事実が自分の脳の周囲で渦を作るのに任せた。ナナは自分の立場を心得ている。マッシー夫人になにか言われたのか？　いや、あれほどナナを愛しているナンシー・マッシーが、ナナが傷つくようなことを言うはずがない。おそらくミス・ピムの教えの賜物《たまもの》だろう。五つのときにバースへ連れていかれてからずっと、ナナは世間が自分にほかの人々とは違う扱いをすることを身に染みて感じてきたに違いない。

ふいにオリヴァーはラトリフ卿に対して、日頃はフランス軍にしか感じない驚くほど激しい憎しみをおぼえた。なんというひどい男だ！　なぜもう二年、黙ってナナの学費を払ってやれなかったのか？　そして相応の持参金をつけてやらなかったのか？　それがあれば、あの美しい顔に惹《ひ》かれる会計士なり、海軍の外科医なりが、ナナに結婚を申しこむ可能性はあっただろうに。船大工長か、ひょっとすると海軍省の事務官にさえ、気をそそられる者がいたかもしれない。正しいことをするのはそんなに難しかったのか？

少なくとも、隣の航海長が余計なおしゃべりをしてこないのがありがたい。分別のあるブリトルは、オリヴァーの虫の居所が悪いのを察しているのだろう。馬車がユニオン通りに達し、ドックへと坂道をくだりはじめると、オリヴァーは無理やりタイアレス号のことを考えようとした。運がよければ、彼はまだ一週間あまりマルベリー亭に留《とど》まることができるが、そのあとはハリケーンでも来ないかぎり、錨《いかり》を上げてスペインに向け、出港しなければならない。独身の男は幸運だというこれまでの信念はいまでも真実だと、あと十日、自分を納得させなくてはならない。

強い風にもかかわらず、チャイルダーズは約束どおり新しいマストを立てる作業に取りかかっていた。甲板長と乗組員に促され、オリヴァーもマストを起こすロープを引くのに手を貸した。ほんのちょっとした貢献にすぎないが、彼の部下は艦長が自分たちの仕事を手伝うのを喜ぶのだ。マストがそびえ立ち、満足をもたらすドスンという音とともに所定の位置に収まると、しばらくのあいだ全員が黙っていた。いまはまだ針通しのようにむきだしだが、午後になれば、ふたたびそこから桁端《ヤーダム》がさがり、索具がそれに続くはずだ。

「ワージー艦長、すばらしい知らせがあるんです」チャイルダーズが揉《も》み手をしながら笑顔で近づいてこう言うと、オリヴァーの機嫌は一気に悪くなった。

「戦争が終わったのか?」

「そっちはわたしの意のままにはいきませんが、それと同じくらいよい知らせです。船大工たちがタイアレス号は一週間とたたずに出帆できそうだ、と言うんですよ。わたしの見たところ、あと四日ですね」

「驚いたな」

「あなたの美しい艦のために、できるかぎり多くの大工を投入しましたからね。おかげで、当初の予定を丸々一週間も短縮できる」

くそ、チャイルダーズめ。オリヴァーは満面の笑みを浮かべた船大工長に目をやった。二週間前、ひどい損傷を受けたフリゲート艦でプリマスに戻ったときにオリヴァーが願ったことを、この男はやり遂げていたのだ。

ぼくは世界一の役者だな。オリヴァーはそう思いながら笑みを浮かべ、船大工長の背中を叩《たた》いた。「久しぶりに聞く最高の知らせだ」彼は嘘《うそ》をついた。「ミスター・チャイルダーズ、きみはじつにすばらしい」

「あれだけの損傷を、わずか二週間半でやってのけたとは、わたしも信じられません！　奇跡ですよ、艦長」

「タイアレス号は万全の状態なのか？」

「新品同然です。どこもかしこもぴちぴちで、どんな難題にも応じられます」

「では、非常に満足だ《プリーズド・アズ・パンチ》」これはつまらないジョークで、なんの意味もないのだが、チャイルダーズはおかしそうに笑いつづけ、とうとう束になったロープの上に腰をおろさねばならなかった。

オリヴァーは藁《わら》をもつかむ気持ちでつぶやいた。「しかし、食糧の供給があと四日で終わるかな？　それに水はどうだ？」

ふたりの近くに控えていた二等航海士のラムスールがこれに答えた。「それに関しては、すべて手配いたしました、艦長。あとは順風が必要なだけです」

「うむ、よくやった、ミスター・ラムスール」オリヴァーは自分の惨めな気持ちをどうにか脇に押しやり、目の前の部下に気持ちを集中した。「そうなると、乗組員の四分の一が上陸許可を得られないことになる」彼は船大工長に顔を戻した。「ミスター・チャイルダーズ、いますぐ四日間の予定で彼らに上陸許可を与えても、タイアレス号の修理は先ほどきみが言った日程で終わるだろうか？」頼む、それは無理だと言ってくれ。オリヴァーは心のなかで懇願した。

「できますとも、艦長。大丈夫です。あなたがまず前檣楼《ぜんしょうろう》員に上陸許可を与え、砲手を最後にまわしたのがよかった。じつに賢い判断でした。索具の作業でわたしが必要なのは前檣楼員たちですから。じつに見事な計画でした」

くそ、ぼくは思慮深い男だ。海軍の寵児《ちょうじ》だ。オリヴァーは苦い気持ちで二等航海士に顔を戻し、怒鳴りつけた。「そこに突っ立っていないで、残りの連中にすぐさま上陸許可を与えたまえ！」万事抜かりなく手配したラムスールに怒鳴る必要はない。オリヴァーは少し声を和らげた。「ミスター・プラウディに、ただちに戻れと使いを送るんだ。それから、きみ自身にも三日間の上陸許可を与えたほうがいいぞ。いま言った手配がすみしだい、下船したまえ」

ラムスールは抗議しかけたが、オリヴァーは聞く耳を持たなかった。「ばかなことを言うな。キングズブリッジには、きみが死ぬほど会いたがっているドリーとかいう娘さんがいるんじゃないのか？」

二等航海士は耳まで真っ赤になったものの、黙ってうなずいた。

ぼくにもそうやって自分の気持ちを認められるだけの勇気があれば、どんなによかったか。オリヴァーは部下を見ながらそう思わずにはいられなかった。せめて、二週間後に魚の餌になっているはずがないという、きみの楽観的な考え方を真似《まね》できたら……。オリヴァーは時計を取りだし、また少し穏やかな声で言った。恋をしているというだけで、ラムスールを怒鳴るのは気の毒だ。「いますぐ残りを下船させたまえ。ミスター・プラウディにはわたしが手紙を書く。急げばあっというまにキングズブリッジに着けるぞ」

ラムスールはさっと敬礼して、厚板の上を走り、タイアレス号に駆けあがった。チャイルダーズが低い声で笑った。「われわれもあんなに若いときがありましたかな？」

ぼくにはなかった。オリヴァーはそう思った。ぼくは少尉候補生のころから、常にあゆることに答えを持っていた。決して恋に落ちるな、それは残酷な仕打ちだ、と信じこんでいた。ひどい間違いをおかしたものだ。ああ、ぼくは大ばかだ。

オリヴァーはチャイルダーズとも誰とも食事をする気になれず、午後は事務長と艦にある供給品をリストと照合し、それがすむとヤーダムが所定の位置に取りつけられるのを見守った。午後のある時点で、航海長が双眼鏡を彼に差しだし、乾ドックを見下ろす丘を示して彼の気をそらした。

「マルベリー亭に泊まっているフランス人ですよ」航海長は笑みを含んだ声で言った。「この一週間、ずっとあそこにいるんです。あそこにいないときは、キャットウォーターのそばか、ハモーズにいます」

「奇妙な趣味を持つ人間がいるものだな」オリヴァーは岩に座り、スケッチをしているルフェーブルの姿を双眼鏡で捉えた。「考えてみると、いつも目にしているせいで、ここの航路がどれほど美しいか忘れていたようだ。赤ら顔の地主や、おとなしく座っていられない子どもたちを描いている人間にとっては、景色を描くのは格好の息抜きになるのかもしれんな」

双眼鏡をたたんで航海長に返したあと、オリヴァーはいまや豆粒にしか見えない、港の上の斜面にいるルフェーブルにもう一度目をやった。あの男は、ぼくがプリマスを出港する前に、肖像画を一枚描いてくれるだろうか？　彼はナナが見せてくれた下働きの少女の肖像画を思いだした。あの男にナナの肖像画を描いてもらおうか？　もちろん、そんな愚かな行為でナナを狼狽《ろうばい》させないように、彼女には内緒にしてもらおう。それを羅針盤の隣に留めれば、目を開けるたびにナナの美しい顔が見える。彼女に会えない寂しさも、少しはまぎれるはずだ。

オリヴァーは打ちひしがれ、疲れはてて、八時にマルベリー亭に戻った。だが、ナナが彼の帰りを待ってよく外を見ているのを思いだして、馬車を降りると肩に力を入れ、背筋を伸ばした。たとえ虚勢でも、ナナの目には有能な艦長に映ってほしい。

ルフェーブルはあの微笑《ほほえ》みを捉えることができるだろうか？　美しい顔をぱっと輝かせるあの笑顔を？　オリヴァーがいちばん好きなのは、部屋の外の寝台で眠っていたときのナナの顔かもしれない。長いまつげとあの愛らしいそばかす。あれを描いてもらえたら、自分もそのかたわらに寄り添っているふりができる。

くそ、おまえはどこまで愚かなんだ？

思ったとおりナナは待っていた。いつものように外套《がいとう》を脱がせてもらいながら、彼はどうにか笑みを浮かべたものの、ナナをだますことはできなかった。

「どうしたの、艦長？」ナナは心配そうに尋ねた。「マストを立てることができなかったの？」

「どうもしないさ」

なにもかもひどいことになったと告げたかったが、彼は急いでそう答えた。ナナにはこの気持ちは黙っていよう。自分の義務を思いださせ、マルベリー亭の滞在を切りあげねばならない言葉を口にするのはつらすぎる。それにもしかすると、ナナも悲しい気持ちになるかもしれない。ナナの気持ちはよくわからないが、彼自身がとても悲しいのはたしかだ。

「実際はよい知らせなんだ」彼は努めて明るい声で言いながら、帽子を脱ぎ、注意深く螺《ら》旋《せん》階段の親柱に置いた。「ミスター・チャイルダーズが奇跡を起こしたんだよ。タイアレス号の修理は、予定よりも十日も早く終わるんだ。あと四日で出港できる状態になる」

驚いたことに、ナナは鋭く息をのんで外套を取り落とすと、苦悩に満ちた泣き声をあげて両手で顔を覆った。胸の奥からこみあげてくるその声は、彼のみぞおちを直撃した。ナナは何度か深く息を吸いこみ、どうにか泣きやんで、呆然《ぼうぜん》として動くこともできずにいるオリヴァーの横で、外套を拾いあげ、手すりの彼の帽子のすぐ横に注意深く掛けた。

「寂しくなるわ、艦長」ナナは彼の目を見ないで言った。「急いで夕食の支度をさせるわね。少し温める必要があるかもしれない」

ナナは彼をその場に残し、くるりと向きを変えると、まるで目が見えないかのように片手で壁に触れながら、急ぎ足に廊下を遠ざかった。オリヴァーが息を止めるようにして見ていると、ナナはうつむき、肩を震わせはじめた。そしてつかのま足を止め、ほんの一瞬だけ両手を膝にあててかがみこんだ。それから彼女はキッチンに姿を消した。

オリヴァーはたったいま自分が見たものに心の底から揺さぶられ、階段に腰をおろした。自分がラムスールよりも不器用で愚かに思えた。火薬を運ぶマシューよりも若く、バービカンで物乞いをしている片目、片足の古参兵よりも老いたような気がした。オリヴァーはそこに長いあいだ座っていた。が、やがて自分を叱りつけて立ちあがった。艦長ともあろうものが、恋に落ちたたわけのように階段に座りこんでいてどうする？　おまえは何年も前に決めたはずだぞ。そもそも結婚して、妻にこういう知らせを告げるほうが、何倍もつらいはずだ。

ナナにはこの気持ちを知らせるのはよそう。いまは戦争中だ。軍艦は海に戻らねばならない。たったいま起きたことは、何日か前の抱擁と同じように無視するのがいちばんだ。彼がそれに触れなければ、ナナもなにも言わないことはわかっている。ナナは自分の立場をよくわきまえている娘だと、結論したばかりではないか。そして彼も自分の義務と立場はよくわかっている。

オリヴァーは外套と帽子を自分の部屋へ運び、ベッドに横になって片手で目を覆った。数分後、誰かが部屋をノックした。あの音はナナではない。彼は黙っていた。

「ワージー艦長？」

部屋の外にいるのはサルだ。彼はため息をついて立ちあがり、ドアを開けた。

「お祖母ちゃんが夕食の用意ができてます、って」サルは問いかけるように彼を見た。

昼間はラムスールにあたりちらしたが、下働きの娘を怖がらせるのは愚かだ。「すぐ行くと伝えてくれ」彼はそう言って落ち着けと自分に言い聞かせた。「キッチンのほうは大丈夫かい？」

サルは正直に答えた。「大丈夫じゃありません。ナナは部屋から出てこないし、マシューはすっかり元気をなくしてます」サルは顔をくもらせた。「予定より早く出港するんですか？」

「そうだよ」彼はどうにか苛立《いらだ》ちを抑えてそう答えた。

「気をつけてください」

「アイ。気をつけるとも。きみと同じように、痛い思いをするのはいやだからね、サル」

サルはこの冗談に、ほっとしたように微笑んだ。無理もない。十歳をそれほど超えていないこの少女には、軍艦とそれに乗った男たちがなにをするか想像もつかないのだ。

豆がたっぷり入ったこくのあるマッシー夫人のチキン・ヌードルも、オリヴァーには胆汁とニガヨモギでできているとしか思えなかった。それを無理やり口に入れながら、ナナが部屋から出てきて、一緒に座ってくれることを願った。残された時間はあまりにも少ない。三日後には、所持品を入れた箱とそのほかの荷物をタイアレス号へ移さなくてはならない。本来ならすぐにでも移るべきなのだ。

プディングを食べているときに、彼はマシューに明日はフリゲート艦に戻るように言い渡した。マシューが落胆しているのは明らかだが、艦長に向かってそれを口に出すようなことはしなかった。

オリヴァーはできるだけゆっくりプディングを食べた。ナナが出てくることを願って、欲しくもないお代わりまで頼んだ。ありがたいことに、彼女は出てきた。じっと見るだけの勇気はなかったが、青ざめてはいるものの、泣きやんでいる。目が赤いのは部屋で泣いていたからだろう。それでも、彼が出港までに片づけなくてはならない山のような仕事をうわの空で話すあいだ、黙って彼のそばに座っていた。

　やがてオリヴァーは口をつぐんだ。彼女に会えなくてどれほど寂しくなるか告げたかったが、思いとどまった。ナナに気を持たせるようなことを言っても仕方がない。ナナは彼がまもなく立ち去るという事実にどうやら折り合いをつけたらしく、やがて口にしたそばから忘れてしまうようなつまらない冗談に、笑みを見せるようになった。ぼくはこれを乗り越える。ぼくの愛の深さを知られないほうがナナのためだ。オリヴァーはそう自分に言い聞かせた。

　ナナは注意深く言葉を選ぶように口を開いた。「お祖母ちゃんから聞いたわ。わたしたちのために口座を作ってくれたんですってね。赤の他人のわたしたちに、そこまでしてくれるなんてとても信じられないけど、ご親切にはみんな心から感謝しているわ」

　その勇気があれば、したいことはもっとある。オリヴァーは思った。「たいしたことじゃないよ」

「マルベリー亭の経営が軌道に乗るまで、ご厚意に甘える、とお祖母ちゃんは言ってるわ。ミスター・ルフェーブルの話だと、港を出入りする軍艦の数が増えたそうだから、お客も増えるかもしれない」

「ムッシュ・ルフェーブルの言うとおりだ」キッチンが突然狭くなり、ナナが近すぎるような気がして、オリヴァーは立ちあがった。「明日の朝は五時に馬車が迎えに来る。朝食はいらないよ」

「持っていって向こうで食べられるように、なにか用意するわ」

「その必要はないよ」

「ええ。でも、わたしにできるのはそれくらいだもの」

オリヴァーがこの言葉に戸惑っているあいだに、ナナは急いで立ちあがり、ちらっと彼を見て自分の部屋に戻ってしまった。

オリヴァーは老人のような足取りで階段を上がり、自分の部屋の前で少しのあいだためらったあと、ふたたび階段を上がってアンリ・ルフェーブルの部屋をノックした。ドアの下からは明かりがもれていたが、ドアが開くまでにはしばらくかかった。

画家はシャツの袖をまくりあげて、そこに立っていた。オリヴァーを見て驚いたとしても、それを顔には表さなかった。

「どうぞ、どうぞ。散らかっていて申し訳ない。仕事上、いつもこんな具合なんです」

オリヴァーはうなずいた。オリヴァーがよく知っているハモーズの景色が何枚も描かれ、テーブルを覆っていた。彼はそこに行った。ルフェーブルはまるで自分のスケッチを守るように、彼のすぐ横に立っている。

「プリマス湾に入ってくるときの、わたしの艦の後甲板からの眺めは最高だぞ」オリヴァーはそう言いながら、スケッチを見下ろした。「これはタイアレス号かな?」

「ウイ、艦長」

「ずいぶん小さく見えるが」オリヴァーはそのスケッチを手に取った。「わたしの世界だ。いつか喜んできみを迎えるよ」オリヴァーはスケッチを置き、画家と向きあった。「きみは春に来るべきだな。丘が緑に覆われ、生まれたばかりの羊がそこで草をはんでいるときに」

「たぶん、いつかね。ところで、わたしになにかご用ですか？」

どうやら誰もぼくと一緒にいたがらないようだ。マシューもナナも、このフランス人も。

「じつは頼みがあるんだ。わたしのためにミス・マッシーを描いてくれないか？　とてもチャーミングな人だろう？　記念にしたいと思ってね」

ルフェーブルは微笑んだ。「いいですとも」

「彼女には内緒で頼むよ。恥ずかしい思いをさせたくない」ぼくも恥をかきたくない。オリヴァーは心のなかでつけ加えた。

ルフェーブルはテーブルにある港と乾ドックのスケッチをかきまわした。「ほら、これなんかどうです？」

彼が差しだした紙からは、微笑みを浮かべたナナがまっすぐにオリヴァーを見ていた。

「わたしも描かずにはいられなかったんですよ、艦長。あのキッチンの下働きの子を描いたあとで。もちろん、マドモワゼル・マッシーにはちゃんと許可をもらいましたよ。彼女のスケッチはまた描きます。だから、よろしければこれをどうぞ」

オリヴァーはそれを受けとった。ルフェーブルはナナの美しい瞳の輝きと活気を、完全にとは言わないまでも、ほとんど捉えている。オリヴァーはじっと見た。「そばかすがないな」

「そばかすを描いてほしいんですか?」画家は驚いて尋ねた。「顧客はみな欠点を取り除いてもらいたがるもんだから、癖になってましてね。彼女のそばかすは省いたんです」

「あれは欠点などではない」オリヴァーはそう言ってスケッチを返した。「そばかすを入れてくれ。いくら払えばいいかな?」

ルフェーブルは肩をすくめ、「一シリング?」と言ってから、笑ってつけ加えた。「そばかすの分を足して二シリングにしましょうか」

オリヴァーはようやく少し気持ちが晴れるのを感じて微笑み返した。「三シリング払うから、手元に色鉛筆があれば、髪に色をつけてくれ」

「いいですとも、ムッシュ! 明日の朝までには、ドアの下に入れておきます!」

ルフェーブルは約束を守った。オリヴァーが四時半に目を覚ましたときには、ナナのスケッチはドアの下に差しこまれていた。あの画家は余白を刈りこみ、額も描いていた。オリヴァーはナナのスケッチを長いこと見つめてから、ベストのポケットに入れた。羅針盤の上に留めるとしよう。真北のところに。

靴を手に持って静かに階段をおり、玄関ホールで靴をはいた。ナナは寝間着の上にガウンを重ね、小さな包みを手にして暗がりに立っていた。

「ブラック・プディングとゆで卵とハムよ。ありふれた料理だけど、マルベリー亭のは特別なの」

そこにいる人々も特別だ。彼はハンカチの包みを受けとりながら思った。「ミスター・ラムスールは、昨日の午後、大急ぎでキングズブリッジに帰ったよ。ドリーに会いたがっていたからね」

ナナがにっこり笑うのを見て、オリヴァーはほっとした。「勇気をふるいおこして、求婚するかもしれないわね」

「そうなると、ぼくの後甲板には新婚ほやほやのぼうっとした男がふたりになるな！」

つい声が大きくなり、ナナが自分の唇に指をあててささやいた。「忘れないで、親切な艦長さん、マルベリー亭の売りのひとつは静かなことなのよ」

馬車が宿の前に止まった。オリヴァーはにらむようにそれを見たものの、こんなに美しいナナが、かすかな薔薇《ばら》の香りを漂わせて立っているホールを出ていく気になれなかった。

彼を〝親切な艦長さん〟と呼ぶナナが。

「艦長、これまで恋をしたことがある？」

オリヴァーは一瞬、聞き違えたのかと思い、うつむいて顔を近づけた。ナナは彼の肩に軽く手を置き、爪先立って繰り返した。

「恋をしたことがある?」

温かい息がほおにかかると、これまでほおに受けたイギリス海峡からベーリング海までの冷たい風、あるいは北アフリカの焼けるような熱い風のことが頭をよぎった。彼は正しい角度でそうした風を受け、それに乗るのを得意にしてきたものだ。ほおにかかるこの息が、羅針盤のどこの点からのどんな風よりも彼の心に深い喜びを与えてくれることを、どうやって説明すればいいのか?

もう一週間か二週間、きみの手をそこに置いたままにしておいてくれ、オリヴァーは思った。どうか頼む。ぼくが望むのはそれだけ、決して法外な望みではないはずだ。「あるよ。実を言うと、一度だけ恋に落ちたことがある」彼は過去形にしてささやき返した。そのほうがいい。どうせ四日後にはプリマスを立ち去り、過去になるのだ。

「きみは、ナナ? 誰かに恋をしたことがあるのかい?」

「あるわ」ナナはほとんど聞こえないような低い声で答えた。「つらいものね」

自分の気持ちを打ち明けるなら、いまこそそのときだった。マルベリー亭は暗く、寝静まり、まわりには誰もいない。だが、馬車が彼を待っていた。「いつかほかの男が現れるよ、ナナ」彼は自分を憎みながら言った。

「どうかしら」ナナは涙に濡《ぬ》れた目で彼を見上げた。「どうやって……立ち直ったの？」

立ち直ることなどできるものか。

馬車の御者が降りてきて、足踏みしながらドアをノックし、彼を救ってくれた。オリヴァーはドアを開けて立ち去りかけたが、最後の瞬間に振り向いて、ナナのあごの下に触れた。「船旅を勧めるね。ジョージ国王のおごりで」

ナナは低い声で笑った。「あなたは臆病者ね、ワージー艦長」

そのとおりだ。彼は馬車へと戻る御者のあとにしたがいながら思った。海峡艦隊広しといえども、こんな臆病な男はまずいない。

# 10

ありがたいことに、それから出港までの数日はあわただしく過ぎ、三十分ごとに十五分以上ナナのことを考えている時間はなかった。オリヴァーは己の惨めさをしばし忘れ、新しいマストと、すっかり整い、ふたたびぴんと張った装具を満足して眺めた。

チャイルダーズの同意を得て、オリヴァーとどうにかタイアレス号を動かせるだけの乗組員たちで、新しい艦尾を慣らすためにタイアレス号をハモーズからプリマス海峡に入れた。彼はみずから舵《かじ》を取り、舵輪《だりん》の感触とフリゲート艦の反応を楽しんだ。「尻を振らなくなったな」彼は舵輪を握りたくてじりじりしているに違いない操舵手長に言った。「タイアレス号はふたたびレディになった。ほら、あとは任せるよ」オリヴァーはそう言って舵輪を離し、すべての操舵手に順番に舵を取らせた。オリヴァーを書記代わりにして、操舵手たちはチャイルダーズに報告する必要がある癖に関して話しあった。

「彼らの意見を尊重しているんですね、艦長」タイアレス号を港の係船ドックにつないだあと、プラウディが言った。

「アイ。覚えておくんだな、ミスター・プラウディ。タイアレスは彼らの艦でもあるんだ」

プラウディが彼を残して立ち去ると、オリヴァーは艦長室に行き、ナナのスケッチを寝台の上に留めた。ムッシュ・ルフェーブルは出し惜しみをしたものの、鼻梁《びりょう》にそばかすを散らしてくれた。

一日の仕事があらかた終わり、チャイルダーズもドックを立ち去った。オリヴァーは後甲板に立って沈む夕日に目をやりながらナナのことを思った。それからタマー川の西につらなる低い丘陵に目を走らせ、双眼鏡を目にあててルフェーブルを見つけ、手を振った。フランス人の画家は手を振り返してきた。

彼は一等航海士とともに馬車でドレイク亭に行き、常に行われているホイストのゲームをしばらく見守ったが、男たちの誘いを退け、ゲームには加わらなかった。スループ艦ゴールドフィンチ号の艦長であるヴァージル・デニソンが、オリヴァーとプラウディに、コルーニャに関する最新情報を話してくれた。よい知らせはひとつもなかった。オリヴァーは歩いてマルベリー亭に戻ることにした。まもなく歩ける場所は後甲板しかなくなるのだ。

組合会館の前を通ると、なかから合唱が聞こえてきた。彼はつかのま足を止め、耳を傾けた。《メサイア》だ。そういえばフィリオン夫人が、《メサイア》の合唱は、クリスマスの恒例行事のひとつだと言っていた。またクリスマスが来たのだ。季節がめぐるたびに陸では同じことが繰り返される。海の暮らしがこれだけ長くなっても、彼はそのことにまだ慣れなかった。戦争が起こり、国家が存亡の危機にさらされている状況のもとでも、人々はクリスマスを祝う。

デニソンの話では、ナポレオンの兄ジョセフ・ボナパルトは玉座から追われるのではなく、そこに就くべきだと市民に思いださせるため、ナポレオン自身が大陸軍を率いてスペインとの国境を越えたという。まもなくオリヴァーはタイアレス号を指揮し、あちこちの港を出入りして、海軍省と陸軍総司令部に持ちこむ情報を集めねばならない。なかには反乱軍が支配している港もある。

貴重な一日が過ぎるたびに、行く手に待つ危険や義務のことを考える時間が多くなっていった。これは仕方のないことだ。だが、興味深いことにナナを想《おも》う時間が少なくなるわけではなく、彼女とともに過ごす一秒一秒が濃密になり、とても甘いものになった。結婚した男たちはみな、こんなふうに感じるのかもしれない。

オリヴァーの想像かもしれないが、ナナは最初に会ったころよりもふっくらしてきたようだ。ほおが少し丸くなり、ドレスのつまみも最初のころほど多くはなくなった。これはよいことだった。マッシー夫人との取り引きが順調に効果を上げているのだ。サルの顔もこれまでほど肉薄ではなくなり、ピートさえキッチンでお代わりをするようになった。まったく変わらないように見えるのは、ナンシー・マッシーだけだった。

彼がキッチンで食べるときに、ナナはまだ一緒に座って相手をしてくれる。オリヴァーは食堂で食べられる時間に戻っても、食堂を使うべきだというふりすらせずに、まっすぐキッチンに向かい、忙しく出入りする人々に囲まれて食べた。

「ここはうるさすぎない？」食堂から戻ったナナが、向かいあって座りながら尋ねた。

「ちっとも。タイアレス号ではひとりで食べるんだ。それが艦長の習慣でね。ほかの者を招かないかぎり、常にひとりだ」彼の説明を聞いて美しい顔に浮かんだ表情からすると、そんな習慣を高く買っていないことはたしかだ。

「寂しくならないの？」

この問いにはどう答えればいいのか？　オリヴァーは正直に打ち明けることにした。

「いつも寂しいよ、ナナ」

するとハシバミ色の目に涙があふれ、オリヴァーは自分の立場を無理やり思いださねばならなかった。彼は身を乗りだして、ナナに顔を近づけた。

「ナナ、ぼくのために泣くのはやめてくれ」

「あなたのために泣いていると誰が言ったの？」

ナナは立ちあがって出ていこうとしたが、オリヴァーはとっさにその手をつかんでキスし、ナナだけでなく、自分も驚かせた。彼はナナの手を離し、椅子の背にもたれた。ナナはその場に根がはえたように立ち尽くしている。「ぼくたちのあいだには、これでもうひとつ無視することができたね」

その晩、オリヴァーはマッシー夫人に滞在中の宿代を払い、明日は使いの者がダッフルバッグだけを残して、自分の荷物を取りに来ると告げた。「今夜はここで眠るが、明日は朝の三時か四時にここを出る。潮の流れが変わるのは午前の半ばだからね。スペインへ向かうのにおあつらえの順風もある」

夫人はうなずいた。「あなたにはずいぶん借りができましたよ、ワージー艦長」

「貸し借りなどまったくないさ。これほど陸にいる時間を楽しんだのは初めてだ」

彼は荷造りするため階段を上がった。ナナの姿はどこにも見えなかったが、ピートが廊下で待っていた。

「艦長、ちょっといいですかい？」

「もちろんだとも、ピート。世話になったな。きみに感謝したいと思っていたところだ」

「あんたがわしらのためにしてくれたことに比べりゃ、わしのしたことなんざ、なんでもありゃしません」

「ぼくが望んでしたことだよ、ピート」

ピートはこう言った。「もうひとつ、最後に頼みてえことがあるんですがね、艦長」

「ぼくにできることならなんでもするよ」

ピートはこの返事を聞いてにやっと笑った。「できますよ。ナナのためだからね」

「では、喜んでさせてもらう」

「ナナがバースから戻ってから、毎年あの子を組合会館の《メサイア》に連れていくのが決まりで……」

「ああ、ここに帰る途中でその練習が聞こえたよ」

「ナナが聴きたがるもんでね。だが、わしは関節炎が……」ピートはみなまで言わず、こう尋ねた。「今夜、あの子を連れてってもらえるとありがてえんだが?」

「喜んでそうするとも」それ以上したいことは、ほかに思いつかないくらいだ。「だが、マッシー夫人は気に入らないんじゃないかな?」

「まあね。だが、そっちはわしに任しておくんなさい」ピートはそう答えた。

ピートは気づまりな様子でもぞもぞしている。オリヴァーはドアを開け、彼をなかに招き、テーブルの前の椅子に座らせると、向かいあって腰をおろした。

「マッシー夫人が、ぼくがナナによからぬ企《たくら》みを持っていると思っていることはわかってる」オリヴァーは率直に言った。「だが、そんなつもりはないんだ。何年も前に、結婚はしないと決めたんだよ。結婚する気があるようなそぶりも見せない、と」オリヴァーはじっと座っていられずに、立ちあがって部屋を歩きだし、ピートの前に立った。老水兵はしわ深い顔になにを考えているかわからない表情を浮かべ、彼を見ている。「きみはマッシー夫人のお嬢さんを知っていたのかい？」

ピートは首を振った。「わしがここで働きはじめたのは九一年のことでね。ナナは三歳で、見たこともないほど痩せたおちびさんでしたよ」

「ああ、想像がつくな」

ピートはなつかしむようにやさしい笑みを浮かべた。「そのころも髪を短くしてたっけ。もっとくるくるの巻き毛だったが。祖母《ばあ》さんが行くところに、どこへでもくっついていった。明るい子だったね。いつもふたりでマルベリー亭のために買い物をしてるのを、町のみんなが見かけたもんだ。大きなかごをさげた祖母さんのあとを、小さいかごを持ったナナがスキップしながらついていく。そして店に入るたびに、大きな声で挨拶をして歩く。あのころでさえ、ナナは町のみんなに愛されてたね」

いまではぼくもその〝みんな〟のひとりだ。オリヴァーは思った。

「バースへ連れていかれるときは大泣きに泣いたが、祖母さんは喜んであの子をバースへやった。とにかくレイチェルのような目に遭わせたくない、って一心でね。海軍にはラットト卿《きょう》みたいな男が多いから」

「ラトリフだ」オリヴァーは苦笑しながら訂正した。

「あいつをご存じで？」

「海軍省で会ったことがある」いまはラトリフが直属の上官だということをピートに知ら

せる必要はない。その件は変える必要があるな、オリヴァーはまたしても思った。あの男には我慢できない。

「ナナはすっかり気落ちしてますぜ」ピートがそう言って、オリヴァーを見た。「あんたも同じだ」

オリヴァーはピートのあからさまな言葉に驚いた。否定することもできるが、この男はどうやら彼の気持ちをすっかり見抜いているようだ。「アイ」彼は正直に答えた。

「あんたはナナと結婚すべきだと思うがね」ピートは突然そう言った。「ナナが非嫡出子だってことを気にしてるんならべつだが」

オリヴァーはまたしてもふいをつかれた。「問題はそれじゃないんだ、ピート。ぼくと結婚したせいで、ナナを未亡人にするのは耐えられない。ぼくはこれまであまりにも多くの未亡人を見てきたし、彼女たちに夫の死を知らせる手紙を書いてきた。〝ありがたいことにご主人はほぼ即死で、苦しまずに旅立たれました。お子さんたちにお悔やみを申しあげます〟と」

オリヴァーは顔をしかめた。

「だが、そんなのはもちろん嘘《うそ》っぱちだ。海の死がどんなものか、きみも知っているだろう？　ぼくは愛する人にそんな仕打ちはできない。絶対にできない」

ピートはつかのま彼を見ていた。「ナナがあんたを忘れられずに、しおれて、枯れちまうのを見たほうがましだってえのかね？」

「そこまで真剣にぼくのことを思っているはずはない」オリヴァーは驚いて言い返した。「このぼくにどんな魅力があるというんだ？　ときどき千年近く生きたと言われるメトセラよりも、年をとっているような気がするよ。それにナナが必要とするときに、そばにいてやることもできない」

「わしはあんたをずっと見てきた……」

「ありがとう」オリヴァーは苦い声で言った。

「……ナナが話してるときや、ナナを見てるときに。なにしろ、あんたはいつもナナを見てるからね。そういうときはメトセラのような老人には見えませんぜ」

「きみはいまいましい男だな、ピート」

ピートは肩をすくめた。「わしはもう海軍の人間じゃねえから、思ったことを言わしてもらいますよ。あんたは女のことをもうひとつ知る必要がありますぜ、艦長。女ってやつは、待つのはそれほど苦にしやしねえ。ナナがあんたのどこに惚《ほ》れたかって点についちゃ……」ピートはまたしても肩をすくめた。「どんな男だって、そんなことはわかりゃしねえ」

ふたりは顔を見あわせた。しばらくして、ピートはようやくパシッとテーブルを叩《たた》いた。

「まあ、あんたの人生だ。とにかく、せめて今夜はナナを《メサイア》に連れてってもらいてえ。あったかい格好をしていくんだね」

合唱を聴きに来た町の人々で混みあうホールが寒いとは思えなかったが、オリヴァーはピートの助言にしたがった。今夜はピートの代わりに彼がコンサートに連れていくと言うと、ナナは黙ってうなずいた。この数日血の気を失っていた顔に色が戻り、褐色の瞳が見違えるように生き生きと輝くのを見て、オリヴァーは驚きを禁じ得なかった。同じ褐色でもごく平凡なぼくの目とはなんという違いだ。

キッチンに迎えに行くと、ナナは熱々のポテトを小さな袋に入れているところだった。いつもと同じ普段着姿だ。そういえば、ラトリフが学費の支払いをやめたとき、ナナは美しい服をすべてバースに置いてきたのだ。焼いたポテトの食欲をそそるにおいに混じって、いつものかすかな薔薇《ばら》の香りがする。これは石鹸《せっけん》の香りなのだろうか？

オリヴァーが腕を差しだすと、ナナは恥ずかしそうにそれを取った。並んで歩きながら、彼はいつもの癖で何度か足を止め、まだ風が正しい方向から吹いているかどうかを確かめていた。二度目に彼がそうするのを見てナナが笑うと、彼は胸をくすぐられるような喜びを感じた。

組合会館の前には、小さな人だかりができていた。オリヴァーはナナを先にやろうとこう言った。「ぼくが並ぶから、きみはなかで待っておいで」

ナナは動かなかった。「あら、違うのよ。ピートから聞いていないの？」

「聞くってなにを？」

「なかには入らないの。だから切符はいらないわ。どうしてポテトを持ってきたと思うの？」

彼は笑って答えた。「第一部の〝希望を持て、わが民よ〟と〝ハレルヤ・コーラス〟のあいだに、お腹《なか》がすくからじゃないのかい？」

ナナは笑いながら切符売り場の前にできている列を通り過ぎ、建物の角をまわった。そこに石段があるのを見て、オリヴァーの笑みは大きくなった。おそらくそれは合唱団が立っている場所からいちばん近いドアに続いているのだ。彼はナナのあとにしたがった。ナナは踊り場の何段か下に座り、自分の横を叩いて、ここに座れと合図した。

「雨が降らないかぎり、このドアはいつもほんの少し開けるのよ。だからとてもよく聞こえるの。ここからはキャットウォーターのすばらしい眺めも見えるわ。ポテトは手を温めるためよ」

オリヴァーはナナの横に腰をおろし、彼女の近さに圧倒された。満員のホールで見知らぬ人々と触れあわんばかりに座るより、このほうがはるかにましだ。石段で腰が触れあうほどナナ・マッシーのそばに座っていると、牧師である父が長々と説明してくれた天国と楽園のイメージが、すっかり違うものになった。

せっかくのチャンスを無駄にすることもできる。オリヴァーは思った。さもなければ、惨めなふたりを、それにピートを、幸せにすることもできる。ピートはぼくが彼の愛するナナに値する男だと思っているようだ。

「ちょっと立ってくれないか、ナナ」彼は言った。「つい最近喉の炎症から回復したばかりだからね。寒風を防ぐには、ポテトだけじゃ心もとないな」

オリヴァーも立ちあがり、自分の大きな外套《がいとう》でふたりを包みこんだ。

「ほら、このほうがいい」彼はさきほどよりもっと体を寄せ、ナナにしっかりと腕をまわして腰をおろした。

ナナがためらうか抗議すればすぐに離れるつもりだったが、嬉《うれ》しいことにナナはなにも言わず、彼の腕にすっぽりと包まれてため息をつき、彼の胸に頭をあずけた。

オリヴァーはこらえきれずに美しい髪のてっぺんにキスをして、そこにあごをのせた。まもなくドアがなかからわずかに開けられ、序曲が始まった。片方の腕をナナの腰にまわし、眼下の港を眺めながら聴くヘンデルはすばらしかった。

〝そしてわれらにひとりの御子《みこ》が生まれ〟に差しかかるころには、オリヴァーは好奇心に負け、こう尋ねていた。「ナナ、きみは薔薇の花で髪を洗うのかい？」

オリヴァーは彼女がうなずくのを感じた。「そんなようなものね。お祖母ちゃんが前庭の薔薇の花びらを取っておくの」ナナはいったん口をつぐみ、こうつけ加えた。「あなたが薔薇に嘔吐《おうと》しないで、ほんとによかったわ」

彼の笑い声が大きすぎたと見えて、ドアにいちばん近い低音部のひとりが「しいっ」とたしなめた。ナナはくすくす笑いだし、ようやく話せるようになるとこうささやいた。

「いまのはかつら屋さんよ。わたしのことを怒っていないといいけど。来年はここで聴かせてもらえなかったら困るわ」

「来年はふたりともなかで聴けばいいさ」オリヴァーはついそうささやき返し、自分が約束を与えてしまったことに気づいた。

ナナはなにも言わず、数日前に廊下で抱擁しあったときのように、片方の手をまわして彼をつかんだ。

ナナを拒むのはとうてい不可能なことだったが、オリヴァーはさらに何コーラスか持ちこたえた。そして〝いと高きところにおられる神に栄えあれ〟の合唱で、とうとうやさしく長いキスをして、柔らかい唇と彼女の熱い反応を堪能した。ナナは片手を彼の顔に置き、それから髪をつかんだ。

息の続くかぎりキスを続けながら、彼もナナの顔に触れ、その滑らかさ、柔らかさを味わった。やがてふたりとも息を切らして唇を離すと、彼女の顔を自分から少し離して、じっと見つめた。少なくともいまのナナには少女のような表情はない。代わりに同じくらい美しいが微妙に違う、大人の女性の顔があった。

ナナは自分の顔に手をあて、震える声で言った。「いつもこんなことをしていると思わないでくれるといいけど」

「初めてなのかい？」

ナナはうなずき、それから首を振った。「一度だけ、ミス・ピムの庭で、友だちのお兄さんにキスを許したことがあるの」彼女はささやいた。「でも……あれとはまるで違うわ」

ナナの純真な告白に、彼は情熱をかき立てられるよりも、謙虚な気持ちになった。ナナはとても貴重なものをくれたのだ。彼は石段の上で冷たくなりはじめている足の裏まで、それを感じた。

これからはヘンデルの《メサイア》を聴いても、クリスマスも復活祭も頭に浮かぶことはないだろう。彼は安らかな気持ちでナナを抱きながら、彼女が低い声でホールのアルトたちと一緒に口ずさむ、第二部の〝彼は軽蔑され〟に耳を傾けた。頭のなかでは、無情な時計が明日の朝タイアレス号で出港するまでの分と時を刻んでいる。彼は海軍に入隊して初めて、海峡艦隊と困難な状況と危険が待ち受けている持ち場に戻ることが悲しかった。

いまはナナが彼の腕のなかにいて、夜を彩る美しい音楽がある。だが、こうしているあいだも、タイアレス号が沖へと出ていく手助けをする潮は着々と満ちているのだ。月の引力ですら、彼に敵対していた。オリヴァーはこれほど無力だと感じたことは一度もなかった。説教台から父が叫ぶのが聞こえるようだ。〝人とは何者なのでしょう、これを御心に留めてくださるとは〟オリヴァーとナナは戦いの嵐が吹き荒れる世界の、なんの力もないふたりの人間でしかない。それでも、ぼくたちはキスを交わし、たがいにしがみつく。まるでそうすれば時を止められるかのように。なんと愚かしく、しかし正しく思えることか。

こんなキスを続けていては、そのうち怖い顔をした警官に公的不法妨害で逮捕されそうだが、オリヴァーはナナにキスしないではいられなかった。ふたりのキスは〝ハレルヤ・コーラス〟まで続き、そのころにはどちらもかなり巧みになっていた。

「ここでは立ちあがることになっているのよ」ナナは彼の唇にそう言った。

そしてふたりとも噴きだした。ナナがあわてて自分の顔に手をあて、彼の口をもうひとつの手でふさいで笑い声を抑える。オリヴァーはその指にキスし、まだ外套でしっかりとくるんだまま彼女を立たせた。自分の体の情熱にかられた状態からすると、ナナにそれを押しつけるべきではなかったが、取り澄ましたレディのふりをするのがナナの流儀ではないことは、すでにわかっている。彼女は考えこむような「ふむ」という声を発し、またしてもふたりを笑いの発作に追いこんだ。

「〝ふむ〟？　それだけかい？」

「文句を言わないの」ナナは一歩離れながらささやいた。「あなたが台本をはみだしたから、アドリブで対処したんだもの」

オリヴァーは赤くなって外套からナナを解放しながらも微笑を抑えられなかった。「そろそろわが家に帰る時間だ」声に出してそう言うと、自分にはわが家などないという冷たい現実が、いっそう身に染みる。

彼はナナの手を取り、ナナが知り合いを見つけ、話しはじめたりしないように、ホールから出てくる人混みをまわりこんだ。きみたちプリマスの人々は、ぼくが海に出てから好きなだけナナの甘い顔とやさしい性格を堪能すればいい、彼はそう思った。

マルベリー亭へと歩く途中で霧雨が降りだし、彼はふたたびナナを外套で包みこんだ。ナナは彼の背中をぎゅっとつかんでいる。これはどうやらナナの癖らしかった。毎晩、食事をする彼のそばに座り、タイアレス号のことを語る彼の言葉に、とても興味深そうにじっと耳を傾けるのもそのひとつだ。ナナは彼のような男にとっては、理想の妻になるに違いない。

だが、世の中には手に入れてはいけないものもある。だから、これ以上先に進むのはよそう。彼は自分にそう言い聞かせた。

驚いたことに、正直に言えば、残念なことに、マルベリー亭のなかに入り、ランタンで照らされたホールに入るとすぐに、ナナは彼女独特の率直な言葉で彼の迷いに答えを出した。

外套からするりと出て階段の下で並ぶと、ナナは彼の肩を引っ張った。いまやこの仕草にすっかり慣れたオリヴァーが、うつむいてほおにキスしたあと、ナナはこう言った。

「おやすみなさい、艦長。あなたと一緒に二階に行きたいのは山々だけど、お祖母ちゃんの胸を引き裂くくらいなら、あなたの胸を引き裂くほうがまだましよ」

きっぱりしたその言葉に、彼は苦笑し、額にキスした。「どっちみち、そんなことを勧めるつもりはなかったよ。ぼくもそうしたいが、お祖母さんを裏切ることはできない。なによりも、きみを傷つけることはできない。ぼくらは似た者どうしだな」

「似合いのふたりね」ナナはそう言って、彼の胸をうずかせた。

オリヴァーはもう一度だけ彼女を思いきり抱きしめ、ナナは逆らわずに彼の腕のなかで溶けた。

「もうひとつある」彼は美しい髪のなかへささやいた。「この二時間、ふたりでクリスマスを控えたこの時と、ゲオルク・フリードリヒ・ヘンデルを心ゆくまで堪能した事実に照らして、きみはぼくをオリヴァーと呼ぶ必要があると思うね」

彼の胸にナナの笑う声が響いた。「わたしもそう思うわ、オリヴァー」

「そのほうがずっといい」オリヴァーはナナを自分の胸から離し、じっと見た。「もうひとつだけ頼みたいことがある。そうすると約束してくれないか」

「レディは決してわけのわからない約束はしないものよ」ナナは口を尖《とが》らせた。

「だが、きみはしてほしい」

「わかったわ」

「朝が来ても、見送らないでくれ。つらすぎる」

ナナが泣きだし、彼はぎゅっと抱きしめた。「頼むよ」

ナナはうなずいた。「努力するわ」

「さあ、ベッドにお行き。振り返るんじゃないよ」オリヴァーは命じた。

ナナは言われたとおり、肩に力をこめて彼から離れ、一度も振り返らずに歩み去った。


どうせ眠れないことはわかっている。オリヴァーは両手を頭の下で組んで、エレノア・マッシーを愛している理由と、愛している点を数えはじめた。なんとしてもこの戦争を生き延びなくてはならない。彼は自分にそう言い聞かせた。そして彼女を妻にして、ふたりの子どもを作るのだ。


三時になると、彼はふたたび服を着た。ダッフルバッグに残りの荷物をつめ、部屋を見まわす。みすぼらしいが使い勝手のよい家具と、いまは暗いが海の見える窓を。そう、海は常にそこにある。ときには友になり、ときには敵になる。

彼は外套をはおり、ダッフルバッグを肩にかけた。プラウディは彼が自分のダッフルバッグをこうやって持つたびにあきれて首を振るが、オリヴァーは昔から堅苦しいのは嫌いだった。それにあの偉大なコクラン卿ですら、自分でダッフルバッグを持つのを見たことがある。

彼は階段を下り、そこで足を止めた。

ナナはほとんど約束を守っていた。彼女はガウンにくるまり、枕に頭をのせて、前廊下にある長椅子で眠っていた。彼はまだ柔らかく輝いているランタンの明かりでじっと彼女を見つめた。ほおに涙の跡が残っているところを見ると、泣きながら眠ったに違いない。

「愛《いと》しい人、どうか幸せに暮らしてくれ。それが御心ならぼくらはまた会える」

彼は静かに外套を肩から落とし、ナナにかけた。彼女は身じろぎしたものの、目を覚まさなかった。タイアレス号に行けば外套はもう一着ある。

馬車は頼んでいなかった。歩くには長い道のりだが、プラウディがタイアレス号の準備を終わらせ、キャットウォーターに錨《いかり》をおろしてくれるはずだ。波止場では雑用艇が彼を待っている。部下がそれを漕《こ》いで彼をフリゲート艦まで運び、甲板長が彼を引きあげる。

そしてふたたび海の生活が始まる。

だが、目前に迫った任務を除けば、オリヴァーにとってはすべてが変わっていた。

# 11

その朝目を覚ますと、ナナは見慣れた外套《がいとう》で包まれていた。彼女は何度か深く息を吸いこんだものの、やはり泣いてしまい、外套をできるだけきつく体に巻きつけた。

どうやってわたしを起こさないほど静かに階段をおりることができたの？　泣き疲れると、ナナはそう思った。なんだっていずれは行ってしまう人に恋をしたのかしら？　それから、冷水を浴びたような気持ちでこう思った。彼は一度も愛していると言わなかったわ。どうして？

あなたが私生児だからよ。

孫が取り乱しているのを見たら、祖母が悲しむ。ナナは暗がりに横たわり、落ち着きを取り戻そうとした。そういえば、昔も休日が終わって祖母とピートに別れを告げなくてはならないたびに大泣きしたものだ。クラスメートが住んでいる町とはまるで違うこのプリマスを離れるのが、どれほどつらかったことか。

海軍兵士と結婚した女性は、どうやってこんなにつらい別れを生き延びるのかしら？

わたしはそんな別れを経験せずにすむのよ。ナナは悲しい気持ちで思った。あの愛する人とわたしをつなぐものはなにもない。愛の告白も、将来の約束も、誓いも、指輪も、愛に満ちた言葉も。ふたりのあいだにあるのは、マルベリー亭でほんの二週間あまり、朝に夕に短い時間を分かちあったことと、《メサイア》を聴いたあの忘れがたいひとときだけ。彼女の知るかぎり、オリヴァー・ワージーはどこかの港に入るたびに、同じことを繰り返しているかもしれないのだ。

ラトリフ卿《きょう》が出港したとき、母もこんなに苦しい思いをしたのだろうか？　ようやく泣きやんで、乾いた目で暗がりを見つめながら、ナナは思った。少なくともわたしは、捨てられる恐怖と不安にはさいなまれずにすむ。その点では、歴史は繰り返さない。

何時になるのかわからないが、そろそろサルが起きてキッチンに火をおこし、泊まり客の使うお湯を沸かし、朝食の支度を始めるに違いない。廊下の長椅子にだらしなく横たわり、涙にくれているのを祖母に見られたらたいへんだ。

ナナはオリヴァーの外套を持って自分の部屋に戻った。隠しても、いずれ見つかるに違いなかったから、ベッドの足元に広げた。夜はこれにくるまって寝るとしよう。

ナナは少しばかり夢遊病者のように、朝食の支度を手伝い、客の求めに応じた。客がいてくれるのはありがたかったから、彼らに微笑《ほほえ》むのはそれほど難しくなかった。彼女は持って生まれた明るさに頼った。そしていったんそれが効果を発揮するとわかると、部屋の掃除をするのも簡単だった。ワージー艦長が使っていた部屋がある階はサルが受け持ってくれたおかげで、彼の部屋に入り、彼が行ってしまった事実と向きあわずにすんだ。

三階の掃除はすぐに終わった。アンリ・ルフェーブルは勝手にものを動かされるのは嫌いだ、とはっきり断っていたからだ。次のお客に備えるため、ナナは手早くほかの部屋の掃除をすませた。なんとかやれるわ。床をごしごしこすり、あちこち片づけ、整理しながら、ナナは何度も自分にそう言い聞かせた。

午前も半ばになろうというとき、ナナはふいに気がついた。見送らないと約束したのは、マルベリー亭を出るときだけだ。彼女は箒《ほうき》とちりとりをその場に落とし、三階から駆けおりて、外套をはおった。

何世紀ものあいだ、海軍兵士の妻や恋人たちは、ホーの丘に集まり、港を出ていく船や海峡を入ってくる船を見守ってきた。強い南風が吹いてタイアレス号を海峡に閉じこめてくれることを願いながら、風に顔を向けたが、風は北西から吹いていた。神が創造の三日目に、そうあれ、と言われたとき以来、ずっと吹きつづけているように。

スペインの無敵艦隊が姿を現すのを待つあいだ、フランシス・ドレイク卿がボウリングの試合をして過ごしたというホーの丘に達すると、ナナはレディらしく少し歩調をゆるめた。丘の斜面には、ほかの女性たちもいた。祖母に無視しろと教えられた、意地悪そうな顔をした女性たちも何人かいる。上品な服装のレディや将校の夫人もいた。何度もここから見送ってきたに違いない、航海長夫人の姿もあった。

ブリトル夫人は手招きしてナナを呼んだ。「最後の見送りに来たのね、ディア？」

わたしの顔には、ブリトル夫人がこんなに深い同情を浮かべるような表情は浮かんでいないはずよ。ナナはそう思ったが、夫人が片手を差しだすと、溺れる者がロープをつかむように、それをつかまずにはいられず、次の瞬間には、子どものように夫人に抱きしめられていた。

「ほら、ほら。落ち着いて。だんだん楽になると言ってあげられればいいんだけど、それじゃ嘘《うそ》をつくことになるわ」夫人は正直に言った。「タイアレス号はあそこよ。わたしのダニエルは、いまごろ帆を調節しろと怒鳴っているでしょうね」夫人はそう言って片手をかざし、海に目を戻した。「この港をうまく出るのは難しいのよ」

ナナは気おくれしながらも、どうにか尋ねた。「ワージー艦長は……なにをしているかしら？」

「港を出るまで一等航海士に任せきりにする艦長もいるけど、ワージー艦長はプリマス海峡を出ていくときに舵《かじ》を取ることがあるの。たぶんいまごろは舵輪《だりん》を握っているわね」

「部下を信頼していないの？」ナナはついそう尋ねていた。

ブリトル夫人はナナをぎゅっと抱きしめた。「ほとんどの艦長よりも信頼しているわ！ダンは、ワージー艦長は根っからの海の男だから、舵輪の前に立つのが楽しくて仕方がないんだ、と言ってるわ」

彼が船で使う外套をもう一着持っているといいけど。ナナは思った。それに首と耳に巻く湿布の作り方を教えてあげればよかった。

彼にしてあげたかったことが山ほど頭に浮かぶ。

ふたりは寄り添ってタイアレス号がプリマス海峡を出るのを見守った。その先には大きくうねる波が待ち構えている。「ここに来てからどれくらいになるの？」

「三十年にはなるわね。彼らはちゃんと港へ戻ってくるわ」ブリトル夫人はひとりで立っている上品な服装のレディを示し、声を落とした。「プラウディ夫人にとってはまだ二度目よ。かわいそうに」

「声をかけたほうがいいかしら？」ナナはささやき返した。

ブリトル夫人は首を振った。「さっきかけたわ。彼女はわたしたちとは違うのよ。お父さまが男爵だから。わたしたちはふたりとも見るからに平民ですものね、ディア」

父は子爵だが、ナナは私生児だ。これは測ることもできないほど広い溝だった。

ふたりはタイアレス号が見えなくなるまで海に目を凝らし、それから連れだって丘を下った。

「トーキーに住んでいるの？」ナナはまたしても気おくれを感じ、おずおずと尋ねた。

「そうよ。うちはトー湾に面しているの。タイアレス号がそこに入港することもあるのよ。

ダンとわたしには四人の子どもがいるの。これはときどき彼らも海から戻るという証《あかし》だわね」

ナナは赤くなりながら笑った。「いつかお宅にお邪魔してもいいかしら？」

「ええ、ディア。寂しくなったら、いつでもおしゃべりにいらっしゃい」

もう寂しいわ。ナナはそう思いながら夫人に別れを告げた。


続く数日は、客の入れ替わりが多く、目先の仕事だけを考え、忙しく動いている日中はそれほど難しくなかった。ナナの朝は、自分の部屋に引きあげ、オリヴァーの外套にくるまって泣きながら眠る一日の終わりを思うことから始まった。

祖母の目をごまかすことはできなかったらしく、ある日の午後、オリヴァーがいまにも扉から入ってくるところを想像し、いつまでも真鍮《しんちゆう》の取っ手を磨きながら顔を上げると、祖母がナナを見ていた。

「それ以上磨いたら、穴が空くよ」祖母はぶっきらぼうだが、思いやりのある調子でそう言った。

ナナはどうにか笑った。「いやね、わたしったら。ばかみたい」

祖母はこう言った。「帳簿を見てたんだけどね、今年のクリスマスはちゃんと祝えそうだよ。春に着る服を作るのにモスリンを買おうか？　新しいマフとか？　なにが欲しい、ナナ？」

「ワージー艦長が欲しい」ナナはついそう口走り、急いで片手で口を覆った。その言葉は海峡の霧のようにふたりのあいだに留《とど》まっている。「ああ、お祖母ちゃん、わたしは……」なにを言うつもりだったにせよ、たいして問題ではなかった。気がつくとナナは長椅子に腰をおろした祖母のエプロンに顔を押しつけて泣きじゃくっていた。二年にわたる航海で空になった水の樽《たる》のように、涙が一滴も残らなくなるまで泣きつづけた。

　そして祖母のエプロンの乾いている場所を見つけると、子どものような泣き声を誰にも聞かれなかったことを願いながら涙を拭き、ようやく勇気をふるって顔を上げた。祖母を安心させなくてはならない。

「お祖母ちゃん、これだけはわかって。わたしは……わたしたちは、自分たちにも、お祖母ちゃんにも、恥じるようなことはなにもしなかったわ」

　祖母は安堵《あんど》のため息をついた。

「ほんとはそうしたかったの。いけないことだとはわかっていたけど」ナナは涙をこらえ、正直に打ち明けた。「そんなことを考えたりして、わたしのことを恥ずかしいと思わないでね」

　祖母はかすれた声で言った。「思うもんか。おまえはあたしの愛する孫だよ。おまえのことは信頼してるとも」そしてどうにか笑みを浮かべた。「信頼ってのは、つらいもんだろ？」

ナナは鼻をかんでから答えた。「ええ、最悪」彼女は祖母の手を取った。「一シリングでも余裕があったら、ミスター・ルフェーブルに頼んで、ワージー艦長に送れるようにわたしの肖像画を描いてもらいたいわ」

祖母は少し考えてから言った。「あの人になにも約束なんかしなかったんだろうね？」

「していないわ。彼がわたしのことをどう思っているかも、よくわからないの」ナナは率直に答えた。「ただ、わたしを思いだすようなものを持っていてもらいたいだけ」

「あまり適切なこととは言えないね」

「わかってるわ。ミス・ピムが知ったら、どんなに怖い顔でにらまれることか」ナナはそう言って弱々しく笑った。「レディにあるまじき振る舞いだ、と長々とお説教されるでしょうね。だけど、ミス・ピムにそう言われるとしても、ワージー艦長にわたしの肖像画を送りたい」ナナはふたたび祖母の肩に頭をあずけた。「結局、子どもは親に似るものなのかもしれないわ」

「ほんとだね。だけど、艦長に肖像画を送っておやり。たぶん……いや、間違いなく、あの人は寂しい思いをしてるだろうから」祖母はそう言った。

ナナは恥ずかしいのを我慢して、その日の夕方思いきってアンリ・ルフェーブルに頼んだ。「小さな肖像画でいいの。サルをスケッチしたあとで描いたわたしの絵があったでしょう？」

「ああ、あれ？」ルフェーブルは言った。「いや、もう一枚描いてやるよ。艦隊で勇敢にご奉公してる誰かさんには、もっとましな絵が相応《ふさわ》しい」

「でも、少ししか払えないのよ」ナナは恥をしのんで言った。「お願いしたい絵はあるんだけど」

「言ってごらん、マドモワゼル」ルフェーブルは思い入れたっぷりに片方の眉を上げた。

「赤い血の通った男なら、あんたの頼みを断れるもんか」

そうでもないわ。ナナは心のなかでそう答えた。「じつは……」

ナナはルフェーブルを組合会館の裏にともない、そこの階段に座っている自分を描いてくれと頼んだ。オリヴァーの外套にくるまって過ごした場所だ。ルフェーブルはすばやく鉛筆を動かし、黒い雲が空を覆い、雨が降りだす前に描きおえた。

ナナはその夜、手紙を書いた。〝オリヴァー〟と書く勇気がなかったから、〝親愛なる艦長〟と書いた。そしてホーの丘に行ったこと、ブリトル夫人と一緒に港を出ていくタイアレス号を見送ったことを書き、彼の無事を祈っている、と結んで、〝あなたの友、ナナより〟と署名した。

とてもよそよそしい手紙だが、オリヴァーが彼の気持ちを口にしなかったことを思えば、思いのたけを文字にする勇気はなかった。彼女は自分が書いた平凡な言葉を見下ろし、風が彼をどこへ連れていこうと、どんな運命が彼を翻弄しようとも、永遠に愛し、この心を捧《ささ》げていることを、その行間から読みとってくれることを願った。わたしの心はあなたのものよ。ナナはそう思いながら、ルフェーブルが描いてくれた絵とともに手紙を封筒に入れた。オリヴァー・ワージー、あなたに会うまでは、誰かをこんなに深く愛せるなんて自分でも思わなかった。わたしがあなたに相応しい女だったらよかったのに。

次にどうすればいいかさっぱりわからなかったから、ナナはピートを共犯に引きこんだ。

「まず彼の名前を書く。その下に軍艦の名前を入れて、最後に海峡艦隊、と書くんだ」ピートが教えてくれた。「ワージー艦長がどこに配置されてるか、知ってるのか？」

「フェロールよ。だけど、そこまでの郵便料金を払うお金がないわ」

「大丈夫さ。ちょうど港にスループ艦がいる。わしがこの手紙をあの艦の艦長に届けてやる。そうすりゃ、ワージー艦長のもとに届くさ」

「そのスループ艦がフェロールのほうに行かなかったら？」

自分の愚かな手紙があちらやこちらをまわり、どこかで失われてしまうのではないかと心配になった。

ピートが彼女の肩をつかんだ。「あれはゴールドフィンチ号だ。ワージー艦長と、ゴールドフィンチのデニソン艦長は、つい十日前にもドレイク亭で話しこんでたからな。ちゃんとあんたの艦長を見つけてくれるさ」

「どうしてそんなことを知ってるの？」

「こう見えてもまだまだ目端は利くんだよ。わしを信じて、任せときな」

ナナはピートが波止場へと坂道を下っていくのを見送るあいだ、少なくとも五、六回は呼び戻したくなった。男の人たちのことはよくわからない。彼らの習慣も、忠誠心も。

「あなたにあの絵を持っていてほしいだけなの」ピートが視界から消えると、ナナは心から祈った。「せめてあの絵だけでも」


寂しさと悲しさに胸をふさがれてはいたが、この年のクリスマスは久しぶりに楽しいものになった。マルベリー亭には久しぶりに宿泊客がひとりもいなくなった。ルフェーブルですらチェルトナムの友だちを訪れている。祖母が奮発してあひるを一羽買い、ピートがその首をひねって、サルとナナで羽根をむしり、表面がぱりぱりの茶色になるまで、祖母がそれを料理した。

その五日後、ラムスールがマルベリー亭のドアを叩《たた》いた。

食堂で馬車を乗り換える家庭教師とふたりの麻縄職人の相手をしていたナナは、サルを玄関にやった。

海軍将校特有の帽子と外套が目に入ったとたん、急に膝の力が抜けた。顔から血の気が引くのを感じながら、手近な椅子に腰をおろす。だが、近づいてきたその将校をよく見ると、自分とあまり年が違わないことがわかった。まさか海軍は、子どもみたいな士官にひどい知らせを託すことはないはずよ。

「なんでしょう？」

将校は帽子を取り、脇の下にはさんだ。「ミス・マッシーですか？」

彼女は声もなくうなずいた。

将校は笑みを浮かべた。「そんなに警戒しないでください。タイアレス号のケイレブ・ラムスール少尉です。あなたに手紙と小包みを届けに来ました」

指がこんなに震えなければいいのに。ナナはそう思いながら、彼が差しだした手紙を受けとるために手を伸ばし、手紙とキャンバス布に包まれたものを受けとった。

そしてつい少尉の後ろをのぞいていた。オリヴァーはわたしに会うのさえいやなの？　そう思うと、涙が目の奥を刺す。

ラムスール少尉は、ナナの気持ちを読んだようだった。「ああ！　なぜぼくがここにいるのに、ご老体がいないのかと思っているんですね？」

〝ご老体〟？　ナナはかすかな笑みを浮かべた。ラムスールは自分の口から出た言葉に気づき、真っ赤になった。

「船に乗る者の表現なんです、ミス・マッシー。その、本人の前でそう呼ぶ者はひとりもいません。座ってもいいですか？」

「あら、気がつかなくてごめんなさい、少尉。もちろんですわ」

彼はにやっと笑った。「まだ脚が陸《おか》に慣れないものですから」彼はナナの目に浮かんでいる質問に答えた。「ミス・マッシー、われわれがフェロールで位置に着いたとたん、驚いたことにマルティニークに向かうフランスのフリゲート艦が港を出ようとしたんです。あれほど見事な拿捕《だほ》はちょっとないでしょうね」

「わたしにはまだわからないわ」ナナは正直に言った。「どうしてあなたはここにいるの、ラムスール少尉？」

「そのフリゲート艦を戦利品としてプリマスに運ぶよう、ご老体に命じられたからです」彼は誇らしげに胸を張った。「フェロールからプリマスまで、わたしは初めて軍艦を指揮してきました」

「まあ、それはおめでとう、少尉」彼女はそう言って手紙と包みを掲げた。「で、これは？」

「あまり時間がなかったんですが、ご老……ワージー艦長があなたにクリスマス・プレゼントを贈りたかったんです」ラムスールはため息をついた。「逆風にでくわしたものだから、少し遅くなりましたが、とにかく、メリー・クリスマスと言わせてください」

ナナは笑った。「メリー・クリスマス、少尉」ナナは驚いたように目を丸くして、キッチンのドア口のすぐそばに立っているサルを振り向いた。「サル、ラムスール少尉にケーキをお願い。大きく切ってね」

「いえ、わたしはもう……」彼は立ちあがろうとした。

「チョコレートよ」ナナが言うと、彼はふたたび腰をおろした。

サルがケーキを運んできた。少尉はすぐさまフォークを取って食べはじめながら、ナナが膝にのせた包みをフォークで示した。「艦長に、あなたがそれを開けるところをよく見てくるように命じられているんです。どんな反応を示したか教えてくれ、と」彼は大きな塊を口に入れた。「自分で手渡し、それを見ることができなくて残念だ、と言ってました」

少尉は食べる手をやすめ、紐《ひも》を切るために、軍服の上着から折りたたみナイフを取りだして、差しだした。ナナはそれでキャンバス地の縫い目を切り、三十センチ以上もある綿を広げていった。

最後にそのつめ物を開くと、かすかにピンクがかったミソサザイの卵ほどもある真珠がひと粒現れた。「まあ」ナナはふだんより一オクターブも高い声を出したきり、言葉を失った。それに触れるのも怖いような気持ちでテーブルに置いたあと、彼女はじっと自分の表情を観察している少尉に言った。「真珠を配って歩く頭のおかしな艦長が封鎖に加わっているのを、海軍省は知っているのかしら?」

ラムスール少尉は噴きだした。「ミスター・プラウディは、あなたが気を失うほうに賭けたがったんですよ!」

「で、あなたの……ご老体はどっちに賭けたの？」ナナはすっかり愉快になって尋ねた。

ラムスールはすぐさま笑うのをやめた。「レディに関して賭けをしようと考えただけで、艦長にばれたら格子蓋に縛りつけられて、鞭《むち》打たれます」少尉はケーキを口に入れた。

「いまのは覚えておかなきゃ。〝真珠を配って歩く頭のおかしな艦長〟ね」

「〝封鎖に加わっている〟よ」ナナはつけ加えた。「ちゃんと全部伝えてね、ラムスール少尉。でも、これは受けとれないわ。ひと財産するでしょうから。こんな贈り物ばかりしていたら、彼はマッシー一家の次に教区の救貧院に入ることになるわ」

今度は少尉が驚いて目を見開く番だった。「いまのは冗談ですよね？」

「冗談なものですか」ナナは言い返した。「あなたの艦長はとても親切にしてくれたけど、いくら寛大でも限度というものがあるわ」

「あなたは知らないんですね？」ラムスールが測るような目でナナを見た。

「知らないってなにを？」ナナは驚いて訊《き》き返しながら、真珠をもとどおりに包みはじめた。

「ご老体は海軍の艦長のなかでも五本の指に入るほどの金持ちなんですよ」

ナナはあんぐり口を開け、少尉を見た。「まさか。冗談でしょう？」ナナは少尉と同じ言葉を繰り返した。「だって……彼のお父さまは牧師だったと聞いたわ。神に仕える仕事が劇的な変化を遂げたのならべつだけど、莫大《ばくだい》な相続財産を残せる職業ではないはずよ」

「ええ、もちろんです」

少尉は皿の縁に残ったアイシングを人差し指できれいに取り、その指をなめてから続けた。

「ですが、敵船を拿捕すると、報奨金が出るのはご存じでしょう？　海軍省の命令で、報奨金は全艦隊にではなく敵船を拿捕した艦長に与えられるんです。ご老体はそれを乗組員以外の誰とも分かちあう必要はないんです。われわれには実に寛大に分配してくれますが」

ピートがドア口から言った。「どうりで、港に入っても脱走兵の心配をする必要がねえわけだ。ワージー艦長ほど部下に何日も上陸許可を与える艦長なんざ、百人にひとりもいるもんじゃねえ」

ラムスールはにやっと笑った。「ぼくらが脱走しないのは、そのせいだけじゃないよ。みんな艦長が好きなんだ。公平な人だからね」少尉は立ちあがって、ふたたび脇の下に帽子をはさんだ。「ミス・マッシー、真珠を見たときにあなたが言った言葉は、そのままそっくり艦長に報告します」

思いがけない事実を知らされたナナは、内心の動揺を隠して立ちあがり、二等航海士にお辞儀をした。「ちっとも知らなかったわ。そんなことだとは……考えてもみなかった」

オリヴァーに伝えたいことはたくさんあったが、どれもラムスールが聞く必要のないことばかりだ。「この真珠については、この次会ったときに話しましょう、と伝えてちょうだい」

「艦長は、あなたがそう言うだろうとおっしゃっておいででした」

「ご老体はわたしの考えをたっぷり聞かされることになるでしょうよ」ナナはケーキの残りを手にしてすぐ横にいるサルに顔を向けた。「どうぞ、ラムスール少尉。少しだけど、あなたのお仲間に分けてちょうだいな」

ナナは表に面した扉まで彼につき添い、別れ際に言った。「ラムスール少尉、タイアレス号はプリマスからの郵便物をもう受けとったかしら？」

「わたしがいるときには、まだでしたが、帰るころには届いているかもしれません」

食堂に戻ると、海軍省の命令と拿捕船に関するピートの説明を聞きながら、祖母が驚きを浮かべて真珠を見ていた。ナナは真珠と綿を祖母に預けた。「安全な場所にしまっておいて」

「ロンドン塔にか？」ピートがからかう。

「やめてよ、ピート、苛々《いらいら》させないで」ナナはぴしゃりと言い返した。「この贈り物は、喜んでもらうには高価すぎるわ」彼女は封を切っていない手紙を手に取った。「これを読まないと」

ナナは自分の部屋に入り、静かにドアを閉めた。ため息をついてオリヴァーの外套にくるまり、手紙を開ける。ひとりでに微笑が浮かんだ。

急いで書かれたことがひと目でわかる、前置きなしの短い手紙だった。ラムスール少尉が言ったとおりだ。

　わかってる、ああ、わかってるとも。ミス・ピムは決して同意しないだろうな。だが、ミス・ピムなどくそくらえだ。艦隊には気の利いた店などないから、クリスマスだというのに贈り物もできない。チェックのシャツを贈るか、われわれが拿捕したフランスの軍艦の艦長が着けている、ごてごてした飾りの十字架を盗めばべつだが。まったく、フランス人ときたら！　どうしてこんなに手間をかけるのか、理解に苦しむね。そういう場合は、誰だって手元にあるもので間に合わせるしかない、そうだろう？　そしてわたしの手元にあるのはこの真珠だけだ。フェロールからクリスマスおめでとう。

O・ワージー

　追伸　O・ワージーは適切な社交的交わりとは、まったく縁のない毎日を送っている。O・ワージーは寒くて、何時間も立ちつづけているせいで足が痛む。それにミス・ピムがどう思おうとこれっぽっちも気にしない。きみも見倣うべきだぞ。

ただのオリヴァー

ナナは笑いながら読んだ。こんな手紙に誰が笑わずにいられよう？　わたしがどれほど笑う必要があるか、彼は知っているみたい。ナナはそう思った。彼にも笑いが必要なのかもしれない。ナナは手紙をもとのようにたたんで、ほおに押しつけ、目を閉じた。その夜は久しぶりにぐっすり眠った。

# 12

祖母があの真珠をどこへしまったのか、ナナはそれすら知らなかった。彼女に必要なのは、ユーモアに満ちたオリヴァーの手紙だけだった。何度も開いてはたたむせいで、手紙はよれよれになった。わたしはほかの人たちには役立たずになりかけているわ。例年よりも寒い一月が歩くのがつらいほど冷たい風とみぞれを運んでくると、彼女はそう思った。

ルフェーブルがこの寒さのなかでどうやってスケッチを続けられるのか不思議だったが、彼はどんな天気の日にも外に出かけ、青ざめ、震えながら戻ってきた。フランスで育ったせいかもしれないが、彼は自分の行動についてあれこれ言われるのは歓迎しないようだ。とはいえ、年が変わってすぐのあまりにも寒い午後は、食堂で席に着いた彼に、熱いお茶とビスケットを運びながら、ついこう尋ねずにはいられなかった。

「ミスター・ルフェーブル、冬のさなかに風景画をこんなに熱心に描いているのは、なにかわけがあるからなの？」

彼は微笑を浮かべた。「ミス・マッシー、いくら寒くても、地主たちの肖像画よりも風景画を描くほうが楽しいんですよ！　彼らはぼくが描いたものが少しでも自分たちに似ていると、無理難題をふっかけるんだ！」彼はお茶をひと口飲んでから続けた。「ここにはまだ何カ月かいるつもりですが、そのあとはフランスに帰ろうかと思うくらいですよ」

「もうフランスに帰っても断頭台で首を落とされる危険はないでしょうね。でも、戦争中ですもの、フランスに渡るのは無理でしょう？」

「その気になれば道はあるものです」

そうかもしれない。わたしはプリマスの誰よりも世間知らずに違いないわ、ナナはそう思った。

その夜は、びっくりするようなことが起こった。

家のみんなが寝静まったあと、疲れて眠れるようにと居間を歩きまわっていると、誰かが表のドアをノックした。ナナは暖炉の上にある時計にちらっと目をやった。真夜中だ。

「真冬のこんな遅い時間に、まばゆく輝いているドレイク亭ではなく、マルベリー亭まで坂道を登ってくるなんて、いったいどこの誰かしら？」ナナは小声でそうつぶやいた。

それから、そんな真似《まね》をしそうな人間の顔がぱっと頭に浮かび、廊下を走って勢いよくドアを開け、彼の腕のなかに飛びこんだ。

「あなたがワージー艦長じゃなかったら、ひどい目に遭わせるわよ」ナナは彼の胸のなかでそう言った。

オリヴァーはナナの顔を両手ではさみ、キスした。彼の顔は濡《ぬ》れて冷たかったが、唇は温かかった。

降りしきる雨のなか、ナナは夢中でキスに応えた。それから彼をなかに引きこんで、ドアを閉め、ちらっとその後ろに目をやった。馬車と馬はまだそこにいる。「御者にお金を払うのを忘れたの？」

「いや、ロンドンへ行かなくてはならないんだ」

いやな冗談。そう思いながら分厚い外套《がいとう》の留め金をはずそうとすると、オリヴァーがやさしくその指を包むようにして留め金から遠ざけた。「本当なんだよ、ナナ。こうしてここに立ち寄っただけでも、その遅れで軍法会議にかけられかねない。だが、きみに会わずにはいられなかったんだ」彼はすぐに立ち去らねばならないことを償うように、さきほどよりやさしくキスして、ナナの手を引き、前廊下の長椅子に一緒に座らせた。

「戻ったら、少しはいられるの？」ナナはすでに最悪の返事を予測しながらそう尋ねた。

オリヴァーは首を振った。「スペインの状況が悪化した。ぼくはフェロールの近くの海岸にいるイギリス軍から陸軍総司令部に宛てた手紙を届けるところだ」彼は人差し指をナナの唇に置き、彼女がその指にキスすると微笑《ほほえ》んだ。「気を散らさないでくれ！　ぼくが立ち寄ったことは誰にも言うんじゃないよ。お祖母さんやピートにも内緒だ」

ナナは彼のユーモアを交えた口調を見倣うことにした。「国家の機密ともなれば、少なくとも二週間は黙っていられると思うわ」それからこうつけ加える。「心配しないで。誰にも言わないわ」

「わかってる。きみのことは誰よりも信頼しているよ」彼はナナをひしと抱きしめた。

「ねえ、わたしはあのクリスマスの贈り物のことで腹を立てているはずなのよ」ナナはふたたびキスを交わしたあとでそう言った。

「あれがルビーかエメラルドだったら、もっと怒るだろう？　あのときはクリスマスだったし、ほかに適切なものがなかったんだ」

「わたしもなにか贈り物をあげられたらよかったのに」

「組合会館の裏の階段にいるきみのスケッチをくれたじゃないか？」彼はいたずらっぽく目を輝かせた。

「もっと高価なものを、という意味よ」

　オリヴァーはナナを立たせながら立ちあがった。「マルベリー亭にいるあいだ、きみは毎日計り知れないほど貴重なものをくれた。いまもそうだ」彼は組合会館の裏でしたようにナナを外套で包みこんだ。ナナは外の馬車まで彼と一緒に歩いた。

「まるで夢を見ているみたい」

　オリヴァーは外套を広げ、彼女の顔をもう一度はさんでしっかりと目に焼きつけるように見つめた。「夢じゃないさ。できるだけ早く戻ってくる」彼はひしとナナを抱きしめてから息を乱す彼女を唐突に離し、馬車の扉を開けて乗りこみ、御者に命じた。「ロンドンへ頼む。大至急だ」

オリヴァーはナナの薔薇《ばら》の香りが残っているような気がする外套にくるまり、ブランフォードとソールズベリーのあいだで眠った。残り香は彼の想像にすぎないだろうが、それでも心が和んだ。目が覚めているときは、ナナがすぐ横にいてくれたらと思った。ナナ・マッシーを知らずに、どうやって何年も海上で過ごすことができたのだろう？　オリヴァーは彼女の存在をまったく知らずにプリマスで過ごした日々を思った。ナナと出会えたことだけは、ラトリフ卿《きょう》に感謝しなければならない。

窓の外のみぞれのなかに伝令器が見えた。プリマスからロンドンまでを結ぶ、たくさんの大きな信号装置のひとつだ。嵐や暗闇のなかでも、詳細にわたるメッセージをあれで送ることができれば、どれほどありがたいことか。だが、そうなるまでにはまだひと世代待たねばならない。彼はため息をついてふたたび目を閉じた。

プリマスを発《た》って三十八時間後、オリヴァーはどんよりとした曇り空の下に広がるロンドンに到着した。午後の混雑する通りに入ったとたん、馬車の速度はがくんと落ちた。睡眠不足の頭で正しい判断をくだそうと努めていたオリヴァーは、この遅れを歓迎した。海軍省の高官たちには、すべての知らせを直接自分たちに届けるようにと厳命されている。

そして彼はこれまで、その命令どおりに行動してきた。しかし、今回は……。

彼はベストのポケットから取りだした紙を広げた。これはただちに海軍省から陸軍総司令部へ届けられるだろう。そして、すぐさま最上級レベルの会合が開かれる。とはいえ、これが海軍から陸軍総司令部に届くころには、すでにその日の仕事を終えた官僚たちはオフィスを出て思い思いの場所に散っている可能性が高い。この知らせは急を要するのだ。閣僚がまだ帰らぬうちに届ける必要がある。

知らせの内容はすでにそらで覚えていた。フェロールの先の、またしてもフランスの支配下に落ちた土地にいる情報源のドン・ロヘリオ・ロドリゲスに、できるだけメッセージを丸暗記しろと勧められたのだ。

オリヴァーは目を閉じた。

〝イギリスへ帰る手段が手に入ることを願って、われわれはすべての兵士とともにコルーニャに引きあげている。スールトはすぐ後ろに迫っている。帰る手段がなければ、われわれは孤立する。従順なるしもべ、ジョン・ムーア大佐〟

オリヴァーは目を開けた。手紙にあるのはそれだけではない。すべてが緊急に対処しなくてはならない問題だ。

オリヴァーの気持ちは決まった。彼は馬車の横を叩《たた》いて、扉を開け、身を乗りだした。

「陸軍総司令部へやってくれ。海軍省はそのあとだ」

陸軍総司令部に到着すると、彼は手紙を手にして、まだ陸に慣れていない脚が自分に恥をかかせないでくれることを祈りながら、なりふりかまわず階段を駆けあがった。彼が手紙を置いてそこを立ち去るときには、中尉のひとりが建物のなかを駆けていた。

彼はほっとして馬車のなかに腰をおろし……陸軍総司令部からは目と鼻の先にある海軍省へ行かねばならないことを思いだした。彼がたったいま置いてきた手紙の重要性を知ったあと、そこの高官たちが彼の判断を寛大に受け入れてくれるといいが。ひょっとするとラトリフ卿は早めに海軍省を出たかもしれない。それなら、ほかの上官に話すことができる。

しかし、オリヴァーはツキに見放されていたらしく、門番に案内され、ラトリフ卿のオフィスへ向かうと、子爵は廊下に出て彼を待っていた。

お辞儀をして、笑みを浮かべろ。オリヴァーは子爵に近づきながら自分にそう命じた。こいつの腸を引っ張りだしてずたずたにしてやりたいのは山々だが、微笑はともかくも、せめて頭だけはさげろ。その必要があるのだ。

彼はどうにか頭をさげ、ラトリフ卿にしたがってオフィスに入った。子爵が手紙を催促するように片手を差しだす。オリヴァーは首を振った。「ラトリフ卿、オフィスが閉まる時間が迫っていたため、緊急の連絡であることを考慮し、陸軍総司令部へ直接持ちこみました」

「なんだと?」ラトリフ卿は叫んだ。

その激しさに驚きながら、オリヴァーは繰り返した。「コルーニャ付近の陸の状況は熟知しております。ですから、わたしの判断で直接陸軍総司令部に持ちこみました」

「きみの判断?」ラトリフ卿は嘲るように繰り返した。「きみの判断だと? きみはいつから海軍省の高官よりもましな判断がくだせるだけの事実を知っているのだ?」

最初からさ。オリヴァーはめまぐるしく頭を働かせた。「ラトリフ卿、ジョン卿の副官が将軍の現在位置から馬を走らせてきて、わたしに手紙を渡したとき、わたしはスペイン側の情報源とともにその場にいたのです」

「そのスペイン側の情報源とは誰だ?」

この男が彼の名前を聞きたがるのは、これで二度目だ。「ラトリフ卿、それは申しあげられません」

ラトリフ卿の顔が激しい怒りでまだらな紫色になった。オリヴァーは不安よりも苛立《いらだ》ちを感じながら、子爵の顔をじっと見て、ナナと似ているところを探した。ありがたいことに、ナナとこの男はまったく似ていない。ぼくとは冷静に話しあうのがいちばんだということを、この男がそのうち学んでくれるといいが。こういう頭ごなしのやり方は決してうまくいかないことを。

「ラトリフ卿? 水を一杯お持ちしましょうか?」オリヴァーは丁重に尋ねた。「失礼したほうがよさそうですな」

ラトリフ卿は空気を求めてあえぐように吸いこみ、人差し指で何度も空気を突き刺したあと、机の前の椅子を突き刺すように示した。「どこへも行くな！」彼はかっかして部屋を出ていき、大きな音をたててドアを閉めた。

自分の行動に、初めてかすかな迷いが生じた。彼の頭の半分は、高官たちが望むはずの行動をとったのだ、と彼をなだめた。だが、もう半分は、これ以上誰にもなにも言うな、と警告していた。どちらも正しいのかもしれない。

彼は部屋の中央に立ったまま、無意識に窓の外を吹いている風のことを考えた。太い枝が曲がっているところを見ると、かなりの強い風だ。時間がかぎりなく貴重だというのに、ここに立ってそれを無駄にしていると思うと苛々した。

ドアに目を戻すときに、ラトリフ卿の散らかった机が見えた。あんな状態で、よく仕事ができるものだ。そう思いながら机の上を見直し……呼吸が速くなるのを感じながら、もう一度見直した。

彼は大股に三歩で机に近づき、青ざめた顔でそれを見下ろした。見慣れたスケッチが一枚、書類の下から半分顔をのぞかせている。震える指で書類を取りあげると、その下からナナ・マッシーの顔が現れた。アンリ・ルフェーブルが描いたナナだ。彼のスケッチはオリヴァーの寝台の上の梁《はり》にも二枚留めてある。手にした書類が机に落ちた。

ラトリフ卿の助言にしたがい、オリヴァーは腰をおろした。実際、少しのあいだ膝のあいだに頭をたれ、ひどいショックと戦わねばならなかった。無理して何度か深く息を吸い、ゆっくりと顔を上げる。

さきほどのスケッチは見間違いかもしれない。ナナに会いたいあまり、彼の願いがもたらした錯覚かもしれない。この五年は常に睡眠不足だった。そして最後の航海では、どこに目をやってもナナが見えた。

だが、彼の目を捉えたスケッチの一部は、彼が顔を上げたときにもまだ書類の下からのぞいていた。オリヴァーは椅子に座り直し、必死に考えようとした。ルフェーブル。ルフェーブル。この国には、革命から逃げてきたフランス人は大勢いる。ルフェーブル。

「オリヴァー、おまえはなんという間抜けだ」彼は叫び、あわててぐるりと部屋を見まわした。自分の声が響き渡ったような気がしたからだ。

だが、人々が走ってくる足音は聞こえなかった。駆けこんでくる者もいない。立ちあがって部屋を歩きたくなるのをぐっとこらえ、オリヴァーは座ったまま、およそありえない事実を検討しはじめた。マルベリー亭の状況に関して彼が描いてみせた薔薇色の絵だけでは、どうやらラトリフ卿は満足できなかったようだ。あの子爵はプリマスを吹き荒れる不況が、ナナを追いこむのをまだあてにしていると見える。

「それはすぐにもぼくが解決しますよ、子爵」オリヴァーは低い声でひと言ずつ押しだすようにそう言った。

だが、ルフェーブルという名は……。

みぞおちを殴られたようなショックとともに、記憶がよみがえった。この名前はオリヴァー自身の任務と直接関係があるわけではない。だが、ナポレオンの側近のひとりであるルフェーブル＝デヌエットという騎兵隊の隊長が一カ月ほど前にスペインで捕らえられ、逃亡しないという宣誓のもとにチェルトナムで仮釈放されたことを思いだした。

「なんということだ！」オリヴァーはかすれた声でつぶやいた。落ち着け、ルフェーブルというのは、フランスではよくある名前かもしれないぞ。オリヴァーは頭に浮かんだこの考えをすぐさま否定した。偶然にしてはあまりにも都合がよすぎる。「デヌエット、きみにはスパイとして働く弟かいとこがいるのか？」オリヴァーはつぶやいた。「最近、その男に会ったのか？」

みぞおちの拳がさらに深く食いこんだ。「ラトリフ卿、あなたはフランスのスパイとどういうつながりがあるのですか？ ナナを借金のかたにできないと知って、祖国を裏切り、ボナパルトから必要な金をもらうことにしたのですか？」

オリヴァーは目を閉じて椅子に背をあずけ、疲れた頭にさらに鞭《むち》打った。ナナ・マッシーが協力せず、父親の借金を自分の体で払うのを拒んだあと、放蕩《ほうとう》のつけであるラトリフ卿の借金はそのまま残ったに違いない。債権者にせっつかれ、破産の瀬戸際に立たされたラトリフ卿が、金のために祖国を裏切るいう筋書きは、それほど奇想天外なものではない。だが、証拠はほとんどないぞ。オリヴァーは自分に言い聞かせた。一介の艦長にすぎないオリヴァーが、証拠もなしにそういう衝撃的な非難を口にすれば、貴族連中に捕らえられ、頭のおかしい者が放りこまれるベドラムに拘束されて、一生日の目を見られなくなるのがおちだ。せいぜい幸運に恵まれたとしても、タイアレス号を取りあげられ、手漕《てこ》ぎ船の船長に格下げされるだろう。

彼は立ちあがった。プリマスへ戻り、真実を突きとめねばならない。しかし、その前にナナの安全を確保しなくては。この旅でロンドンにいるあいだに、彼はある形でそうするつもりでいたのだが、もっと確かな方法がひとつだけある。それだけは決してしないと誓ったことだが……事情が変われば、物事も変わる。彼自身も変わって当然だ。ドアが開く音を聞きながら、彼ははやる鼓動を静めようとした。

オフィスを走りでたときと同じように怒りに燃えて、ラトリフ卿がすごい勢いで入ってきた。それよりもずっと穏やかな顔の海軍大臣であるヘンリー・フィップスことマルグレイヴ伯爵がそのあとにしたがってくる。オリヴァーはほっとして、溜《た》めていた息を吐きだした。ラトリフ卿はオリヴァーにとっては願ってもない人物を連れてきたのだ。

子爵はオリヴァーを指さしながら、自分の判断で陸軍総司令部へメッセージを届けたオリヴァーの愚かさを早口にわめきたてた。伯爵は忍耐強く耳を傾けながら、それとなくオリヴァーの目を捉え、かすかにウインクした。

ラトリフ卿のような愚かな男でも、永遠にわめきつづけることはできない。ラトリフ卿は芝居がかった身振りでオリヴァーを指さし、長い非難の言葉を結んだ。「マルグレイヴ卿、ただちにこの男の権限を取りあげてください」

マルグレイヴ卿は咳払《せきばら》いをひとつし、眼鏡をはずして息を吹きかけると、きれいに拭いて、また息を吹きかけ、それを拭いた。ラトリフ卿の机の後ろにある勲章を見つめ、オリヴァーはどうにか笑いをこらえた。

「マルグレイヴ卿？」ラトリフ卿は苛立たしげに促した。

「ウィリアム、それはわたしにはできん」伯爵はようやく口を開いた。「われわれは海軍のもっともすぐれた艦長を失うことになる。それも戦地からの緊急の知らせを、とっさの判断で陸軍総司令部へ届けるだけの機転の利く男を、だ」マルグレイヴ卿はオリヴァーに顔を向けた。「よくやってくれた。わたしがきみの立場でも同じことをしたに違いない」

彼はまたしてもまだらな紫色になりはじめたラトリフ卿を見た。「ウィリアム、座って、扇を使うかなにかしたまえ。いや、それより、何日かロンドンを離れてはどうかな。田舎の空気のほうがきみの体にははるかにいいぞ」

ラトリフ卿はだしぬけに椅子に沈みこんだ。大臣はオリヴァーに目を向けた。

「ちょっといいかね、きみ？　ジョン卿の密書について話を聞かせてくれ。いや、きみはいいよ、ラトリフ、この件はわたしに任せておきなさい。来たまえ、オリヴァー」

オリヴァーは振り返りもせずにラトリフ卿のオフィスを出た。あの男にはできれば二度と会いたくないものだ。少なくとも、ナナが休日にぼくたちの家にあいつを招く恐れはない。

だが、そんなことを考えるのは先走りすぎている。ナナと初めて会ってからこの二カ月というもの、彼はずっとそうしてきたような気がした。廊下に出ると、彼はマルグレイヴ卿に自分の疑いを話すべきかどうかを考え、証拠がないことを思いだした。そこで彼はジョン・ムーア卿からのメッセージを暗唱し、ムーア卿がコルーニャに向けて撤退していることを伝えた。

「ひどい状況だな。ごくろうだった」マルグレイヴ卿は言った。

「じつは、ひとつ、いえ、ふたつお願いがあります」

「なんだね？」

オリヴァーは海軍大臣に自分が必要としていることを話し、どうすればそれができるかを尋ねた。マルグレイヴ卿は耳を傾け、顔をほころばせてうなずいた。

「きみの願いは承知した。わたし自身の事務弁護士に、明日、急いで手配させよう。明日の朝いちばんにグレイ法曹院へ行き、ロビンソンに会うといい。もうひとつの件については、裁判所にわたし自身が連絡を入れて、少々急がせるとしよう。それでどうだね？」

「お世話になります」オリヴァーは頭をさげた。

「いや、いや、気にするな。しかし、少々驚いたことを認めねばならんな。決して気の毒な女性に求婚するような愚かな真似はしないと何年も言いつづけてきたのは、きみではなかったかな？」

「まさしくわたしがその大ばか者です、マルグレイヴ卿。わが国がこのような愚か者に軍艦を任せて、世界の海を支配しているのが信じられないくらいです」

「うむ、同感だな。で、きみが選んだその女性は、きみが神よりも裕福だということを知っているのかね？」

「いいえ」

「それを聞いたら、どんな反応を示すかな？」

オリヴァーはプリマスをあとにして以来、初めて微笑した。「癇癪《かんしやく》を起こすでしょうね」

マルグレイヴ伯爵は両手をすりあわせた。「それは結構！　きみにも心と立派な器官が備わっていたことがわかったのは嬉《うれ》しいことだ。しかし、初夜にその女性をあまりおびえさせるのは控えたまえよ」

「はい、伯爵」オリヴァーは頭をさげた。「では、失礼します。少し眠らないと、階段を転げ落ちて、頭を割り、この先海軍省のお役に立てなくなりそうです」疲れと安堵《あんど》で、ため息が出た。「マルグレイヴ卿、心から感謝いたします」

マルグレイヴ卿はオリヴァーの肩に手を置き、珍しくやさしさを見せた。「借りがあるのはわれわれのほうだ。きみはこれまでに何千回も国王への誓いを守ってくれた。幸運を祈っている」

ぼくには運以外のものが必要だ。オリヴァーは暗い気持ちでそう思いながらグレイ法曹院の近くに泊まる場所を見つけてくれと御者に頼んだ。自分自身のささやかな計画を首尾よくやり遂げるほかにも、ルフェーブルのスパイ行為の証拠を手に入れ、それを阻止する必要がある。しかも、潮の流れが出港できるようになる前にすべてを片づけねばならないのだ。親父《おやじ》がここにいたら神に祈れと言うに違いない。

彼は目を閉じて祈りはじめた。


マルグレイヴ卿が口をきいてくれたおかげで、事は信じられないほどスムーズに運んだ。

翌朝十時には、オリヴァーは自分が死んだ場合には、所有財産と所持品のすべてをエレノア・ワージーに遺《のこ》すという遺書に署名していた。事務弁護士はオリヴァーの資産の大きさに目をむき、なんとか驚きを隠そうとした。オリヴァーはその日から四半期ごとにナナがかなりの額の小遣いを受けとれるように設定した。昼になるころには、特別許可を与える裁判所に四十シリング払って、いつでも、どこの教区の教会でも、結婚式を挙げられる許可証を手にしていた。

だが、アンリ・ルフェーブルに関しては、一歩も解決に近づいていなかった。プリマスへと急ぐ馬車のなかで、オリヴァーはこの件をじっくり検討した。まずは疑いを立証しなければならない。美しい女性をこっそり描き、それをその女性の父親に送るのは、犯罪とは言えない。しかし、あの男が子爵に雇われ、それだけのためにマルベリー亭に来たとしたら、肖像画を描いたあとでも、まだプリマスにいるのはどういうわけだ？　あの男は実際にはなにを描いているのか？　彼がスパイだとすれば、ラトリフ卿と彼にはどんなつながりがあるのか？

オリヴァーにはその答えはすでにわかっているような気がした。国家の安全が危険にさらされているこの状況で、あの男にまったく疑いを抱かなかった自分のうかつさに、オリヴァーは歯ぎしりした。ルフェーブルはプリマスを出入りする海軍の軍艦を逐一写生していたに違いない。オリヴァーの知るかぎり、ポーツマスにも似たような仕事をする仲間がいる可能性もあった。エクセターにさえも。彼らはあらゆる軍艦の出入りを見守り、イングランドがスペインのジョン・ムーア卿に援軍を送るか、ムーア卿を見捨てるか、じっと観察しているかもしれないのだ。

馬車がエクセターを通過したが、オリヴァーは顔をしかめたくなるような作戦しか思いつけなかった。ナナをこの問題に巻きこむ気にはなれないが、ピートの助けは必要だ。あの老水兵には、オリヴァーの命令で一瞬のためらいもなしに即座に指示にしたがってもらわねばならない。作戦の成功は、一気に遂行できるかどうかにかかっている。

　彼は翌日の午後マルベリー亭に到着し、御者に料金を払って、ノックもせずに宿屋のなかに入っていった。都合よく、ナナとマッシー夫人の姿はどこにも見えない。オリヴァーはピートを探した。キッチンで野菜を切っていたピートは、オリヴァーを見て驚きを浮かべ、立ちあがろうとした。

　オリヴァーは座ったままでいろと合図し、隣に腰をおろして、自分の話を黙って聞いてくれと頼んだ。彼はまず、作成したばかりの遺書について話し、次いでナナとすぐに結婚式を挙げたいという望みを告げた。ピートの目にもの問いたげな表情が浮かぶのを見て、ラトリフ卿の机にナナの肖像画があったことを説明し、あの子爵がふたたび娘を借金のかたにしようとする恐れがあることを打ち明けた。それから、自分が子爵に反逆行為の疑いを持っているのだと告げた。

　ピートはのみこみが早かった。「ルフェーブルとラット卿かね？　なんてやつらだ」彼が言ったのはそれだけだった。オリヴァーは説明を続け、ルフェーブルが海軍の軍艦の出入りをスパイしているのではないかという自分の疑いに触れた。

「いまのところ、証拠はひとつもない。それに出港までにあまり時間がないんだ」彼は言った。「ピート、今夜の食事時、ちょっとした騒ぎを起こして、客がマルベリー亭から出るように取り計らってくれないか？　そしてぼくに鍵を貸してくれ」

「お安いご用だ」ピートはうなずいた。「ルフェーブルの部屋の真ん前の部屋にあんたを隠すとしましょうや。ナナにはなにも言う必要はねえ。あんたとおれだけが知ってればいいこった」

「それは難しいな」オリヴァーは言った。

ピートはあっさりうなずいた。「アイ、艦長。その気持ちはわかりますよ。あの子と結婚するつもりなんだから、なおさら隠し事はしたくねえやね。しかし、ナナに話すのは、あのフランス野郎をとっつかまえてからでも遅くありませんや」

オリヴァーはふいに不安にかられ、ピートの腕をつかんだ。「ナナはぼくの……申し出を考慮してくれると思うかい？」

ピートは声をあげて笑ったものの、すぐに真面目な顔に戻った。「ああ、考えるともさ。だが、ナナのことだ、あんたのためを思って身を引く可能性がある」

「なんだか気になる見通しだな」

「ああ、楽観はしねえほうがいいな」ピートはあっさり言った。

くそ、それはどういう意味だ？　ぼくがどれほど愛しているか、ナナにはわかっているはずだぞ。

ピートはふたつの部屋の予備の鍵をつかみ、オリヴァーと一緒に階段を上がった。「明かりはつけねえほうがいいな」彼は言った。「ルフェーブルはこの部屋がからだと思ってるからね」

「わかった。横になって待つとしよう」オリヴァーはベッドに座り、靴を脱いだ。

ピートはルフェーブルの部屋の予備の鍵をベッドのそばのテーブルに置いた。

「なにをするつもりだい、ピート？」

「誰かが〝可燃物のロッカーが火事だ〟と叫ぶ訓練を、海軍じゃまだやってますかい？」

「アイ、まさかマルベリー亭を燃やすつもりじゃないだろうな？」

「とんでもねえ！」ピートは怒りを浮かべてきっぱりと否定した。「わしが燃やそうと思ってるのは、キッチンのあの汚ねえカーテンだけさ。つい昨日もナナが新しくできたらいいのに、と言ってたからね。あんたと結婚したら、新しいカーテンを作るのは造作もねえこった。違いますかい？」

「そうしたければ、金でも、イタチの毛皮でも使って作れるとも」オリヴァーは言った。「しかし、マルベリー亭が焼け落ちるようなことがないように頼むぞ、ピート。この建物には愛着を感じはじめているんだ」

「心配は無用ですぜ、艦長」

# 13

オリヴァーはうとうとしていたかもしれない。だが、海上の火事を何年も経験している彼は、煙のにおいを嗅いだ瞬間、ぱっと目を開けた。一瞬後、ピートが叫ぶのが聞こえた。

「火事だ！　みんな外に出ろ！」

彼はルフェーブルの部屋の鍵をつかみ、「早く行け」とつぶやいた。廊下を隔てた向かいの部屋では、ルフェーブルが引き出しをいくつも叩《たた》きつけるように閉めている。続いて勢いよくドアが開いた。フランス人は鍵をかけるあいだだけそこに留《とど》まり、階段を駆けおりていった。

オリヴァーは大股に廊下を横切り、鍵を差しこんで、それをまわした。ありがたいことに、ルフェーブルはランプを消し忘れていた。まずテーブルへと走ると、木々や海岸線や気流に乗って飛ぶかもめのスケッチがそれを覆っていた。「多少の才能はあるようだな」オリヴァーはつぶやきながら、そこにあるスケッチをすばやく確かめた。たんなる風景画だけだ。

彼はつかのま手を止め、考えた。そういえば、ルフェーブルが部屋を出る直前に、引き出しが閉まる音がした。オリヴァーはたんすの引き出しをひとつひとつ確認しはじめた。靴下と下着の下にスケッチブックが見つかった。それを取りだし、ランプに駆け寄る。プリマスのさまざまな光景、バービカン、ドレイク亭、ホーの丘、要塞。ナナのスケッチ。少なくとも、この男には女性を見る目がある。

スケッチブックに描かれているのはそれだけだった。あの男はこれまで描いた軍艦のスケッチをすでに誰かに手渡したのか？　だが、スケッチブックを閉じようとすると、裏表紙が前の表紙よりもふくらんでいることに気づいた。「ムッシュ・スパイ、ここにはなにがあるのかな？」オリヴァーはつぶやいた。

彼は背表紙の近く、裏表紙の内側の端に沿って注意深く指を走らせた。それから爪でそのなかにあるものを抜きだした。「うむ、これだ」オリヴァーは息を止めた。一枚にはキャットウォーターに停泊しているさまざまな軍艦のスケッチが描かれている。もう一枚は乾ドックの軍艦、タマー川の河口に浮かぶ軍艦を描いたものもあった。デニソンのスループ艦、ゴールドフィンチ号のスケッチもある。

背筋を虫が這《は》うような嫌悪にかられながら、オリヴァーは手にしたスケッチをもとに戻し、スケッチブックを引き出しに戻した。ルフェーブルは港を見張り、そこを出入りする軍艦を描いていたのだ。陸軍総司令部がそう命じれば、まもなく援軍を乗せた輸送船が送られる。その知らせは快速船ですぐさまフランスに届けられ、適切な対処がなされることになっているのだろう。ナポレオンは愚かではない。反対に、兵士たちを運ぶ船がどこの港からも出なければ、ナポレオンはイギリスの援軍を恐れる必要はなくなる。

オリヴァーは証拠になりそうな手紙を探した。この部屋はそれほど大きくない。だが、宛先がラトリフ卿《きょう》にしろ、ほかの誰かにしろ、手紙のたぐいはどこにも見つからなかった。しかし、テーブルにはついさっきまでなにかを書いていたことを示す蓋の開いたインク壺《つぼ》があり、羽根ペンの先には最近インクをつけた跡がある。

彼は部屋の中央に立って考えた。重要なものを隠したい場合、ぼくならどこに隠す？　マットレスを持ちあげたが、なにもなかった。うむ、これは単純すぎる。誰もマットレスの下になど隠すものか。

オリヴァーは膝をついて、ベッドの下にあるおまるを探った。それを静かに取りだすと、蓋の上にまだインクが乾いていない手紙がのせてあった。フランス語で〝いとこ殿〟とある。最初の節には、クリスマスのことが書いてあった。

誰かが階段を上がりはじめる音が聞こえた。次の節にあるのも取るに足らないことばかりだ。それから、〝まだ輸送船は出港していない。陸軍総司令部の決断がわかればいいんだが……〟。よし、証拠はつかんだ。彼は手紙とおまるをベッドの下に戻した。心臓をあばら骨にあたるほど激しく打たせ、急いで向かいの部屋に戻り、そっとドアを閉めた。入れ替わりにアンリ・ルフェーブルが部屋の鍵をまわす音がした。

あそこを出たとき、鍵をかけたか？　オリヴァーは自分に尋ねた。ルフェーブルがドアを開ける前に、かちりという音が響いたときには、安堵《あんど》のため息がもれた。どうやら閉めたようだ。危ないところだった、寿命が縮まったぞ。オリヴァーは思った。スパイごっこは二度とごめんだ。フリゲート艦を指揮するほうが、はるかに楽だ。

彼はそのままそこに留まるしかなかった。あの手紙を受けとるのは、おそらくチェルトナムで仮釈放されているルフェーブル＝デヌエットだ。それを考えると、ここに足止めをくっていることに苛立《いらだ》ちが募った。おそらく手紙もスケッチもいったんラトリフに送られ、そこからひそかにデヌエットに届けられるのだろう。しかし、手紙の宛名は〝いとこ殿〟だった。あれはラトリフ卿の反逆行為の証拠にはならない。

オリヴァーがこれ以上は待てないと思ったとき、ようやく階段の下で夕食ができたことを知らせる鐘が鳴った。アンリ、きさまが空腹だといいが。

オリヴァーの願いはかなえられた。五分もすると、フランスのスパイがドアに鍵をかけ、階段をおりていく音がした。オリヴァーはじりじりしながら何分か待って、靴を手に部屋を出ると、静かにおりていった。階下ではピートが彼を待っていた。

オリヴァーは靴をはき、表のドアからピートを外に引っ張っていくと、早口で告げた。

「海軍省にいる共謀者の名前はどこにもないが、あの男がスパイだという証拠は見つかった。出港する前にルフェーブルをなんとかする必要があるな。できれば殺すのは避けたい。なにかいい考えはないか？」

「ありますとも、艦長。キャットウォーターに停泊してる船を見ましたかい？」

「いや、まだだ」

「東インド会社の商船が二隻。ノーフォーク・レヴェルズ号とタイドウォーター号で」

「レヴェルズ？　その船なら、船長を知っている。ダーフィーとは少尉候補生時代、同じ船に乗っていたんだ。で、それがどうした？　どうも、ぼくは鈍すぎて、きみの作戦が読めないんだが」

「疲れてるんでしょうよ、艦長。ほかに考えなきゃならんこともあるし。わしが言いてえのは、どっちの船も船員が足りねえってことでさ。レヴェルズはたしか二日後にはインドへ向かうことになってるはずだ」

ようやくピートの作戦が読めてきた。「ピート、ダーフィー船長がどこに泊まっているか知っているか？」

「ドレイク亭以外にありますかい？」ピートはひとつ咳《せき》をした。「その船長はあんたに借りがあるんで？」

「ああ、いくつもある」

ダーフィーは常に行われているホイストのゲームに興じていた。オリヴァーは彼を廊下に引っ張りだして、小声で耳打ちし、低い笑い声をあげる旧友に、どこへ行けばルフェーブルが見つかるかを詳しく説明し、一時間後にはマルベリー亭に戻っていた。

今度はちゃんとノックした。嬉《うれ》しいことに、ナナが表のドアを開け、喜びの声をあげて彼の腕に飛びこんできた。オリヴァーはそのまま何時間でも抱きしめていたかったが、その時間はなかった。

せわしなくキスしながら、いつかこの甘い唇と、まるで彼が消えてしまうとでも思っているかのようにしがみついてくるナナの癖を、ゆっくり味わえることを願った。

「オリヴァー、キッチンが火事になったのよ」ナナが報告した。

「けが人はなかったかい？」

「犠牲になったのはカーテンだけだったの。いったいどうしてあそこに火がついたのか、見当もつかないわ」ナナはそう言いながらまたしてもひしと彼を抱きしめた。「オリヴァー、あなたがまだここにいるのに、もう恋しいわ」

ふたりは声をあげて笑った。彼はナナを居間に引っ張っていき、ドアを閉めると、自分に尋ねた。さて、次はどうすればいい？　これは初めての経験だからな。まずナナを膝にのせるとしよう。これはそんなに難しくないはずだ。

「ナナ、じつはロンドンできみに話しておかなくてはならないことをふたつしたんだ」彼はそう言ってから、心のなかで自分を蹴りあげた。なんという言い方だ。ばか者が、そんな切り出し方があるか。まるでぼくの財産と結婚の特別許可に、ナナが大感激するのを当てにしているようではないか。

「きっといい考えでしょうね」ナナはまるで体中の骨がなくなったように、彼の腕のなかに溶けこみ、オリヴァーを喜ばせた。「たぶんね。あの真珠のことは、相応《ふさわ》しい贈り物かどうかまだ決めかねているけど」

くそ、いまいましい真珠め。あれが高価すぎるって？　率直に話してしまったほうがよさそうだ。「ナナ、じつはロンドンでグレイ法曹院に行って、ぼくの持っているものをすべてきみに遺《のこ》すという遺書を作成したんだ」

「なんですって？」

少なくともナナは彼女の父親のように金切り声でわめきたてるようなことはしなかった。顔もまだらな紫色ではない。ただ、突然青ざめただけだ。

「言っただろう、ナナ。すべてを、だよ」〝すべて〟が実際はどれくらいになるか指摘するのは控えた。マルベリー亭にいる者は、一年に千ポンドでもたいへんな額だと思うに違いない。実際の金額は、たぶん三十年後に、ふたりの孫ができたときにでも打ち明ければいい。

「もうひとつを訊《き》くのが怖いような気がするわ」ナナが言った。「ベドラム病院を住まいに買ったとか？　でも、あなたは海からそんなに離れて暮らすことはできないわよ」

「いや、ベドラムを買ったわけじゃないよ」彼はナナの顔を自分の胸から離し、美しい瞳をのぞきこんだ。「買ったのは特別許可だ。ぼくと結婚してくれるかい？」

ナナの顔からすっかり血の気が引いた。「あなたはどうかしているわ」彼女はようやくそう言った。「世間の人がどう思うかしら？」

「くそ、あまり順調な滑りだしとは言えないぞ。オリヴァーは歯がゆい気持ちで言った。

「海軍大臣にも、結婚するつもりだと話したんだ。大臣はたっぷり皮肉を言ったあと、祝福してくれたよ」

「わたしのことも話したの？」

「いや。まだきみに求婚していなかったからね」

ナナは彼の膝の上でまっすぐ体を起こした。が、少なくとも、急いでおりようとはしていない。彼の胸に両手を置いていたが、彼を押しのけようともしていなかった。オリヴァーは、さまざまな思いがよぎる美しい顔を見つめた。ホイストのゲームには向かない、心の内がそっくり出てしまう顔だ。最後にその顔に残ったのは、用心深い表情だった。まるでオリヴァーが聞く必要のあることを、どう話せばいちばん効果的かを推し測っているようだ。オリヴァーはふっくらした唇をふさぎたいという衝動にかられた。

「艦長、あなたのような地位の人は、私生児とは結婚しないものよ」

ナナは人生の事実をやさしく指摘するように、静かな声でそう言った。ああ、美しい人、ぼくも同じように誠実に話すべきだな。

「そうかもしれない。だが、ぼくの心を完全に捉えたレディは、きみだけなんだよ」

「ほとんどの人はわたしをレディとは呼ばないわ」

ナナの声は少し揺らいだようだった。「彼らが間違っているんだ」

それから、まるで爪を剥がれるような苦痛とともにナナは言った。「あなたがわたしのことを恥じるようなはめになったら、わたしは死んでしまうわ、オリヴァー」

彼の求婚はまったく思いどおりに運んでいなかった。ナナは落ち着き払って優雅に立ちあがると、服の前を両手でなでつけた。

「ナナ、ぼくは……」

彼女は片手をそっと彼の頭に置いて黙らせた。「あなたのことはとても愛しているけれど、これはいい考えとは言えないわ、オリヴァー」

オリヴァーは声をあげてうめきたくなったが、ナナに居間を走りでられるのが怖くて、それを自分の内に閉じこめ、身じろぎもせずに座っていた。頭の上のナナの指が震えている。彼女はオリヴァーを納得させるような言葉を必死で探しているのだろう。やがてナナはその手を彼の頭からおろした。

「艦長」

この言葉に、オリヴァーはみぞおちが沈むのを感じた。

「艦長、人にはそれぞれ立場というものがあるの。バースで受けた教育は、わたしにそれを思いださせてくれた。父もそれを理解しているようだったわ」

「彼は間違っていた」オリヴァーはナナの言葉をさえぎり、自分も立ちあがろうとした。が、ナナはその肩に手を置いて彼を椅子に押しとどめた。

ナナは深く息を吸いこみ、どうにか彼と目を合わせた。「あなたを艦隊の笑いものにするわけにはいかない。あなたが理性ではなく一時の感情にかられて、なんのとりえもない私生児と結婚したばかりに、上官や、同僚や、部下に陰で嘲られ、報われない仕事に追いやられるのがわかっていて、この申し出を受けるわけにはいかないわ」

どう説得すれば、懇願すれば、美しい顔に浮かんだ固い決意を突き崩せるのか？　オリヴァーは途方に暮れた。このナナは驚くほど若く見えると同時に、褐色の瞳を翳《かげ》らせている悲しみのせいで、いつもより大人びて見える。

「ナナ、ぼくは二十年近く理性にしたがってきたが、ひどく孤独な人生を歩むはめになった」オリヴァーはひと言ひと言、噛《か》みしめるように言った。「ぼくはすべての問いに答えを持っていた。それを誇りにしていたくらいだ」

オリヴァーはナナの顔を見守り、固い決意が揺らぎはじめたような気がした。それとも彼自身が願っているせいで、そう見えるだけだろうか。オリヴァーはやさしく言った。

「せめてぼくとの結婚を考えてみてくれないか？」

そう言いながらも、オリヴァーは自分がナナを失ったことに気づいていた。潮が変われば、出港しなくてはならない。ナナはそれを知っている。時間は彼の最悪の敵だが、ナナにとっては大きな味方だ。砂が貝殻のなかに入ってきたときの牡蠣《かき》のように、時間がナナの失望を弱め、決意を固めてくれるのだ。そしてその結果できるあの美しい真珠が、ナナが正しかったことを証明する。

「考えてみてくれ」彼は繰り返した。「ナナ、ぼくはきみを愛しているんだ」

ナナは彼の言葉がもたらす苦痛に耐えるように目を閉じ、つばをのみこんだ。「わかった。考えてみるわ」ナナはそう言って彼のそばから逃げだした。

マッシー夫人はキッチンで夕食を温めて待っていてくれたが、オリヴァーがグレーヴィーソースが固くなるまで見つめるだけで、手をつけようとしないのを見て、とうとう皿をさげた。明日の出港に備えてタイアレス号に戻るべきなのはわかっている。だが、ナナが部屋から出てくることを願って、キッチンを立ち去ることができなかった。

オリヴァーは誰かに責任を押しつけたかった。そしてそこには、海軍を憎むあらゆる理由を持つマッシー夫人がいた。港に入るたびに人生を謳歌《おうか》し、世界中のあちこちで女を泣かせる自分や海軍の男たちを、ナナの祖母がどう思っているか、オリヴァーは知っていた。マッシー夫人の娘も、そういう男のひとりに犠牲にされたのだ。

オリヴァーはかまどのそばに黙って座り、宙を見つめているマッシー夫人をちらっと見た。彼がひと言発すれば、彼女も、このマルベリー亭も叩きつぶすことができる。だが、ナンシー・マッシーを責めるよりも、この時代を、ナポレオンの、そして彼自身のせいにすべきだろう。戦争のさなかに愛などというあまっちょろいものを考えるゆとりなどないと、これまでずっとそれを禁じてきた彼は、女性を口説く方法などひとつも知らなかった。

自分だけは恋に落ちるほかの男たちとは違うと思いこむなど、なんという傲慢な男だ。オリヴァーは惨めな気持ちでそう思った。しかもようやく恋に落ちたというのに、彼の手を取り、ともに歩んでくれ、と愛する女性を説得することさえできない。

苦い怒りがこみあげ、オリヴァーはぱっと立ちあがった。「彼女に話さなくては」彼はマッシー夫人にそう言って、キッチンを出ようとした。

「あの子は部屋にはいないよ」ナナの祖母が後ろから声をかけた。

オリヴァーはドア口で足を止めた。「どこに……どこにいるんだ？」

「知らないよ」

オリヴァーはキッチンのなかに戻り、マッシー夫人の前に立った。「それはどういう意味だ？」

怒鳴るつもりはなかったが、ついいつもの癖で大声を出していた。さいわい、マッシー夫人は彼の気持ちを汲《く》んでくれたようだ。

「あの子はあんたの外套《がいとう》をつかんで、マルベリーから走りでていったよ」

オリヴァーはほっとして膝の力が抜けそうになった。では、ナナの行く先はひとつしかない。「だったら彼女が行った場所はわかる。一緒に来て、話してくれないか」

マッシー夫人は首を振った。「あたしの言うことに耳を貸すもんか」驚いたことに、夫人はオリヴァーの腕をつかみ、彼にしがみついて泣きだした。オリヴァーは最後にはあきらめて片手をまわした。このナンシー・マッシーは、海軍を憎んでいる頑固一徹の祖母ではない、二十一年前に失ったひとり娘の死をまだ悲しんでいる母親だ。

「あなたが海軍兵士には決して心を許すな、と生まれたときから吹きこんできたから?」

マッシー夫人はうなずき、いっそう激しく泣きじゃくった。オリヴァーの怒りはしだいに同情に代わり、ナナの祖母を抱いている手に力がこもった。

「さあ、もういい。わかったから」彼はマッシー夫人を慰めた。

ふたりがしばらくそうやって惨めさを分かちあっていると、ドアロで誰かが咳払いをした。

「マッシー夫人、少しのあいだ艦長を離して、わたしに部屋を取っていただけません? ところで、なにかあったんですか?」

オリヴァーが驚いて振り向くと、航海長の夫人が廊下に出るドアロに立っていた。彼はまだすすり泣いているナナの祖母を離した。

「ブリトル夫人、彼女がぼくを受け入れてくれないんだ」まるで若者が訴えるような言い方になったが、このさい、そんなことにかまってはいられない。

「あなたはマッシー夫人には少し若すぎると思いますわ、艦長！」ブリトル夫人はそう言い返したが、オリヴァーがにこりともしないのを見て、即座に笑みを消した。「まさか、あの愛らしいナナになにか起こったんじゃないでしょうね？」

オリヴァーの口から言葉が転がりでた。「彼女に求婚したんだが、ナナは私生児のうえに貧しい自分と結婚するのは、決してぼくのためにならない、の一点張りで、マルベリー亭を逃げだしてしまったんだ」

ブリトル夫人はキッチンへ入ってきた。「まあたいへん。わたしたち、すぐさまなんとかする必要がありますわ」

「わたしたち？」オリヴァーは突然、希望が湧いてくるのを感じた。

「つまり、わたしのこと。わたしも三十年前に同じような経験をしているんですもの」

オリヴァーは大声で叫びそうになった。「きみはぼくを助けてくれるのか？」

「もちろんですとも！」ブリトル夫人は大きくうなずいた。「少しばかりぶっきらぼうだし、自分の思いどおりにいかないとひどく冷酷な表情になるにせよ、どんな女性にとっても、あなたはすばらしい掘り出し物ですもの」

「たしかに、この十年はそうだったな」彼は潔く認め、問いかけるようにブリトル夫人を見た。「しかし、なぜあなたがここに?」

「あなたが将校や士官たちに一日か二日、上陸許可を出してくれるんじゃないかと思いましたの。タイアレス号がプリマスの港にいるあいだに、ダニエルに会いたいと思って出かけてきたんです」

「そうしてもいいが、われわれは明日の引き潮で出港することになっているよ」

ブリトル夫人は手袋をはめなおした。「ナナがいる場所に連れていってくださいな。あなたはタイアレス号に行って、上陸許可を出してください」

オリヴァーがためらっていると、ブリトル夫人は彼と似たような怖い顔でにらんだ。

「わたしはダニエルに会いたいんですよ、ワージー艦長! あなたはナナと結婚したいんでしょう?」

「ああ」

「だったら、ナナはどこにいるんです?」

彼は微笑した。「組合会館の裏にある階段にいると思う」

ブリトル夫人はうなずいて、ナナの祖母に声をかけた。「涙を拭いてくださいな」彼女はオリヴァーに腕を差しだした。「組合会館までご一緒しましょう。それから船頭を見つけて、タイアレス号に行ってください」

「アイ、アイ、サー」オリヴァーは答えた。

会館の裏にある階段は、暖めてくれるオリヴァーがそばにいなくては、寒々として寂しかった。それにいまでは彼の外套も潮のにおいより薔薇《ばら》の香りがしはじめている。階段の上からタイアレス号は見えなかったが、そのほうがナナにはありがたかった。明日の午後には、オリヴァーは引き潮に乗ってプリマスを立ち去ってしまうのだ。今度はホーの丘で見送るのもよそう、ナナはそう思った。

時がたてば彼も、からくもわたしとの結婚を逃れた自分の幸運に気づくはずよ。彼の財産をすべてわたしに遺すという遺書については、どうすればいいかわからないけど、彼はすぐれた艦長だもの。おそらくこの戦争を生き延びることができる。きっとわたしよりも長生きするわ。だから衝動的に作った遺書が執行されるような事態にはならない。わたしはこの胸の痛みで、たぶん日曜日のお昼ごろまでしか、生きていられないもの。

ナナはあごを両手にうずめた。ばかみたい。恋の痛手で人が死ぬのは、出来の悪い三文小説のなかだけよ。

夜のとばりがおりはじめ、いちだんと寒くなってきた。通りは静かだった。遠くの波止場で波が堤防を洗う音が聞こえるような気がするくらいだ。ナナは鋭い胸の痛みに泣き声をもらした。なんて醜い音かしら。生きているかぎり、二度と聞きたくない。オリヴァーのお金を少しだけもらって、カナダの内陸部にでも逃げてしまおうか？　氷と雪しかない、かもめなど一羽も見ないですむような場所に。

　そう思ったとき、通りで人声がした。女性の笑う声、それに男性の笑い声が混じる。ナナは座ったまま背筋を伸ばした。あの笑い声には聞き覚えがある。あるどころか、彼女はあの笑い声を愛していた。もう一度きっぱり断るしかない。逃げるのは弱虫だけだ。

　組合会館の裏手へとまわってくる足音がして、ナナは覚悟を決めた。だが、よく見ると、それはオリヴァーではなかった。思いがけないことに、オリヴァーの足音はそのまま港へと坂道をくだりつづけていく。

　祖母が海軍の男との結婚を断った孫の決意を褒め、家に帰ろうと迎えに来たわけでもなかった。

「ナナ、あなたとそこに座るためだけに、この老体に鞭《むち》打って階段を上がらせるつもりなの？」

「ブリトル夫人？」ナナは驚いて叫んだ。

「ええ、そうですとも。ま、いいでしょ、あなたのためなら、階段ぐらいいくらでも上がるわ」

　ブリトル夫人ははあはあと荒い息をついて、冷たい空気にもかかわらず顔をあおぎながら、肥えた臀部《でんぶ》をナナのそばにおろした。

「でも、いったい……」

「ここになにをしに来たか?」夫人は呼吸が落ち着くとそう言った。「明日、潮の流れが変わる前に行われる、あなたの結婚式に出るためよ」

ナナはわっと泣きだし、ふくよかな胸に顔をうずめた。顔がぐしょぐしょになり、ブリトル夫人が差しだすハンカチを借りなくてはならなかった。夫人はなにも尋ねようとはしない。

「だって、ワージー艦長とは結婚できないもの」ナナはしばらくしてそう言った。

ブリトル夫人はくすくす笑ってナナを引き寄せた。「どうしてだめなの? もうほかの誰かに売約済み?」

「もちろん、違うわ」ナナは途方に暮れて答えた。「なぜ結婚できないか、ご存じのはずよ。だめな理由には、議論の余地がないわ」

「ええ、そうですとも。艦長にきっぱり彼の立場を思いださせたのは立派なことだったわ。彼のような人が幸せになろうだなんて、あまりにも高望みをしすぎですもの」

非難されるとばかり思っていたナナは、ノラ・ブリトルのこの言葉に拍子抜けした。ブリトル夫人はナナをぎゅっと抱きしめ、やさしい声でこう言った。

「トーキーからでこぼこ道をさんざん揺られてプリマスに来たのは、ダニエルが出港する前に、彼に会うためなの」彼女はそう言って低い声で笑った。「彼はとくに見目麗しいわけじゃないし、太りすぎているし、たまねぎが入ったものを食べると消化不良を起こすのよ。文法はわたしよりずっとましだけど、ノーサンバーランドの訛《なま》りがそりゃあひどいの。しかも腹立たしいことに、子どもたちの誕生日さえ覚えていないときてる。まあ、四人が生まれたとき、一度だって陸にいたためしがないんだから、無理もないけど」

ナナは肩からひどい重荷が取り除かれたような気がした。「でも、彼を愛しているんでしょう？」

「もちろんよ、ディア」

ナナは深く息を吸いこんだ。「彼を見送るとき、二度と会えないかもしれない、と怖くなったことがある？」

「いつも怖くなるわ。それがいちばんの悪夢ね」

「でも、やり直せたとしてもまた彼と結婚するの？」

「ええ」

ブリトル夫人に抱きしめられ、ナナは勇気をふるってささやくような声で自分の最悪の恐れを打ち明けた。「わたしは宿屋の経営者の孫娘というだけじゃないの。私生児なの」

ブリトル夫人はくすくす笑った。「わたしもよ。救貧院育ちで、両親が誰なのかまったく知らないの。少し大きくなってからは、トーキーでキッチンの下働きをしていたの。あなたのところのサルみたいに」夫人はナナを抱きしめた。「あなたにはお祖母さまがいるし、バースで受けた教育もあるじゃないの」

落ち着いた静かな声だったが、夫人の言わんとするところは、セント・ポールの大聖堂の説教台を前にして大声で叫んだようにはっきりしていた。

「それなのに、どうしてわたしはこんなに愚かなの？」ナナは声に出してそう言った。

「ふたりになんの障害もない、とは言わないわ」ブリトル夫人は言った。「世間には、愛がどんなものか知らない人がいるものだから」

ナナはブリトル夫人のやさしい抱擁に慰めを受けながら、うなずいた。「彼が戻ってきてくれるといいけど。さっきはきっぱり断ってしまったの」

夫人の胸が震え、低い笑い声が伝わってきた。「戻ってきますとも、ダニエルとね！ひどい道を我慢してここまで来たのは、今夜ひとりで眠るためじゃないんだから！一分かそこら待っててらっしゃい、ディア。あの艦長はちょっとやそっとじゃへこたれやしませんよ。ふたりでこの道を登ってくるわ」

夫人が言ったとおりだった。それからいくらもたたぬうちに、組合会館へと坂道を登ってくる男たちの話し声が聞こえた。ほどなくブリトル夫人は立ちあがり、自分を迎えに階段を半分上がってきた夫に手を振っていた。

「ナナ、マルベリー亭には空いてる部屋があるかい？」彼が声を張り上げた。

「あなたにはいつでもあるわ」ナナは胸がいっぱいになりながら答えた。

ブリトル夫人は階段の下から手を振って叫んだ。「それじゃ、明日会いましょうね。ごきげんよう、艦長。あなたのためにそこを温めておきましたよ」

次の瞬間には、ふたりだけになった。オリヴァーは黙ってブリトル夫人が座っていた場所に腰をおろした。彼がなにも言わず、やさしくナナに腕をまわすと、ナナはその肩に頭を寄せ、まもなく彼にすっぽりとくるまれていた。

どう言えばいいのかわからなかったが、自分から口を切る必要があることはわかっていた。「わたしの髪はとても短いし、服だって普段着が三枚しかないわ。いえ、二枚よ。三枚目は前が焦げちゃったから」

「そうかい?」

「オリヴァー、わたし……」

彼は溜《た》めていた息を吐きだした。「ありがたい。〝艦長〟はやめてくれたか!」

ナナは彼のほおにキスをした。「艦長はあなたを悩ませるの?」

「ああ、しょっちゅうだ」

「でも、わたしは彼のことも愛してるのよ。あなたがわたしの欠点のすべてを大目に見てくれるなら……」

彼はしばらくのあいだ黙っていた。ようやく口を開いたときには、涙をこらえているようだった。

「髪は伸びるさ。それに普段着が三枚、いや二枚しかないとしても、ぼくにはどれがどれだかわからない」彼はしばらく黙ってからこうつけ加えた。「ぼくの命には保証はないんだよ、ナナ。明日死ぬかもしれない」

「わたしだって同じよ」ナナはそう答えた。「明日のことは誰にもわからないわ。どうしてあなただけが特別だと思うの？」

オリヴァーは笑って彼女を抱きしめた。しばらくしてナナは体を起こした。

「お尻がすっかり冷たくなっちゃった。それにこの石段は固すぎるわ。もう一度結婚を申しこんでくれる？」

「できれば、片膝をつくのは勘弁してもらいたいな」彼はそう言ってナナと向きあうと、彼女の顔を両手ではさみ、引き寄せた。「エレノア・マッシー、きみを言葉につくせないほど愛している。どうか明日の朝一番で結婚してくれないか？　午後にはぼくがタイアレス号を指揮して、プリマスを出ていけるように」

「まあ、ロマンティックな申しこみ」ナナはそう言って彼の唇にキスした。「ええ、百万回でも結婚するわ」

「指輪がないんだが」

「特別許可はあるんでしょ」

ふたりは声を合わせて笑った。

# 14

オリヴァーはナナと手をつなぎ、マルベリー亭に戻った。そしておやすみのキスをしたあと、セント・アンドリュースの牧師を訪れた。牧師は特別許可を見ると、しぶしぶうなずき、あきらめたように首を振った。「海軍ときたら、まったく勝手な連中じゃ」

オリヴァーはふたたび船頭に頼んでタイアレス号に戻り、一等航海士のプラウディと二等航海士のラムスールにこの吉報を告げ、礼服と剣をダッフルバッグに入れた。

「式はセント・アンドリュースで午前九時からだ。ふたりともよかったら出席してくれたまえ」彼は喜ぶ副官たちにそう言った。「乗組員はみな歓迎する。出港は午後一時だ」

「急にスコールが来るか、低気圧に襲われるか、強い東風が吹くように祈りますよ」プラウディが言った。「男はせめてひと晩ぐらい花嫁と過ごすべきです。たとえあなたでもね」甲板長がオリヴァーを舷側から下で待つ小船におろすときにも、ふたりはまだ笑っていた。

オリヴァーはドレイク亭に立ち寄ってフィリオン夫人を式に招き、バービカンにいる夫人の知り合いで出席したい人々がいれば、みな歓迎すると告げた。

「きっと教会がいっぱいになるわ」夫人はそう言った。「お式のあと、ここで食事をなさいな、艦長」

「こんなに短い時間で、なにか用意してもらえるのかい？」オリヴァーは感激して尋ねた。

「ナナのためなら、どんな奇跡だって起こしてみせますよ」夫人は彼にそう言った。「よく覚えといてくださいな」


オリヴァーが戻ると、マッシー夫人が入り口で迎え、片手を上げて謝罪の言葉を口にしようとする彼を止めた。

「ナナはもう二十一歳だ。自分で決められる年齢ですよ、ワージー艦長」

彼はベテランの艦長ではなく、校長に叱られている学生のような気がした。「お嬢さんの悲劇を思いださせるようなことになって申し訳ない」

「これは娘のときとは違います。そりゃ、ナナにはできれば海の男じゃない相手を選んでもらいたかったけど、あなたに不満はありませんよ。それにナナだって判断を誤る権利はあるってもんです」

ナンシー・マッシーが自分の冗談に微笑《ほほえ》むのを見て、オリヴァーも微笑を返した。彼女はほおにキスして、ナナはもう初夜になにが起こるか知っているとささやいた。

「われわれは明日の引き潮とともに出港するんだ。初夜は少し先になるな」彼は赤くなりながらにやけ顔でそう言った。

「そうですか？　明日セント・アンドリュースに来る人たちは、揃《そろ》って悪天候を祈るでしょうよ。タイアレス号が風上に錨《いかり》をおろしてるといいけど」

オリヴァーはすでにそう命じていた。なんといっても、彼は牧師の息子だ。祈りの効果はよく知っている。

ナナの祖母は鼻をひくつかせた。「お風呂に入らないとね。あなたたち海の男ときたら、いつも潮のにおいをぷんぷんさせてるんだから」

オリヴァーは蝋燭《ろうそく》を消したものの、しばらくしてナナがドアをノックしたときもまだ起きていた。彼は驚いてためらいがちに答えた。「ああ？」

「入ってもいい？」

「ほんの少しのあいだだよ。男の我慢にも限界がある」

ナナは入ってきてドアを閉め、ベッドのかたわらに椅子を引いてきた。暗がりのなかでも、彼女の興奮が伝わってくる。

「フィリオン夫人から、たったいまドレスが届いたの。お祖母ちゃんが受けとってるわ。青いドレスよ」

喜びに弾む言葉が次々に口から飛びだしてくる。オリヴァーは微笑み、頭の下で腕を組んだ。ナナに触れたら、誘惑に負けてしまいそうだ。まるでお風呂から上がったばかりのように、ナナはとても瑞々《みずみず》しく、さわやかな香りがした。明日の朝はピートを口説いてお湯をわかしてもらうとしよう。マッシー夫人に風呂が必要だと言われたことを思いだし、彼はそう決意した。

ナナがそれっきり黙りこんでしまったのを見て、オリヴァーは内心首を傾《かし》げた。言いたかったのはドレスのことだけか？

「あなたに告白することがあるの」

あまりにも静かな声に、オリヴァーは聞き違えたのかと思った。ナナは真剣そのものだ。少し気を軽くしてやるつもりで彼はこう言った。

「ミス・ピムの庭でキスされたのは、一度ではなく、二度だったのかい？」

「一度だけよ。そのことじゃないの」ナナはあっさり否定した。「あなたをだましたくないの。あなたはわたしを決してだまさないと思うから」

自分がここに宿を取ることになった経緯をナナには話していないオリヴァーは、この言葉にずきんと胸が痛んだ。だが、ナナに知らせる必要のないこともある。

「だったら早いところ告白してしまったほうがいいぞ。さもないと、くすぐって聞きだすからな」彼は起きあがるふりをした。

「やめて！　くすぐったりしたら、お祖母ちゃんをがっかりさせることになるわ」

「だったら、急いで言ったほうがいいぞ。ぼくらが乗り越えた嵐のことを考えれば、なんでも解決できるさ」

ナナは深く息を吸いこんだ。「あなたがとてもお金持ちだということは、何週間か前、真珠を持って訪ねてくれたラムスール少尉から聞いたの。だからそのことはもう知ってるのよ」

「それだけかい？」オリヴァーは戸惑いながら尋ねた。

「ええ！」ナナは真剣な顔でオリヴァーを見た。「わたしがあなたを愛しているのは、お金のためだと思われたくないの」

オリヴァーはつい噴きだしていた。ナナは彼にかがみこんでその口をふさいだ。「静かにして！　お祖母ちゃんとピートに誤解されるわ」

彼はその手をつかみ、指にキスした。「ナナ、ぼくを安心させる方法はひとつしかないよ。ぼくを愛していると最初にわかったのはいつのことだい？」

ナナはどうにか彼の手を振りほどき、その手を彼の胸に置いた。

「どうした？」

「考えているのよ」ナナは彼の性急さをたしなめた。「急がせないで。ええとあれは……そうだ、あなたにかがみこんで、小麦の湿布を首に巻いてあげたときよ」

オリヴァーはびっくりして彼女を見つめた。

「あなたはわたしを必要としていたんだもの」ナナはあっさりそう言った。「それにハンサムだったわ。だからじっくり見ているうちに目をそらせなくなったの。しばらくすると、じっと見るのが癖になっちゃった」ナナは肩をすくめた。「笑わないでよ。もっと奇妙なことが、結婚のきっかけになることもあるはずよ」

「ハンサムだと非難されたのは初めてだな」

「だったら、世界中の港にいる女性たちがおかしいんだわ。目が悪いのかもしれない。おやすみなさい」

ナナは入ってきたときと同じように静かに出ていった。これで眠れなくなったな、彼はそう思ったが、枕を柔らかいボールのようにして頭をのせ、目を閉じたあと、ふたたび目を開けたときには真夜中になっていた。アイルランド海からの強風がかん高いうなりをあげて吹きつけ、土砂降りの雨が窓を叩《たた》くのが聞こえた。オリヴァーは微笑んだ。ありがたいことに、彼の結婚式はみぞれ交じりの雨が降る、風の強い日になりそうだ。そんな日に難しいプリマス海峡を通過するのは愚か者だけだ。

翌朝、風呂に入りながら、オリヴァーは風がうなり、望まれぬ客のようにマルベリー亭のなかに入ろうとしているのを感じた。屋根と窓を叩く雨が、快い音楽のように響く。それを隅々までごしごしこすったあと、彼は潮の香りはいかんともしがたいと判断した。それをこの体から取り除くのはとても無理だ。だが、彼の部下がどう思おうと、少なくとも血管に流れているのは海水ではない。

まもなく結婚式が執り行われることが、まだ自分でも少し信じられない気持ちで、彼はお湯が冷めるまで風呂につかっていた。航海長のブリトルは、彼のつき添い役を務めることに同意してくれた。ブリトルはこの三十年、不幸な出来事もなく海で過ごしてきた男だ。彼の存在は、軍艦に勤務する男たちにも生き延びる者が大勢いる証拠として、多少はナナの不安を和らげてくれるだろう。

彼とナナは昨夜、結婚式の前に顔を合わせると縁起が悪いという迷信には惑わされないことにした。マルベリー亭はロンドンのホテルとは違う。顔を合わせずにいるのは不可能だった。それでも、オリヴァーはその日の朝、ナナをちらっと見た瞬間、息をのまずにはいられなかった。ウエーブのかかった褐色の髪に小粒の真珠を飾り、胸が大きく開いた半袖の淡いブルーのドレスを着たナナは、天使のように美しかった。

彼女は小さなひだ縁飾りとふくらんだ袖の新しいドレス姿でくるくるまわり、彼の目を楽しませた。「この真珠がついたネットは、ついさっきかつら屋さんから届いたの」ナナはもう一度くるっとまわったあとでそう言った。「お祖母ちゃんはショールをかけないと、風邪をひくと言うんだけど。まあ、あなたはとてもハンサムに見えるわ」

「いつものぼくだよ、ナナ。昨夜タイアレス号から礼服を持ってきたんだ」彼はナナのほおにキスしてささやいた。「お祖母さんが潮水のにおいがひどいと言うんだが」

ナナは小鼻をひくつかせた。「わたしは好きよ」そして彼の腕を取り、急に真剣な顔になった。「オリヴァー、とっても怖いの」

「ぼくもさ。ぼくらは似た者同士だな」

ふたりは教会まで一緒に馬車に乗っていった。ナナは古い外套《がいとう》にくるまり、ほおを薔薇《ばら》色《いろ》に染めて、美しい瞳をきらめかせていた。

「きみが後悔するようなことにならないといいが」ナナの美しさにすっかり圧倒され、オリヴァーは口ごもった。

「ならないわ」ナナは彼の袖のなかにつぶやいた。「もう大丈夫。決して後悔しないわ」

古い教会の正面に馬車が到着すると、オリヴァーはセント・アンドリュースに入っていく人々の数を見て目をみはった。そのなかには、さっぱりした顔の嬉《うれ》しそうなマシューの姿もあった。

おそらくゆうべ嵐になる前にプリマス港に入ったのだろう。ゴールドフィンチ号のデニソン艦長もいた。あとで彼を捕まえて、戦況を聞かなくてはならない。つかのま、オリヴァーの思いはスペインの戦線に戻った。

教会のなかに入ると、ナナは足を止めた。「知ってる？　あなたがマルベリー亭に来た翌日、鱈《たら》を買ったあとここに来て、あなたのために蝋燭を灯《とも》したの。蝋燭代を払ったのもあなたのお金だけど」

彼はつい噴きだした。近くにいた人々が振り返る。とくに彼の部下が多かった。おそらく自分たちの艦長は人並みの情熱や笑いとは無縁だと思っていたに違いない。二等航海士のラムスールすら、びっくりして目を丸くしている。

深く息を吸いこむと、彼は一張羅を着て、帽子を脇にはさんだピートにナナを託し、ブリトルが待つ教会の前へと向かいながら、途中で疲れはてた顔のデニソンに言った。「披露宴に来て、戦況を知らせてくれ」

「まずい状況だが、もっとひどいことになっていたかもしれないからな」デニソンはささやき返した。「前へ行けよ、ワージー、さもないと鞭《むち》で打つぞ！」

「怖気《おじけ》づいたんですか、艦長」オリヴァーが祭壇の前で横に並ぶと、ブリトルが尋ねた。

「ああ、いまにも気を失いそうだ。どうして男は好んでこんな思いをしたがるのかな?」

「男だからですよ、艦長。欲しい女を手に入れる、唯一の合法的な方法だからです」

オリヴァーはこの答えに笑みを浮かべ、白い顔を緊張させ、ピート・カーターの横に立って彼の腕にすがりついているエレノア・マリア・マッシーに目をやった。ナナと会ってからというもの、彼女の面影はほぼ常にオリヴァーとともにあった。たとえ明日命を落とすことになっても、それが五十年先だとしても、息を引きとるときにはナナの名前を呼ぶことだろう。

式が始まり、全員が立ちあがる。オリヴァーは列席した結婚式のことを思った、彼らは明らかにオリヴァーよりも勇気があった。彼が出席した直近の結婚式は二年前、ポーツマスで行われた。ナサニエル・バーカー艦長が美しいレディと挙式したのだ。その六週間後、ナサニエルと部下は全員バルティック海に沈んだ。

やはり、ぼくにはできない。オリヴァーは突然そう思った。おそらくその気持ちで体が動いたのだろう、ブリトルが口の端でたしなめた。「そこに立って、一歩も動いちゃいけません」

オリヴァーはこの助言にしたがった。彼に問いかける牧師の声が、はるか遠くから聞こえてくるようだった。すぐ横にいるナナでさえ、まるで双眼鏡の反対側から見るように遠くに見えたが、彼は逃げださずに留《とど》まったことを嬉しく思いながら、きっぱりとナナを妻にすると答えた。ナナも同じようにはっきりと答え、そしてナナは彼の妻になった。彼は歓喜の涙にむせびたかったが、どうにかこらえた。部下にあまり強いショックを与えるのはかわいそうだ。

気がつくと彼はナナの手を取って通路を戻り、登録簿に署名し、歓声をあげる部下のあいだを通って、表のみぞれと風のなかにいた。デニソンが待っている馬車へとふたりを導いていく。

「きみと一緒に海軍省には行かないぞ」オリヴァーは友に言った。

「そんなことを頼むものか」デニソンはそう言ってナナに片目をつぶった。「美しい人だな。どこで見つけたのか想像もつかないよ」それから真剣な顔に戻り、「ぜひ耳に入れておきたいことがある。ドレイク亭まで送らせてくれ」

オリヴァーはデニソンにからかわれてほおを染めているナナの手を取り、おおっぴらに彼女に触れることができるのを感謝しながら、丸みをおびた腰に手を添えて彼女を馬車に乗せた。うむ、いい感触だ。

「ワージー夫人、こんなときに任務を優先させて申し訳ない」デニソンは通り三本先のドレイク亭へ行けと御者に命じてから、ナナに謝り、狭い空間に身を乗りだした。「オリヴァー、オーストリアで厄介なことが持ちあがった。ナポレオンはスールト元帥にジョン卿《きょう》を任せて、そちらに対処するためフランスに戻った」

「では、攻撃もゆるむな」

「ほんの少しだが。コルーニャまでは雪の積もった山間部を撤退しなければならんからな。わたしは海軍省に即刻、輸送船を送ってくれるように頼みに行くんだ。さもないと、わが軍はコルーニャで全滅ということになりかねん」

「そうなることは見えていたはずだが……」オリヴァーは言った。プリマスに停泊している船が、突然、出港の支度を始めるのを、アンリ・ルフェーブルに見られないのがありがたい。ああ、彼がそれを見る心配はない。

馬車が停まり、デニソンが扉を開けた。「わたしはこのまま発《た》つ。エクセター、ホニトン、アクスミンスター、ブリッジポート……」

「ドーチェスター、ミルボーン、ブラッドフォード、ウディエイツ・イン」オリヴァーはあとを引きとり、新妻に説明した。「ロンドンまでの経路だよ、ナナ。われわれにとっては通いなれた道だ」彼はデニソンの手をしっかりと握った。「ひとつ忠告しておく。報告はマルグレイヴ卿か、陸軍総司令部に直接持ちこんだほうがいいぞ」

デニソンは問いかけるような目で彼を見たものの、黙ってうなずいた。彼はちらっとナナを見て、いたずらっぽい顔でオリヴァーに目を戻した。「そうだ、花嫁にキスさせてくれないか」

「ナナに訊《き》いてくれ」オリヴァーは答えた。「デニソンはぼくの親友なんだよ、ナナ」

ナナは黙ってデニソンのほうにほおを向けた。デニソンはナナを引き寄せ、厚かましくも音をたてて唇にキスした。「海軍の男のことを、お母さんから警告されなかったのかい、ワージー夫人？　せいぜいがんばれよ、オリヴァー」

オリヴァーがナナに手を貸して馬車から降ろすと、デニソンは扉を閉めた。「フェロールで会おう！」彼は叫んだ。「ナナ、お手柔らかに頼むよ。こいつは女性に免疫がないんだ！」

ナナはほおに手をあててつぶやいた。「いやだわ。赤くなっちゃった。あの人、ほんとにお友だちなの?」

「ああ。親友のひとりだよ、ナナ」

ドレイク亭に入ったとたん、ナナと言葉を交わす時間はなくなった。フィリオン夫人がナナを女性たちのところへ連れ去るのを見て、オリヴァーは内心たじろいだ。ナナはきっと山ほど〝ためになる助言〟を聞かされるに違いない。披露宴が式の前に行われないのはよいことだ。彼の部下とプリマスにいるほかの将校たちが一緒になると、即座に戦況に関する話が始まった。ここにいるすべての人々からナナとふたりで逃れたいと思いながら、彼は何度かナナのほうにせつなげな視線を投げた。

するとほかの祝い客と一緒に笑い、話しているルフェーブルの姿が見え、オリヴァーは自分の義務を思いだした。われ鐘のような声で笑っているダーフィー船長を見つけるのは簡単だった。彼はうまい具合に訪れたチャンスをつかむと、ルフェーブルに片目をはりつけたまま、この東インド会社の商船の船長を脇に引っ張っていった。

「あれがその男だ」オリヴァーはそう言ってスパイのほうにあごをしゃくった。「デニソンは戦況を報告しに海軍省へ向かっている。これからの数日間に海峡を出る船を、あいつに描かれては困るんだ」

ダーフィーはルフェーブルをじろじろ見た。「ふむ。あの男はボンベイへ旅をすることになりそうだな。明日はどのあたりにいるかな?」

オリヴァーが何箇所か心あたりを口にすると、ダーフィーはうなずいた。「鉛筆を尖《とが》らせる時間も与えずに、かっさらうとしよう。案外いい水夫になるかもしれんぞ」

「もしもならなければ、インドに残してきてくれ」オリヴァーは言った。「ぼくとしてはそのほうが好ましい」

「お安いご用だ」ダーフィーは片手を差しだした。「仕事はひとまず置いて、その礼服も脱いで、だな、港が与えてくれる慰めを少し楽しんだらどうだ？」

オリヴァーは赤くなって口ごもりながら、友人の手を握った。ダーフィーはルフェーブルをちらっと横目で見ながら広間に戻った。

オリヴァーは人混みのなかにいるナナを見つけ、階段へと連れだし、そこに座ってこう言った。「できるだけ早くマルベリー亭に戻るつもりだが、たぶん暗くなる前は無理だろうな」

「もしも風が変わったらどうするの？」ナナは片手を彼の胸に置いてからかった。

「変わるだけの度胸はないさ」彼はナナの肩をつつき、そういう仕草ができる自由を楽しんだ。「フィリオン夫人やその友人たちから、いろいろと助言を与えられたんだろうね」

ナナは彼に顔を向けた。彼女の顔はまともに見ようとすると寄り目になるほど近くにある。「少なくとも九十八パーセントは無視するつもりよ。でも、フィリオン夫人はひとつだけいいことを言ってくれたわ」

「ほう？」

「あとで教えてあげる」

少なくとも、ナナは怖がっているようには見えない。オリヴァーはほっとして部下を集め、タイアレス号に戻る準備を始めた。ピートがナナをマルベリー亭に送り届けると約束してくれた。オリヴァーが披露宴から立ち去るのを見ても、客は誰ひとり驚かなかった。それもそのはず、海軍の町であるプリマスは、潮の満ち干に合わせて動いている。人間の行事など、そこでは取るに足らないものなのだ。

マッシー夫人の姿が見えないことに気づいて、彼はピートに尋ねた。

「祖母さんは結婚式のあいだおいおい泣いてたが、まっすぐマルベリー亭に帰ったよ」

「喜んでいるようだったか？」オリヴァーは不安にかられて尋ねた。

ピートはうなずいた。「ありゃあ間違いなく歓喜の涙だね。あんたはこれまで気づかなかったかもしれねえが、女ってのはまったく奇妙な生き物だ」

オリヴァーがマルベリー亭に戻るころには真夜中になっていた。宿の部屋がすっかり暗くなっているのを見ても、彼は驚かなかった。入り口のホールには小さなランプが灯っていた。テーブルにナナの手書きのメモがある。彼はそれをランプに近づけ、微笑した。ナナが一月の嵐の夜の寒気に冷えきった体をあっという間に暖めてくれたことに、嬉しい驚きをおぼえた。

関係者に告ぐ、
ナナ・ワージーはワージー艦長の昔の部屋にいます。彼女は一度眠ったらめったなことでは起きないたちですが、常にご機嫌で目を覚まします。

暗がりに暖炉の火が温かい光を投げている部屋に入ると、しばしその場にたたずんで、彼のベッドにいるナナを見つめ、この貴重な瞬間を味わった。ナナは横向きに寝て、ドアに背を向けている。彼は腰の曲線に目を這《は》わせた。とうとう結婚した。決してしないと誓ったことをした。そう思うと、妻に対する大きな責任が、大きな石のようではなく、温かい毛布のように自分を包むのを感じた。それはこれまで義務に包まれたことしかない彼の心に安らぎをもたらしてくれた。

これは義務とは違う。オリヴァーはこれまで自分に変えられない、したがって屈服するしかない力に対処することに慣れていた。なにかにつけて彼と張りあう女性はごめんだ。そういう女性は彼には必要ない。だが、ナナは彼を愛し、プリマス生まれの女性らしく、海に送りだしてくれるだろう。

彼は服を脱ぎ、寝間着を頭からかぶった。ベッドには彼の寝る場所がたっぷり空いている。ドアの鍵をかけると、ナナの隣に横になり、ナナに寄り添って片方の腕を腰にまわした。ナナは目を閉じたまま、顔を向けてきた。

彼がキスすると、驚いたことにナナはなにかつぶやいて、後ろ向きのまま彼に体を押しつけてきた。オリヴァーはうなじにキスをした。髪が短いおかげで、もつれたり、からんだりした髪を押しやる必要がないのがありがたい。ナナは彼が寝間着のボタンをはずし、それを肩から滑らせても逆らわなかった。オリヴァーは白い肩にもキスした。

「帰ってこないのかと思ったわ」ナナは目を閉じたままつぶやいた。「起きていようと思ったのに、いつのまにか寝てしまったみたい」

オリヴァーはうなじに向かって笑い、胸に手が届くように寝間着のボタンをさらにはずした。ナナは無意識に片手を上げて彼を止めようとしたが、ため息をついて手を彼のほおに置いた。オリヴァーは白い体に手を這わせた。

彼が女性の与えてくれる慰めを楽しんだのは、もうずいぶん昔のことだ。そのときの記憶をたどっても、ナナの肌ほど柔らかい肌の女性に触れた覚えがなかった。マルベリー亭の改善されたメニューのおかげで、ありがたいことに、ナナはもう棒のようにがりがりではなく、柔らかい胸には心地よい重みがある。オリヴァーはためしにあばらを愛撫《あいぶ》し、その結果に気をよくした。

「少し怖いけど、そろそろこの寝間着に消えてもらったほうがいいと思うの。どうかしら？」

彼は喜んで同意した。するとナナが起きあがったため、ふたりの頭がぶつかった。彼女は柔らかい声で笑いながら寝間着を脱ぎ、丸めて、窓のそばの椅子に向かって投げた。

「あとで寒くなったら、すぐ見つかるように」

「寒くなどならないさ」彼はそう言いながら自分の寝間着をすぐ横に投げた。

ナナをもっとよく見たかったが、片手で胸を覆うのを見て、ベッド脇のランプを灯したりしたら、ショックを与えそうだと判断した。じっくり見せてもらうのはもっとあとでもいい。暖炉の明かりでもかなりよく見える。次になにをすればよいかもわかっていた。

オリヴァーはふたたびナナの横に戻り、白い体に両手を這わせて、ナナが彼の指に慣れ、体の力を抜くのを待った。ナナの胸は美しかった。そして彼が胸にキスしても逆らおうとしなかった。彼女の息遣いがしだいに速くなるのを聞いていると、彼の興奮もいっそう高まった。彼が胸の先を口に含んだあとはとくに息を乱して、彼の名前のように聞こえる言葉をつぶやいた。

ナナが恥ずかしがり屋なのはわかっていたから、オリヴァーはナナの手を取って自分の大きくなったものへと導いた。ナナは一瞬ためらったものの、そっとそれを愛撫しはじめた。

彼はナナの頭の下に片方の腕を差しこみ、もう片方を脚の付け根の縮れ毛の上に置いてリズミカルになではじめた。ナナの手が無意識にそこに向かい、覆いかけたが、彼がやさしく促し、脚を開かせると、脇に落ちた。呼吸がいっそう速くなり、きつく握った拳が少しずつゆるむのをたしかめ、彼はするりと指を滑りこませた。

ナナの準備はすっかり整っていたが、オリヴァーは慎重に進んだ。ナナにとっては初めての行為なのだ。彼はこれまで処女を奪ったことは一度もなかった。それにナナは彼の妻、これからベッドを分かちあう唯一の女性となるのだ。急ぐ必要はない。一生がどれほど長いものになるにせよ、その一生をともにする女性なのだから。そこで彼はナナに重なる代わりに、片手を脚に這わせ、その温かさとしっとりと吸いつくような感触を愛した。女性はどうしてこんなに柔らかいのか？　オリヴァーが驚嘆していると、ナナが彼のものから手を離し、彼の下に体を滑らせようと身をくねらせた。

「いいのかい？」オリヴァーは耳元でささやいた。

ナナが言葉にならない声でつぶやく。

彼はやさしくキスして体を起こした。そしてできるだけ体の力を抜くように勧めながら、ナナのなかに自分を沈めた。ナナが言われたとおりに両脚を彼に巻きつけ、彼をしっかりと自分のなかに閉じこめる。

「これでやっとあなたに近くなれたわ」ナナはうわごとのようにつぶやき、彼に合わせて一定のリズムで動きはじめた。何度かずれたものの、低い声で笑いながらまたもとのリズムに戻る。やがてすっかりのみこみ、アダムとイヴが罪をおかして楽園を追われて以来、男と女のあいだで行われている求愛のダンスに打ちこんだ。

ナナは昇りつめなかったが、最初の交わりでナナが快感をきわめることは彼も期待していなかった。だが、深い歓《よろこ》びに貫かれて彼が果てる瞬間、ナナはまるで彼を守ろうとするように両手を背中に広げた。その素朴な仕草に、オリヴァーはこれまでにないほどの安らぎを感じ、快感にしびれた頭で思った。もしも彼に危害を加えようとする者がいれば、ナナは雌ライオンのように獰猛《どうもう》に向かっていくに違いない。こんな想像はばかげているかもしれないが、部下が寝静まった夜の甲板で見張りに立つときに、ナナのベッドに戻りたいと願いながら、その点をゆっくり考えてみるとしよう。この戦争が終わるまでは、おそらく毎晩、そう願うことになるだろう。

オリヴァーは快い疲れに満たされ、ナナと重なったまま横たわっていた。脚を彼の脚にかけたほかは、ナナも動かなかった。そして彼の背中をゆっくりもみはじめた。たったいま満足を味わったばかりだというのに、オリヴァーはその指の動きに信じられないほど興奮した。

彼はとうとうこらえきれずに、肘をついて体を起こした。「ナナ、言葉で表せないほど、愛しているよ。ぼくが重すぎたらそう言ってくれ」

彼女はうなずき、顔を上げてキスした。汗ばんだ髪から薔薇の香りが立ち昇ってくる。

オリヴァーは深く息を吸いこんで、ひとつになったまま体を起こし、自分の下に横たわる美しい女体を惚《ほ》れ惚《ぼ》れと眺めた。ナナがむきだしの胸を恥ずかしがる様子もなく、両腕をベッドに広げ、彼を見上げる。ナナはふたりが結ばれている箇所を見つめ、それから上へとたどって、彼と見つめあった。率直で、誠実で、まだ清純な乙女のようなそのまなざしは、これからもオリヴァーの心をゆさぶり、おそらく性的な興奮をもたらすことだろう。ナナは千人にひとりというすばらしい女性だ。彼は世界一の果報者だった。

オリヴァーはしぶしぶ彼女から離れ、かたわらに横たわった。今度はナナの手が彼の頭を受けとめた。彼女が豊かな胸に彼の頭を引き寄せると、オリヴァーはそれがもたらす安らぎを心ゆくまで味わった。

「期待に応えられたかしら?」ナナはそう言って、彼を笑わせた。

「それどころか大幅に上回ったよ、ナナ。痛かったかい?」

ナナは首を振った。「これまでひりついたことのない場所が少しひりひりするけど、すぐに治ると思うわ」

「そのはずだ」オリヴァーはついこうつけ加えていた。「そこをかばって内またで歩く女性はあまり見たことがないだろう?」

ナナは頭の下から枕を引き抜いて、それで彼を叩いた。オリヴァーは低い声をもらし、ナナが笑いすぎて苦しくなり、叩くのをやめるまでくすぐりつづけた。オリヴァーが起きあがると、彼女は枕を投げつけたものの、すぐに横たわり、何時間か前に誰かが用意してくれた真鍮《しんちゅう》の缶に入ったお湯で彼が自分の脚のあいだをきれいにするのを許した。オリヴァーが横に戻ると、ナナは胸のなかに丸くなった。

そして黙りこんだ。ナナは彼の両手を耳にあてた。

「風の音を聞いているのね？」

「その必要があるんだ」

「今夜はないわ」ナナは言った。「眠りましょう、ダーリン。海はどこへも行かないわ」

# 15

ナナは静寂のなかに目を覚ました。風がやんでいる。彼女は自分の横でこちらに背を向け、肩を出して、とても穏やかに眠っている夫を見た。オリヴァーはまだ体をまっすぐにして両脚をつけて寝ている。甲板の梁《はり》から吊《つ》られた簡易寝台で寝るときのように。ナナはその姿を見守りながら、筋肉の盛りあがった肩と背中をうっとりと眺め、しだいに細くなって腰へと至る上半身を目で追った。こうして見ると、オリヴァーは少し痩せすぎている。彼がわたしにしたように、無理やり食べさせることができないのが残念だわ、ナナは思った。でも、もともと人になにかを強いるのは苦手なのだ。

ナナは寄り添って彼を抱きしめた。すると彼は即座にその手をつかんでナナを驚かせた。

「起きていたの?」ナナは彼の背中にほおを寄せた。

「このままここに横たわっていたいと思っていたところさ」オリヴァーはそう言って寝返りをうち、ナナと向きあった。彼はため息をついた。「だが、艦長を必要とするフリゲート艦が港で待っている」

ナナは彼の顔に指を走らせた。無精髭《ひげ》がちくちくする。「自分勝手なことはわかっているけど、封鎖に戻っても、ときどきはわたしのことを考えてくれる?」

オリヴァーは顔をなでるてのひらにキスした。「海に出た瞬間から考えるよ、ナナ。早朝の見張りは、とても静かなんだ。きみと、ぼくと、海しかいない」彼は夜明けの最初の光で明るむ窓に目をやった。

ナナは彼の胸にキスした。「いまはあなたとわたしだけよ」

彼にはあからさまな誘いは必要なかった。昨夜の最初の交わりに続き、数時間後にふたたび愛しあったが、いままたふたりは別れを前にして、いっそう激しく求めあった。彼を自分のなかに感じ、彼の刻む愛のリズムに慣れはじめたナナは、喜んで惜しみなく自分を与えた。そして今度はこれまでと違う快感をおぼえた。

彼女は声をあげまいとした。ここは宿屋なのだ。お金を払って泊まる人々はゆっくりやすむ資格がある。ナナは彼の肩に顔をうずめ、くぐもった声をもらしながら、彼をそっくり自分のなかに吸いこんでしまおうとするように、同時に自分のすべてを与えようとするように背中をつかんだ。続いて彼が精を放つ。

「こんな経験を、みんなどうやって生き延びるのかしら?」ナナは汗に濡《ぬ》れた髪にキスする彼にささやいた。

「危険なビジネスだな」オリヴァーは同意し、ゆっくりと動きつづけた。やがてナナの瞳がまたしても焦点をなくしはじめた。「まったく危険だ」ナナがぐったりと横たわると、彼はそう繰り返し、ナナの肩にキスをして軽く噛《か》んだ。

オリヴァーはまだ彼女とひとつになったままだったが、横を向いた彼が、また海とタイアレス号のこと、艦上で彼を待っている部下のことを考えているのがわかった。ほとんど本能的に、ナナは巻きつけた脚に力をこめ、オリヴァーが自分を見下ろして首を振ると、その力をゆるめた。

「そろそろ支度をしないと」彼はそう言ったが、動こうとしなかった。ナナは彼が実際に起きあがるまで、満ち足りた思いで彼の重みを受けとめていた。

オリヴァーはベッドのそばに立って、ナナを見下ろした。今度はナナの顔だけでなく、すべてを頭に焼きつけるかのように。そして洗面台に行く前に、彼はナナの髪をやさしく引っ張り、からかうように言った。「なんて美しいんだ。ナナ、きみを見てごらん」

ナナは毛布にくるまり、彼がいた温かい場所へと移って、彼がとうに冷めてしまった真《しん》鍮《ちゆう》の缶にある水で体を拭き、髭を剃《そ》るあいだ、うとうとした。彼はゆっくり支度し、下着、シャツ、ブリーチズ、ベストを着けるあいだに、何度かベッドに戻り、ナナにキスをした。

時計をポケットに入れているときに、ナナは体を起こし、ゆうべ椅子に投げた寝間着を着た。そして彼に抱きついて、爪先立ってキスをし、彼が部屋を出ていくまでは泣くまいと努めた。

「お祖母さんがゆうべ、ぼくに持っていくように入り口のテーブルにミートパイを包んでおくと言ってくれた」彼はナナを抱きしめ、髪にキスしながら言った。「見送りには来ないでほしい」

「行けそうもないわ」ナナは小声でつぶやいた。「愛しているわ、オリヴァー」

「よくわかってる。ぼくもきみを愛している。きみは男が望める最高の妻だ。こんな言葉を口にする日が来るとは思わなかったが」彼は喉の奥で笑った。「今朝は艦長としてこれまで経験したことのない特権を行使することになるな。甲板長がぼくを上に引きあげてくれたときに、ぼくがにやけ笑いを浮かべていても、タイアレス号の乗組員で無礼な軽口をたたく者はひとりもいない」

「たしかにあなたはかなり怖がられているわよ」ナナは冗談を返した。「そういえば、もしもその勇気を持てたら、今日はドレイク亭に行って、フィリオン夫人の言うとおりだった、と教えてあげなきゃ」

オリヴァーはナナをつかんで自分から離すと、じっと見た。「彼女の助言のことかい？この部屋で昨夜起こったことに関する？　そうだ、それを聞くのを忘れていた。ぜひとも教えてもらいたいな」

ナナはすでに親密な仲になったというのに、胸から顔へと赤くなった。「フィリオン夫人はこう言ったの。〝心配いらないのよ、ナナ。すべてぴたりと合うんだから〟って」

彼は階段をおりるときも、まだ笑っていた。

ナナはドアが閉まると泣きだし、いつのまにか泣き疲れて眠った。目が覚めたのは一時間後で、すでに太陽が海面から顔を出していた。彼女はふたたび起きあがり、窓辺に立って外の美しい朝を眺めた。通りは雨できれいに洗われ、遠くに見えるキャットウォーターは、小さな白波が立っているほかは青くきらめいている。向かいの家の風見鶏《かざみどり》は、南を示していた。スペインへと追い風が吹いているのだ。

慎み深いナナはこれまで一糸まとわぬ姿で鏡の前に立ったことはなかったが、いま洗面台のそばの姿見の前に立って、自分の体をつぶさに見ていった。胸と肩に残っている赤いキスマークを見ると、自然とほおがゆるんだ。彼女は大いなる神秘の儀式を終わったばかりなのだ。この体のなかではなにが起きているのかしら？　ナナは両手をお腹《なか》に置いて思った。もしかすると、赤ちゃんができているかもしれないわ。もしもまだだとしても、できるのは時間の問題よ。もっともわたしたちの時間はとても短いけれど。

彼女は手早く着替え、ベッドのシーツをはずした。自分たちが男女の営みをしたシーツをサルに見られたくなかった。そこでまだ暗い家のなかを洗濯室に持っていき、それからお風呂に入れるお湯を沸かしながら、肌のにおいをかいだ。潮の香りがするといいのに。だが、麝香《じゃこう》のようなにおいがしただけだった。きついにおいだが不快ではない。それといつもの薔薇《ばら》の香り。

キッチンに入ると、ぼんやりと宙を見てテーブルの前に座っていた祖母が、ナナに気づいて笑みを浮かべた。ナナはそばに行き、膝をついて頭を祖母の膝にのせた。

「ああ、お祖母ちゃん。知らなかったわ」彼女はささやいた。

「女は誰でも知らないものさ。それが起こるまではね」

「彼はわたしが部屋の掃除をしなくてもすむように、もうひとりメイドを雇ってほしいんですって」ナナは顔を上げた。「そうすると言ったけど、やっぱりやめるわ、お祖母ちゃん。忙しくしている必要があるんだもの」

「彼は戻ってくるともさ」

「いつ戻るのか、わかるといいんだけど」


ナナは時間がのろのろとしか過ぎないのを心配していたが、それはたちまちのうちに過ぎていった。祖母からたっぷり仕事を与えられたせいもある。毎日食品を買いに出かけ、新しいシーツやタオルの縁を縫い、どうやって支出を帳簿につけるかを教えてもらううちに、一日はあっというまに過ぎた。

その日に起こった出来事で唯一意外だったのは、タイアレス号がプリマス海峡の外へと出ていったのと同じ日に、ルフェーブルの姿が消えたことだった。

ナナはいつもの時間に彼に朝食を用意した。ルフェーブルはいつものように午前九時前に出かけた。が、なぜかこの日は戻らなかった。彼が翌日も戻らないと、ナナは彼の部屋を確認するから、一緒に入ってくれ、とピートに頼んだ。

「戻ったけど、わたしたちが気がつかなかったとしたら？　具合が悪くて動けずにいるのかもしれないわ」

不思議なことに、ピートは思ったほど心配しているようには見えなかった、それでもナナの頼みを聞き入れ、彼女にしたがって階段を上がり、部屋の鍵を開け、ナナがなかに入って部屋を見まわすのをドア口で待っていた。

「部屋代を踏み倒されてなきゃいいが」ピートは言った。「これまでもそういう客はいたからな」彼はそうつけ加えたが、ナナはなんとなく自分の手前、そう言っているように聞こえた。

「ミスター・ルフェーブルは部屋代を踏み倒してなんかいないわ」ナナはテーブルの上に散らばっているスケッチをきちんと揃《そろ》えて束にしながら言った。「一月末まで前払いしているんだもの。だからおかしいの。少なくともあと二週間は泊まるつもりだったはずよ」

その日の午後、祖母に言われてナナとサルはルフェーブルの部屋を掃除した。ナナが魚市場に出かけているあいだにピートが片づけたと見えて、彼の部屋はすでにからっぽだった。

ルフェーブルの荷物はキッチンの先の倉庫に入れてあった。そこにはこの百年あまりのあいだに、宿代を払わずにこっそり逃げだしたほかの客の持ち物も置かれている。誰もいないときに、ナナはルフェーブルのスケッチにこっそり目を通し、自分の肖像画がたくさんあるのを見て驚いた。少しばかり厳しい顔をしたオリヴァーのスケッチが見つかると、愛しあっていたときは、こんなに厳しい顔はしていなかったわ、と思いながら、ナナはそれをエプロンのポケットに入れた。

その週の終わりには、ルフェーブルの鉛筆を何本か借りるためにまたしても倉庫に入った。まだ使えるものを倉庫に置いて無駄にするのはもったいない。そう思いながら、あの画家が使っていた紙も探した。驚いたことに、ルフェーブルのスケッチブックもいまや棚にあり、その隣には彼がいつも持って出かけていた色鉛筆や水彩絵具の入った木箱もあった。

あれはどこから来たの？　ナナはその夜、ピートに尋ねた。ピートが用心深い目になるのを見て、ナナは内心首を傾《かし》げた。ルフェーブルが突然姿を消した裏には、なにか秘密がありそうだ。

「ピート、この件に関してなにか知っているようね。わたしに隠し事をしないで」ナナは家族同様に思っている相手に、厳しい言い方をしようと努めながら問いただした。

ピートはそれでもまだ言い渋り、ようやくこう言った。「あの男は強制徴用されたのさ」

「なんですって？」ナナは思わず叫んだ。「海軍はそんなに人手不足なの？　あの人が優秀な水兵になれるとはとても思えないけど」

「海軍は常に人手不足だ」ピートはかすかな笑みを浮かべて答えた。「あんただって知ってるだろ。だが、わしの聞いた話じゃ、あの男を連れてったのは東インド会社の商船だそうだ。ノーフォーク・レヴェルズ号は、タイアレス号のすぐあとで港を出た。ルフェーブルはボンベイへ向かってるのさ、ナナ」

ピートが知っているのはそれだけではないような気がしたが、ナナはそれ以上問いたださなかった。ピートは行方不明のフランス人に関して、あまりしゃべりたくなさそうなのを見てとったからだ。「ピート、あなたがバービカン中に情報網を持ってるのはわかってるの。スペインの状況がなにかわかったら、どんなことでもいいから知らせてね」

ピートはこの頼みを文字どおりに受けとめ、小さなはしけから大型船に至るまで、プリマスを出入りするさまざまな船からの情報をナナに伝えた。フランスの元帥スールトは、撤退するジョン・ムーア卿《きょう》と卿の指揮下にある小規模の精鋭軍を、まだスペインの端まで追いかけている。プリマス港には小型船が何隻も出入りした。

ある夜遅く、マルベリー亭が寝静まったころ、ゴールドフィンチ号のデニソン艦長がナナに手紙を持ってきた。「あちち！　こりゃあ熱すぎて火傷《やけど》しそうだ！」彼は戸口でそう言いながら、ナナにその手紙を渡し、ほおにキスすると、待たせてあった馬車へと駆け戻りながら叫んだ。「エクセター、ホニトン、アクスミンスター!」
「ブリッジポート、ドーチェスター、ミルボーン、ウディエイツ・イン」ナナは見送りながらつぶやいた。「そしてロンドン、ね」
ナナはすぐに前廊下の長椅子に座り、封を切って手紙を読み、それを膝に置いた。

愛する人、この言葉は短すぎて、ぼくの愛と賞賛の十分の一さえも伝えられない。もっと雄弁に語るべきだが、もしもこの手紙がフランス人の手に渡ったらどうなる? ぼくたち大英帝国の男もしょせんは人間だ、と思われては困るだろう? だが、ぼくは生身の男だし、きみが恋しくてたまらない。戦況の見通しはかんばしくないが、見張りに立つときにはいつもきみがぼくの心を慰めてくれる。きみが元気で、ときどきぼくのことを考えてくれているといいが。ありったけの愛と、心と、光と、熱情をこめて、オリヴァー。

その翌日、さまざまな船がぞくぞくとプリマス海峡に入ってきた。午後になるころには、プリマスの全員が負け戦の規模を知っていた。陸軍はスペインを撤退せざるを得ず、ジョン・ムーア卿は戦死し、コルーニャの海岸へと追いつめられた兵士たちは食糧を供給する船から給水船まで、あらゆる手段を使って祖国へと運ばれてくるのだ。

ナナに頼まれるのを待たずに、ピートはバービカンに行き、できるかぎりの情報を集めてきた。ピートは情報と一緒に、疲れきった将校たちも連れてきた。なかには負傷している者もいた。バービカンにある宿や、ストーンハウスと呼ばれるダヴェンポート波止場に近い海軍病院からあふれた兵士たちだ。二階と三階の部屋はたちまちいっぱいになり、急いで食堂と居間にも寝床が作られた。

まず食べ物とお茶が、次いで湯が用意された。スペインのブルゴスから雪の降る山伝いにコルーニャの海岸までの四百キロを、フランス軍に追われて数週間にわたり撤退してきた兵士たちにとっては、久しぶりに味わうものばかりだ。ナナは内心の不安を押し隠し、タオルや水、祖母が手に入るかぎりの材料を使って作ったシチューを運び、階段を往復した。口を開くのもたいぎなほど疲れた兵士たちが浮かべる感謝の笑みが、この努力に十分報いてくれた。

深い疲労にもかかわらず、神経を張りつめ口を引き結んでいる少尉のひとりは、ナナにオリヴァーを思いださせた。全員の世話がひととおり終わると、ナナは食堂に敷かれた寝床にいるその少尉のそばに椅子を引いて座った。

「軍艦のことだけど、タイアレス号に関してなにかご存じありませんか？」

「ご主人が乗っているんですか？」少尉は尋ねた。

ナナはうなずいた。

少尉は首を振った。「わたしは軍艦のことはさっぱりなんです。艦体に入った番号からはどの艦かわかりません。でも、旗信号が上がったりおりたりしていましたよ。海上封鎖中のフリゲート艦ができるかぎり海岸に近づき、背後の丘からわれわれに砲弾を浴びせているフランス軍を攻撃してくれました」

きっとオリヴァーの艦もそのなかに混じっていたに違いないわ。ナナはプリマスを本拠にしている海の男たちが誇らしかった。「それが彼らの仕事ですもの」彼女がそう言って少尉を見ると、彼は寝床のそばの壁にもたれ、片手にまだパンを持ったまま眠っていた。

真夜中には全員が落ち着き、眠っていたが、なかには悪夢にうなされ、叫び声をあげる者もいた。ナナは耳に綿をつめ、地下室に逃げこみたいのを我慢して、キッチンで明日の朝食の準備をしながら、落ち着いて昼のメニューを祖母と相談した。

「こうなると、ワージー艦長の収入がありがたいね」祖母は混ぜたお粥《かゆ》の材料を鍋に入れながら言った。「マルベリー亭は、いちばん繁盛していたときだって、ふた塊のパンとひと握りの魚だけで五千人を養えたかどうかあやしいものだよ」

そしていまはそのころから比べるとどん底に近いのだ。午前三時に、艦長のひとりが階下にあるナナの部屋を訪れ、死にかけている中尉のそばに座ってやってくれ、と頼んだ。ナナは恐怖にかられながらも、彼にしたがって階段を上がり、オリヴァーと結婚した日の夜に使った部屋に入った。そこでは、凍傷で顔が腫れあがった若い兵士が、母親に会いたがっていた。

「彼の手を握ってくれるだけでいいんだ」艦長はそう言った。ナナはその若者が死ぬまで、彼を抱きしめていた。

そういう日が三日も続くと、ナナは兵士たちと同じくらい疲れはてていた。四日目には、ほとんどが自分たちの所属する部隊に向けて旅立っていったが、海峡には新しい軍艦が入り、入れ替わりにほかの兵士たちが運ばれてきた。大急ぎで港に足を運んだピートの話では、組合会館とあちこちの教会も兵士たちでいっぱいだという。海軍はハモーズに停泊している帆のない船にも彼らを収容しようとしたのだが、陸軍の兵士たちは比較的静かな波でも船酔いになり、この試みは成功しなかった。収容先が見つからずに、一月の寒風のなか、波止場のキャンバス地のテントの下に横たえられる者もいるという。

海軍省から戻ったデニソン艦長は、これからスペインに向かう、とナナに告げるためにマルベリー亭に立ち寄ってくれた。「彼もまもなく来るはずだよ、ワージー夫人」食べるのに時間のかかる肉とチーズを断り、あわただしくスープをのんだあと、デニソンは言った。「だが、心配はいらないとも。オリヴァーにもしものことがあれば、あなたのことはわたしが面倒を見る！」この軽口にナナが微笑《ほほえ》むと、彼は笑った。「この一週間は、笑みを浮かべるどころではなかっただろうね」

デニソンの言うとおりだった。彼は自分をスループ艦へと運ぶために、マルベリー亭の前で待っている馬車に目をやった。「最近では、あれが第二のわが家だ」彼は嘆かわしげにつぶやいて、またしてもナナを笑わせた。「元気を出しなさい。いま運ばれている兵士たちは、撤退のしんがりを務めた連中です。オリヴァーのあの気性だ。タイアレス号も最後にコルーニャ沖を離れたに違いない」

これもデニソンの言うとおりだった。その日の午後三時ごろ、オリヴァーがマルベリー亭の前の階段を上がり、ナナの腕に飛びこんできた。馬車が走り去ってくれることを願いながら、ナナはその後ろに目をやった。が、馬車は彼を待っていた。オリヴァーは膝の力が抜けるようなキスをして、もう一度ひしと抱きしめると、ひと言も口にせずに、きびすを返して待っている馬車に乗りこんだ。

オリヴァーはこれまで見たいつよりも疲れはてて五日後の夜遅く戻った。ナナは彼を抱きしめ、キッチンへともなったが、彼は食べ物はいらないと首を振った。

「動かないベッドに横になりたいだけだ」オリヴァーはそう言った。

ナナは自分の部屋に連れていき、服を脱ぐのを手伝った。

「ひどい臭いだろう?」オリヴァーは靴を脱がせているナナに言った。「すまないね。この三週間、一度も着替えていないんだ」

彼は横になったとたんに眠っていた。ナナはベッドに腰をおろし、無事に戻ってくれたことに感謝して、しばらく彼の寝顔を見守った。

ピートと祖母がキッチンで働きながら、声をひそめて話している。

「ささやく必要はないわ」ナナは言った。「火山でも噴火しないかぎり、いまのオリヴァーは目を覚まさないわよ。体の芯まで疲れきってるの」

「ぐっすり眠れば回復するさ」祖母はナナの肩に手を置いた。「おまえもだよ。あたしらはできるかぎりのことをした。おまえもおやすみ、ナナ」

ナナはおとなしくしたがい、ベッドのそばに服を脱いで、狭いベッドに横になると、夫を抱きしめられる幸せを感じながら背中にぴたりと寄り添った。彼は夜が明ける前にがばっと飛び起きたものの、ナナがなだめるとつぶやきもせずにふたたび眠った。

その一時間後、ナナはオリヴァーの泣き声に起こされた。オリヴァーは肩を震わせ泣いている。こういうときはどうすればいいの？　ナナは途方に暮れながらも、胸が張り裂けるような声で泣くオリヴァーの体を片方の腕と脚で体を包みこんだ。

「なにがあったのか教えて」ようやくオリヴァーの涙が止まると、ナナはささやいた。

オリヴァーは駄々をこねる二歳の子どものように激しく首を振った。「きみまで悲しませたくない」

「なんですって？」

「聞こえたはずだぞ」

彼はキャットウォーターを渡る風のように冷たい声で言うと、ふたたび泣きはじめた。

ナナは腹が立った。そうとも、生まれてからこれまで、こんなに腹が立ったのは、父親に誰かの愛人になれと言われたときぐらいだ。ラトリフ子爵は、ナナに嫌悪されても仕方のない男だった。ナナはオリヴァーの肩を引っ張ったが、彼は振り向こうとしない。

ナナはベッドの反対側に行き、そこにひざまずいて、愛《いと》しい顔を両手ではさんだ。「ワージー艦長、よく聞いて」彼女は命じた。「あなたはマルベリー亭に来たとき、あんなに具合が悪かったのに、わたしの重荷をすべて自分の肩に負いはじめたわ。わたしを愛しているとも言ってくれた。だったら、それを証明して！　あなたの重荷を妻のわたしに分けてちょうだい」ナナはそう言ってふたたび彼をゆさぶった。「いまは最悪の事態だということはわかっているけど、もっとひどいことが起こったのね？　そうなんでしょう？　いますぐ話して」

さもなければどうするの？　ナナは惨めな気持ちで思った。彼をぶつ？　別れる？　もう愛さない？

「オリヴァー、艦長なんて呼ぶ気はなかったの」ナナはシーツで彼の涙を拭きながら言った。「ひどい呼び方をしたわ」

オリヴァーは目を開け、どうにかかすかな笑みを浮かべた。「ああ、ほんとだ」

ナナは気が遠くなるほどの安堵《あんど》を感じながら、彼の首に腕を巻きつけ、唇に、ほおに、額にキスをした。

オリヴァーは長いことなにも言わなかった。「ほんとにいいのかい、ナナ？」

「もちろんよ。牧師は、結婚は〝たがいに親しみ、助け、慰めあう〟ものだと言ったわ」自分の耳にさえ、くだらないおしゃべりに聞こえたが、少なくともオリヴァーは耳を傾けていた。「わたしはただの女よ、戦争のことはよくわからないし、怖がりだわ。でも、あなたの話を聞くことはできる。オリヴァー・ワージー、あなたがひとりで泣くなんて、許さないわ。二度とわたしをのけ者にしないで！」

こんなに一生懸命訴えるのは初めてだった。オリヴァーのことは自分自身よりも愛している。その最愛の夫を傷つけるようなことは決してしたくないのに、気がつくとナナは、まるでくってかかるような調子で話していることに、ひどく惨めな気持ちになった。

でも、彼女の言ったことは正しかったに違いない。オリヴァーは狭いベッドの上で少しだけ体をずらし、「ぼくはひどいにおいがするぞ」と言いながら、ナナが入れるように上掛けを持ちあげた。

ナナは寝間着の裾をつかんでそこに滑りこみ、片脚を彼にかけ、ふたりの胸が触れあうまで体を寄せた。オリヴァーは何度か口を開いたが、言葉にならないようだった。彼は目を閉じ、気持ちが落ち着くまで何度か深呼吸するあいだ、ナナは彼の顔をなでつづけた。

「ミスター・プラウディが死んだんだ」

# 16

「ダーリン、なにがあったの？」

するとオリヴァーの口から言葉が転がりでてきた。ナナは途中で彼を落ち着かせなくてはならなかった。

「最後にコルーニャを離れたのは、われわれのフリゲート艦だった。撤退軍のしんがりを指揮していたベレスフォード少将もタイアレス号に乗りこんだ。われわれはあとに残った負傷者もすべて収容した」オリヴァーは誇らしげにそう言った。

ナナは額にキスした。「それを聞いても驚かないわ」

「ナナ、イギリス海峡はひどく荒れたんだ。タイアレス号のベテラン乗組員すら、船酔いになったくらいだ。そんなことはめったにないんだよ」彼は小鼻をひくつかせ、ナナのにおいを吸いこんだ。「きみはとてもいいにおいがする」

「もちろんよ。わたしはプリマスでのらくらしていただけですもの」

「ほかのみんなはそうは言わなかったぞ」オリヴァーはそう言ってから、海峡に話を戻した。「暗くなりはじめるころ、われわれは次から次へとスコールに見舞われ、装具が凍りはじめた」

彼は部屋を見まわした。

「もう出かけなくてはならない。もうすぐ……」

ナナは彼の唇に指を置いた。「まだよ。すっかり話して」

オリヴァーはおとなしくしたがった。「クリストファー・クエイルがメインマスト上部の横木にいた。ミスター・プラウディはおりてこいと叫んだんだが、クエイルは動くことができなかった」

「けがをしていたの？」

「いや、ただ怖かったんだ。立派な海の男にも起こることだ。船が縦揺れしているときはとくに。想像がつくだろう？」

ナナには想像がついた。大きく縦に揺れる船の高いマストの上のほうにいることを考えただけで心臓が止まりそうになる。

「ミスター・プラウディはクエイルを連れておりるために、ロープを持って段索を登りはじめた」

「どうするつもりだったの？」

「クエイルを背負って、おりるつもりだったんだ。ぼくも以前やったことがある。まだずっと若いころに、そうやっておろしてもらったこともあるよ。自分は船乗りだと自分自身に言い聞かせようとしているときは、ありがたくない出来事だな」

「その人はおりてくる勇気が出るまで、そこにしがみついていることはできなかったの?」

「ふつうはそうするんだよ。だが横木の上は寒すぎて、おりてこなければ、凍死していたに違いない。ぼくは艦長室にいたんだ。航海長のミスター・ブリトルからそれを聞くと、甲板に走りでて、ミスター・プラウディにおりろと叫んだ」

「どうして?」

「彼は登るのがうまくないんだ。立派な将校のなかにも、そういう男たちがいるのさ」オリヴァーはもう一方の手をナナにまわした。「ミスター・プラウディはそれまでぼくの命令に逆らったことはなかったが、このときは聞かなかった。ウィルのやつ! どうしてしたがわなかったんだ?」

プラウディ中尉の洗礼名を聞くのは初めてだった。ナナは目を閉じ、これからも自分の子どもと、少人数の使用人以外には、なにも命令せずにすむことをありがたいと思った。

「ウィルはもう少しでその横木に届きそうになったとき、足を滑らせた」オリヴァーは悪夢のようなこの事故をすっかり話してしまおうと、意地になっているような声で言った。

「悪いことに、彼は船大工の助手の上に落ちた。その男は即死だったよ。ウィルは一日半苦しみ抜いて死んだ。奥さんのサラの名前を呼びつづけて」オリヴァーのほおを涙が流れた。「何度も何度も！　そしてぼくはもしもあれが自分だったら、と思わずにはいられなかった。ナナ、ぼくらはなんてことをしたんだ？」

「恋に落ちて結婚したのよ。プラウディ夫妻と同じように」彼女は涙ぐんでつぶやいた。「たとえ海軍でも、それは止められないわ、オリヴァー。で、横木にいた人はどうなったの？」

「ぼくが背負っておろした」オリヴァーは言った。「裸足《はだし》で登ったんだよ。ウィルもせめて靴を脱ぐべきだったんだ！　裸足のほうが登りやすいこともあるんだ」オリヴァーはため息をついた。「しかもクエイルはまだぼくの背中で泣いているときに、ぼくは全員の前に立って、この事故でクエイルを責めるものは容赦しない、と言い渡さなくてはならなかった。ぼくがみずから二百回鞭《むち》で打ちすえる、と」彼はナナの肩に顔をうずめた。「ぼくはウィルが死ぬまでそばにいた。どんなに呼んでもサラが来ないせいで、打ちひしがれて死ぬまで」

ナナは言葉もなく力をこめて両手で彼の背中をさすった。ありがたいことに、オリヴァーはふたたび眠った。今度はその寝顔はさきほどよりも安らいでいた。

ナナは眠れなかった。サルが起きだし、そのあとすぐに祖母がキッチンを動きまわる音がした。だが、ふたりを手伝うために起きようとすると、抱いている彼の手に力がこもった。「どこへも行くな」これは懇願ではなく、命令だった。

「アイ、だんな様」ナナはつぶやいた。キッチンの仕事を手伝わなければ、と思っただけで、彼のそばを離れたいわけではない。祖母は孫娘の夫がいることを知っているらしく、起こしに来なかった。

ナナは夫を見守った。眠っているあいだも、新婚の妻のベッドのなかですら、艦長としての責任からは逃れられないかのように、ときどき彼の顔を険しい表情がよぎる。彼を愛し、彼のことを案じて、ナナはそっとうなじに手をまわし、親指で首筋をもんだ。そこはまたしても髪が長くなりはじめていた。

この仕草が彼を起こしたらしく、オリヴァーは影のような微笑を浮かべ、ナナのむきだしの腰を愛撫《あいぶ》しはじめた。

そしてあっというまにふたりは体を重ねていた。やさしい行為ではなく、絶望とせつなさと、鋭い苦悩の入り混じった営みだった。オリヴァーは大切な一等航海士を失った悲しみを忘れるために、ナナの体を利用しているのだ。

結婚したばかりとはいえ、ナナは彼が必要としているものを理解し、喜んで自分を捧《ささ》げた。重責を担うオリヴァーのために、妻としてできることはあまりにも少ない。彼女はほんの一カ月前には夢にも思わなかったほどの激しさで応じていた。

絶望にかられた行為のさなかにも、オリヴァーが妻の歓《よろこ》びをかき立てるのを忘れていないことに心を打たれ、そのためいっそう彼を愛《いと》しく思いながら、ナナは昇りつめた。オリヴァーのもらすしゃがれた声が快感の余韻に震える体を貫いた。愛の営みが憂いを忘れさせ、苦痛を取り除き、将来への希望を新たにするとしたら、これはまさにその役目を果たした。ふたりはペンキの剥げたみすぼらしい宿屋のキッチン横にある小部屋の狭いベッドの上で愛しあったのだった。そこを訪れるひと握りの人々に愛されている宿屋の裏手にある、狭いベッドで。

オリヴァーの愛撫のおかげで自分の体をよく知るようになったナナは、ふたりが満足したあとも、愛撫を続けてほしかったが、今度だけはそれをねだらなかった。彼はまだ疲れきっている。神のおぼしめしがあれば、愛しあう機会はほかにもある。もっとゆっくりと、落ち着いた環境で。

「ナナ、きみは特効薬だな」オリヴァーが、ナナの思いを言葉にした。「ぼくは最低の男かな?」

「いいえ。わたしが夕食を焦がすとか、子どもたちがちっとも言うことを聞かないとか、使用人にだまされて落ちこんでいるときは、あなたに奉仕してもらうわ」

オリヴァーは声をあげて笑った。「いいとも」彼はナナの臀部《でんぶ》をつねった。「うむ、なんと形のいい臀部だ」

「女性はみな同じよ」ナナは言った。

オリヴァーは起きあがった。ナナも起きあがると、彼はナナが赤くなり、体を覆おうとするのもかまわず、彼女を膝にのせた。

「おかしな人だな」オリヴァーはふたりの体にシーツをかけながら言った。「たったいま奔放に愛しあったというのに、裸でいるのが恥ずかしいのかい？」

「少しは気分がよくなった？」ナナはこれにはかまわずに尋ねた。

「よくなったとも」オリヴァーはそう答え、顔をくもらせた。「プラウディ夫人にお悔やみを言うために、ソールズベリーに立ち寄ったんだ」

「彼女は……」

「すでに知っていたか？　ああ。ヴァージル・デニソンが、先週ロンドンに行く途中でぼくの手紙を渡してくれたからね。ついでというわけではないが、ぼくはミスター・プラウディの報奨金をおろすのに必要な書類を届けた。そこに少し足してね。彼女が生活に困ることはないよ」

「ただ夫を亡くして寂しくなるだけね」ナナは頭に浮かんだ言葉をなにも考えずに口にした。

オリヴァーがたじろいで、謝ろうとするナナの口に人差し指をあてた。「それが海軍兵士の妻に起こりうる悲劇なんだよ、エレノア。プラウディ夫人は海軍をひどく恨んでいる」

「わたしが慰めに行くこともできるけど、歓迎されないと思うの」

「どうして？」

ナナはホーの丘でブリトル夫人とタイアレス号を見送ったとき、プラウディ夫人がふたりを避けていたことを話した。「宿屋の経営者の孫娘は、自分よりずっと地位の低い人間だと思っているのよ。あの人がわたしの出生の秘密を知らなくてよかったわ」

オリヴァーはナナをぎゅっと抱きしめた。

「あなたが同じような侮辱を味わわずにすめばいいんだけど」ナナは言った。「オリヴァー・ワージーの妻に相応《ふさわ》しくない女だと感じたくないわ」

「きみは、立派なワージーの妻だよ、ナナ」彼はナナをのせたままベッドに体を滑らせ、横になった。「お手柔らかに頼むよ、ぼくは弱りきっているんだからね、ワージー夫人」

ナナは心地のいい姿勢になり、彼がふたたび下で自分とひとつになったことに満足したが、こう言わずにはいられなかった。「これは新しい体位ね。リズムが変わるのかしら？むむ、どうやら同じみたい……」

「今度こそ本当に出かけなくてはならない」オリヴァーがそう言ったのがほんの数分後に思えた。

「その前にお風呂に入って」ナナも今度はぱっと起きあがった。「タイアレス号に戻るのはそれからよ」

「うむ」オリヴァーも立ちあがり、シャツとズボンを身に着けた。「きみが赤くならずにすむように、ピートとサルに頼んで洗い場にお湯を運んでもらうとしよう」彼は片手を取っ手にかけた。「だが、背中はきみに流してもらいたいな」

ナナはせっせとオリヴァーの背中をこすり、そこにキスして……オリヴァーにやめてくれないと困ったことになるぞ、と脅された。彼にからかわれているのはわかっていたが、オリヴァーの声に命令するような調子がかすかに戻っているのを聞きとり、彼の心はすでに自分自身の楽しみではなく、行く手に待つ出来事に向かっていることがわかった。

「海上の巡回に戻るの？」ナナは背中をお湯で流しながら尋ねた。

「それだけではないんだ。コルーニャの下の海岸にロヘリオ・ロドリゲスを上陸させる必要がある。彼もわれわれと一緒に来たんだよ。だが、内陸で情報を集めるために戻ってもらわねばならない」オリヴァーは指先でナナにお湯を飛ばした。「それから数週間後に落ちあって、それを回収する」

「海岸にはあなた自身が行かずに、ほかの人をやれないの？」

「残念だが、それはできないな。そんな危険な任務を、部下に与えられるものか」オリヴァーは言った。「やれやれ、いまの話はしたくなかったんだが。しかし、きみもぼくがおかす危険のことを少しは知っておく必要があるからね」

ナナの祖母があれこれ世話を焼くのを忍耐強く我慢し、喉と耳を覆うように小麦の湿布を受けとったあと、彼はマルベリー亭を立ち去った。

「この前も湿布を渡すつもりだったんだよ」祖母はまばたきして涙を払いながら、しゃがれた声でそう言った。

オリヴァーはそれをダッフルバッグにしまった。「温めるだけでいいんだね？」

祖母は横を向いて涙を拭いている。ナナは彼の腕を取り、廊下に出た。

「温めるだけでいいの。でも、あまり熱くしすぎるとタイアレス号の鼠《ねずみ》が大挙してあなたのところに押し寄せるわ」

「それはたいへんだ。メモしておくとしよう」ナナが表のドアを開けると、オリヴァーは肩に力を入れ、こう言った。「だが、ぼくがもたらした知らせよりもはるかにましだな」

彼はふたたびナナを抱きしめた。ナナは愛しい体を知らなかったころが信じられないほどすんなりと彼の腕のなかで溶けた。

「忘れるところだった」彼は髪に向かって言った。「航海長の話だと、ブリトル夫人がきみを待っているそうだ。そのうちトーキーを訪れ、きみの出自などまったく気にしないレディとお茶を飲むんだね。まあ、海峡艦隊のほとんどがそうだが」

「海峡艦隊の人たちがどうしてわたしのことを知っているの？」いつまでも彼に抱かれていたくて、ナナは話しつづけた。

「艦隊では驚くほど速く噂《うわさ》が広まるんだよ、ナナ。われわれが使う信号旗は、任務とは関係のない情報を伝えるのにも活躍するのさ」オリヴァーは咳払《せきばら》いをして続けた。「どうやらきみがオリヴァー・ワージーを祭壇の前まで引きずっていけるかどうかに関して、賭けが行われていたらしい。かなりの額が動いたようだ」

ナナはマルベリー亭の〝事件〟も思いだし、門へ向かいながらそれを報告した。「わたしも言い忘れたことがあったわ。ミスター・ルフェーブルが消えてしまったの。ピートが言うには、インドへ行く商船に無理やり乗せられたらしいわ」

「それは驚いた」オリヴァーはナナの報告をこのひと言であっさり片づけ、投げキスをして、港への道を歩きだした。

オリヴァーが出発してから一週間が過ぎた。彼からの手紙を待つにはまだ早すぎることはわかっていた。タイアレス号がフェロールに着くのに、通常は五日かかるのだ。帰りも同じか、風向きによってはもう少しかかる。それでも、デニソン艦長が手紙を届けてくれるのをナナは待ちつづけた。あの艦長はいつもオリヴァーと入れ違いに戻ってくるように見える。

超自然の速さで手紙が届くように願うほかにも、ナナは相変わらずピートにオリヴァーに関する知らせをせがんでいた。

「噂じゃ、政府はいつ、スペインのどこに軍隊を送るか、決めかねてるらしい」ピートは言った。「アーサー・ウェルズリー卿《きょう》が司令官を務める、って話だ」

「誰なの？」

「セポイで将軍として采配をふるった男だ。最近インドから戻ったんだよ」ピートは肩をすくめた。「彼なら勝てるかもしれねえな」

ええ、そう願いたいわ。手紙が届くのをただ待っているのがいやで、ナナは祖母と相談し、春になったらマルベリー亭にペンキを塗り、客室を改装する計画を立てはじめた。まもなく彼女には、マルベリー亭の改装以外にも考えることができた。その件はブリトル夫人を訪ねたときに話しあうことができるかもしれない。祖母に訊《き》くのはなんだか恥ずかしかった。

初めてそれに気づいたのは、オリヴァーが海に戻った十日後だった。しつこい頭痛が続き、続いて胸がとても敏感になった。しかもどう見ても大きくなったようだ。もっともこれは、栄養のあるものをしっかり食べているからかもしれない。少し食事を控えたほうがいいかしら。ブリトル夫人の家に出かける日の朝、支度をしながらそう思った。オリヴァーは彼女をふっくらさせたがっているが、鯨のようになっても喜ぶとは思えない。お粥《かゆ》に入れるクリームの量を減らすべきだろうか？

ちょうどトーキーのブリトル夫人を訪ねる約束がしてあってよかった。あの人は経験者だもの。いろいろ教えてもらうとしよう。

ブリトル夫人は港に停泊している船が波に揺られているトー湾を見下ろすこぢんまりした家に住んでいた。

「ときどき、プリマスではなく、ここに入港することもあるのよ」夫人は堅苦しい挨拶を抜きにして、ナナを抱きしめながら言った。「風向きによってはね。ええ、いつもそれが重要なの。風の向きが」

ほっぺたが落ちるほどおいしい生姜《しょうが》入りケーキを勧めながら、ブリトル夫人は艦隊に関して自分が知っていることをナナに話してくれた。そのほとんどは、ポーツマスに住む長女から仕入れたものだという。「あの子の夫は、ダンと同じ航海長なのよ。結婚して四年になるわ。長男は海軍の外科医で、いまは西インド諸島で熱病の治療にあたってるの」夫人はそう言った。

「下のふたりはそのへんにいるはずよ」夫人はお代わりをどうぞ、と皿を差しだしながら言った。

ナナは首を振った。「ワージー艦長が望んでいる以上に肉がつきはじめたみたい」ナナはこの無害な会話から、自分の体のなかで起こっていることへどうやって話を移そうかと考え、結局、ざっくばらんに訊くのがいちばんだ、と結論を下した。何年もミス・ピムの女学校で洗練されたレディになるよう学んだとはいえ、しょせん宿屋の孫娘なのだ。そうは言っても、ブリトル夫人をまともに見るのは恥ずかしくて、ナナは目をそらしながら自分の症状を話し、こう言ってしめくくった。「艦隊やタイアレス号の乗組員のあいだで流行《はや》っている悪性の病気じゃないといいけど」

ブリトル夫人は微笑《ほほえ》んだ。「ええと、艦長が入港してから、だいたい二週間になるのかしら?」

「ええ、だいたい」

「だったら、悪性の病気を心配する必要はないわ」夫人は少し身を乗りだし、部屋を見まわして、子どもたちが部屋にいないのを確かめた。「吐き気はある?」

ナナは首を振った。

「今月の〝お友だち〟は、遅れてやしない?」

ナナはまた首を振った。「いいえ。じつは二、三日後に始まる予定なの。ひょっとして……」

「ええ、ひょっとしたようね。つまり、艦長が……港でしか手に入らない〝おやつ〟を堪能したとすれば、だけど」

たしかに彼はそうしたわ、ナナは思った。何度も。実際、臀部にマットレスの跡がついていないのが不思議なくらい。そう思ったとたん、笑いがこみあげ、ブリトル夫人をまっすぐに見て言った。

「お祖母ちゃんから水兵のことはさんざん聞かされていたのに」

「聞く耳持たなかったのね！」ブリトル夫人はからかった。彼女は生姜入りケーキを差しだし、ナナはもうひと切れ取った。「じつはわたしも聞く耳を持たなかったのよ、ディア。善意の忠告を無視したのは、あなただけじゃないってわけ」

バンシーのようにうなる風がトー湾に白波を立て、二月のみぞれ雨が外壁を横殴りに叩《たた》いていたが、心地よい家のなかでふたりは声を揃《そろ》えて笑った。

その夜はブリトル家に泊まり、翌朝すっかり元気になってナナはブリトル夫人に別れを告げた。トーキーを出て二キロも行かぬうちに、御者に馬車を止めてくれと頼まなくてはならなかった。ナナは急いで馬車をおり、道路の端に朝食のお粥と卵とトーストとブラック・プディングをすっかり吐いてしまった。

ナナは心配する御者に、何分かすれば元気になると請けあった。数分どころか二、三カ月はよくなりそうもないわ、御者がフラスクから注《つ》いでくれた水で薄めたワインを受けとりながら、そう思った。それを見ただけで、吐き気がこみあげ、あわてて御者に返してから、また少し吐いた。

けれどまもなく元気を取り戻し、御者に手を取られて馬車に乗りこんだ。そして背もたれに寄りかかり、そっとお腹《なか》に手を置いた。このあとどんな経過をたどるのか、まったくわからない。またすぐにブリトル家を訪れることになりそうだわ。ナナはそう思った。お腹が大きくなるまでには、まだ何カ月かかかるだろうが、もうひとりではないのだ。

ナナは愛しそうにお腹を叩き、ささやいた。「赤ちゃん、次の手紙には、あなたのお父さんが喜びそうな報告ができるわね。あまり驚くとは思えないけど」

# 17

ナナは誰にもなにも言わなかった。いつもは決まって予定した日に来る月のものが数日遅れたときですら、打ち明けなかった。突然、それよりもはるかに大きな心配事が生じたのだ。

その週の終わりには、スループ艦が港に入ったが、デニソン艦長の艦ではなかった。ひどく損傷を受けたフリゲート艦もキャットウォーターに錨《いかり》をおろした。いつものように情報を集めて港から戻ったピートに座れと言われたとたん、悪い知らせだとわかった。

「なにがあったの、ピート?」

ピートは唇をぎゅっと結んだ。祖母がキッチンに入ってきて、すぐ横に座り、ナナの手を握った。それでも、ピートがすぐに自分の目を見て、オリヴァーが行方不明になったと告げたときには、体中の血が凍るようなショックを受けた。

「コルーニャの南にある海岸で起きたらしい」

「オリヴァーはスペインの状況を探るために、スペイン人をそのあたりで降ろすと言っていたわ」ナナはどうにか話せるようになるとそう言い、冷静な声に自分でも驚いた。「あとでまたそのスペイン人と落ちあい、情報を仕入れることになっている、と」

ピートはうなずいた。彼の顔に安堵《あんど》が浮かぶのを見て、ナナの血管に血が通いはじめた。

「だとすれば、フランス軍に捕まったのかもしれんな」

じっと見つめるピートの視線に耐えられず、ナナは目を閉じた。「どうすればいいの？」

祖母がナナの肩をつかんだ。「待つんだよ」

彼らは待った。ナナはオリヴァーのことが心配で気もそぞろのときに、赤ん坊のことを話す気にはなれなかった。少し顔色が悪くても、祖母はひどい知らせのせいだと思ってくれるだろう。ナナは朝早く目を覚まし、部屋で吐いて、誰も起きないうちに始末した。この時間なら泣くこともできる。

お腹《なか》のなかの赤ん坊が、思いがけない慰めを与えてくれた。「まだ最悪の事態を考えるのはよしましょうね」ナナはお腹の子にそう語りかけた。「あなたのお父さんは、きっとそんなことを望まないわ。お願いだから、早く大きくなって。いまよりもっとおたがいが必要になるときが来るかもしれないのよ」

ナナは気がつくとマルベリー亭の前の道に目をやり、馬車の音に耳を澄ましていた。デニソン艦長が立ち寄ってくれるのではないか？　彼なら、ほかの誰も知らない情報をつかんでいるに違いない。そう信じる根拠はなにもなかったが、ナナは信じた。デニソン艦長なら、わたしを宙ぶらりんな気持ちにしてはおかない。

ナナの直観は当たっていた。ある朝、ヴァージル・デニソンはいきなり戸口に姿を現した。ちょうど鳥肉屋が二羽の丸々と太った雌鶏《めんどり》と卵を二ダース置いていったあとに。

彼の顔を見たとたん、ナナは安堵のあまり気が遠くなりかけた。デニソンは、サルが運びこんだかごのなかの卵を目で追っている。

「お祖母ちゃん、デニソン艦長のために、卵を半ダースばかり使ってスクランブルエッグを作ってくれる？　それとベーコンを」

「あたしも話が聞けるように、ここに座って話してくれたらね、艦長」祖母はデニソンがうなずくのを確かめ、ベーコンを厚く切って、すでに火にかかっていたフライパンに入れた。

デニソンが外套《がいとう》も脱がずに座るのを見て、ナナはおずおずとくつろいでくれと勧めた。外に目をやらなくても、馬車が待っているのはわかっている。

「サル、お粥《かゆ》とトーストを御者に持っていってくれる？」ナナは決まりきった会話で心を落ち着けようとしながら頼んだ。「お茶にお砂糖とミルクを入れるかどうかも訊《き》いてきてね」

それからデニソンに顔を向け、こみあげる涙を抑えようともせずに彼を見つめた。「なんでもいいから教えてください。たとえ悪い知らせでも……」

デニソンはナプキンでナナの涙を拭いた。「ワージー夫人、最悪の事態はまぬがれたんだ」

「いますぐ教えて。彼が任務でその海岸にいたことは知っているの」

デニソンはごくごく水を飲んで水差しをからにしたあと、ようやく口を開いた。「彼は雑用船でコルーニャの下にある海岸に戻った。コルクビョンという漁村の近くだ。どうやらフランス軍が待ち構えていたらしい。水兵たちの話では、応戦中、ひとりが殺されたそうだ。オリヴァーが会うことになっていたスペイン人も殺された」

「でも、オリヴァーは助かったの？」

「ああ」自分の前にベーコン・エッグが置かれると、デニソンはナナの祖母を見上げた。「ありがたい。とてもうまそうだ」

「続きを話しとくれ」祖母は彼を促した。

デニソンはベーコンと卵を口に入れながら話した。「フランス人はオリヴァーたちを捕らえ、コルクビョンにある駐屯地へ連れていくと、一週間監禁した。それからそこの指揮官は水兵たちを釈放し、スールト元帥からジョージ王に宛てた手紙とともに、雑用船でタイアレス号に返した」

「でも、オリヴァーは返してもらえなかった」

デニソンはうなずいた。「わたしはその手紙をアガメムノン号にいるワートン提督に届けた。ありがたいことに、ワートン卿《きょう》はわたしの前でその手紙を読んでくれた」彼はフォークを動かした。「これから話すことは、決して誰にも言わないでもらいたい」

「もちろんですわ」ナナは答えた。

「スールトは、きみのご主人を、一年前にベナペンテで捕虜になったフランス軍の将軍と交換したがっている。彼と二万ポンドの身代金とね」

ナナは金額の大きさに息を呑《の》んだ。「ホワイトホールは、オリヴァーを取り戻すのにそんな大金を払ってくれるかしら?」

「わたしにはなんとも言えないな」デニソンは正直に答えた。「政府は強制に屈するのをいやがる。したがって、こういう交換はめったに行われない。ワートン卿は、きみのご主人の臨機の才を大いに買っている。したがって、フランス軍の要請をのむべきだと考えている。わたしはワートン卿のその手紙も言付かっているんだ。海岸で行われた戦闘は、あっというまに決着がついたが、タイアレス号に戻った水兵たちは、ロドリゲスが海岸で死ぬ前に、オリヴァーは重要な情報を彼から聞きだしたと考えている」デニソンは身を乗りだした。「これはここだけの話だが、わが国がイベリア半島に今後も兵士を投入するかどうかは、その情報にかかっている可能性が高い。したがって、敵の交渉に応じるかどうかは、陸軍総司令部の判断にかかってくる」

ナナは椅子の背に背を戻し、デニソンが朝食をとるのを見守った。彼はまたしても水をごくごく飲んだあと、表に待っている馬車へと戻った。ナナは腰にまわされた彼の腕に支えられるようにして、そこまで一緒に歩いた。

「わたしにできることがあるかしら?」彼女は馬車に乗りこもうとしているデニソンに尋ねた。

彼は首を振った。「心配するなとは言わんよ。オリヴァーはコルーニャの南にある元修道院、ラ・エストレージャ・デル・マールに囚《とら》われている。そこには、一カ月前に逃げそこねた陸軍の兵士も集められている。われわれにわかっているのはそれくらいだ。しかし、オリヴァーに臨機の才があることはきみも知っているはずだぞ」デニソンはそう言ってにやっと笑った。「それにオリヴァーは無事にきみのもとに帰りたい理由が山ほどある。きみはあの男の人生で起こったすばらしい奇跡だからね」

ナナがほおを染めるのを見るまもなく、デニソンは立ち去った。ナナは門のところに立って馬車を見送り、やがて姿が見えなくなると、港の船に目をやった。そしてほとんど無意識に遠いスペインの方角に顔を向け、考えこみながら長いことそこに立ち尽くしていた。

マルベリー亭に戻ったときには、心が決まっていた。ピートと祖母はまだキッチンにいた。ナナは背中で手を組み、それが震えているのを隠した。「明日ロンドンへ行くわ」彼女は愛するふたりの顔を見ずにそう言った。「父のラトリフ卿と会うつもりよ。それに、ゴールドフィンチ号がプリマスを出るときには、わたしも一緒に行くわ。ありがたいことに、オリヴァーのおかげで、父がワートン提督の提案に同意する気になるだけのお金はある。あの人にはお金がすべてだもの」ナナは片手を上げ、なにか言おうと口を開けたピートを止めた。「思いとどまらせようとしても無駄よ」

ナナには考えを変える時間はたっぷりあったが、ピートの猛烈な反対と、祖母の涙にも、彼女の決心は変わらなかった。ピートはスループ艦に女を乗せるわけがない、百歩譲って乗せてもらえたとしても、ナナになにができるとくってかかった。だが、むしろ、時間の経過とともに最初の決意はますます固くなるばかりだった。

「わたしは必ずゴールドフィンチ号に乗るわ」ナナは落ち着き払って言い返した。

そして旅の支度を始め、ピートが馬車の手配を頑固に拒むと、自分で港へ出かけて、あちこちに尋ねて、自分で手配した。ついでに夫の事務弁護士のオフィスに立ち寄り、必要とあれば父親のラトリフ子爵との交渉に使うのに十分な銀行手形を用意してもらった。父を動かすにはなにが必要か、はっきりとわかっていた。

「途中で止まるのは、馬の交換と食事のときだけよ」彼女は翌朝早く御者にそう言って、怖い顔で抗議の言葉を抑えこんだ。愛するオリヴァーにできることなら、彼女にもできるはずだ。そして意外にも昨日からほとんど反対しようとしない祖母を抱きしめ、ほおにキスすると、御者の手を借りて馬車に乗りこんだ。出発の前にピートにも別れを告げたいと願っていたのだが、彼は顔を見せようとしない。あの老人がそこまで反対していることを思うと、胸が痛んだ。「でも、仕方がないことね」

そうつぶやいたとき、古い海軍の袋を肩にかけたピートが前庭に出てきた。

「待って」ナナは御者に声をかけた。「もう一度ステップをおろしてちょうだい」

海の男特有の歩き方で近づいてくるピートを見て、彼が我慢している関節炎の痛みを思い、ナナは涙ぐんだ。ピートの愛情の深さが身に染みる。ロンドンでなにが起こるか、まったくわからないのだ。ピートがそばにいてくれるだけで、どれほど心強いことか。

「ロンドンにはもう何年も行ってねえからな。ここらへんで訪れてみるのもよかろうよ」

ピートはぼそりとそう言っただけだった。

ナナはなにも言わずにうなずいた。

プリマスを発《た》って四十時間後、ナナは疲れはててロンドンに到着した。そして、ほとんど港に戻らず海上に留《とど》まっているだけでなく、情報や指示を携えてロンドンを往復する男たちの苦労に、これまでより深い感謝をおぼえながら、まっすぐに海軍省へ向かった。

ひとつにはデニソンが親切な紹介状を書いてくれたおかげで、またひとつには父のラトリフ子爵がオリヴァー・ワージー艦長夫人とは誰なのか、好奇心から会う気になってくれたおかげで、海軍の高官たちに会うのは思いのほか簡単だった。

ナナを見たラトリフ卿は驚きを浮かべたものの、巧みにそれを隠した。彼女の父は、五年前ナナがもっとも高い値をつけた相手に売りつけられそうになって、ロンドンの彼の自宅から逃げだしたときから、ほとんど変わっていなかった。顔のまわりに少し肉がついてはいるが、それはほかの高官たちも同じだ。実際に海に出て祖国を守る男たちの細い体と、常に腹をすかせているような鋭いまなざしに慣れているナナは、彼らのたるんだ肉と二重あごに、初めのうちは違和感をおぼえた。父のような男には、ナポレオンから祖国を守るために飢えや渇きをしのび、たえず神経を張りつめ、命がけで働いている男たちの耐乏生活は想像もつかないに違いない。

それはともかく、父と取り引きすることにどれほど嫌悪を感じるとしても、ここに来た目的を果たしてみせる。ナナは決意を新たにした。

「ワージー艦長の妻です、ラトリフ卿」ナナは堅苦しく名乗った。彼女とピートを案内してきた門番は、まだ戸口に立っている。その前でラトリフが自分の父親であることを認めるつもりはなかった。

ラトリフ卿は門番をさがらせた。そしてドアが閉まるのを待ってテーブルをまわってきた。ナナは彼から離れ、椅子のひとつに腰をおろした。

「ラトリフ卿、なにが起こっているか教えてくださるようお願いします」

父は拒否することもできたが、しなかった。ちらっとピートを見ると、老水兵の顔は誇りに輝いている。その理由はすぐに察しがついた。ナナがこの場の実権を握っているからだ。

「どうかお願いします」ナナは落ち着いた声で促した。

ラトリフ卿は娘を見据えたまま、ふたたび腰をおろした。彼はナナがデニソン艦長からすでに聞いている情報の大部分を口にした。ナナは苛々《いらいら》してそんなことはわかっていると叫びたかったが、それではデニソンの首が飛ぶことになる。

適切な驚きと狼狽《ろうばい》を示したあと、ナナはしばらく間をおいてから尋ねた。「政府は身代金を払うでしょうか？」

ラトリフ卿はナナから目をそらした。「問題は金額だな。スールトは三万ポンド要求している。その金とわれわれが捕虜にしたフランスの将校を引き渡せ、と。この戦争でわが国の財政状態がきわめて悪化していることは言うまでもないと思うが」

デニソンの話では、スールトが要求しているのは二万ポンドだ。お父さま、あなたはどこまで強欲な人なの。ナナはうんざりしてそう思った。オリヴァーがどれほど金持ちか知っているから、わたしから余分に引きだし、上前をはねるつもりなのね。いいでしょう、これは五年前、借金の肩代わりになるのを拒んであなたを失望させた償いだと思うことにするわ。

ナナは財布を手に取った。「ここに一万ポンドの銀行手形があります。ワージー艦長が無事に祖国に戻れるように、これを使ってくれとスペンサー・パーシヴァル卿やほかの方々に伝えてください」

欲深い父のことだ。この一万ポンドはまっすぐ自分の懐に入れてしまうに違いない。オリヴァーを取り戻すためなら、その十倍でも黙って払うつもりだが、父がそれを知る必要はない。

「誰がフランス側に交渉することになるんですか？」

「わたしだ。わたしが身代金とジョージ国王からの親書を携えていくことになる。スールトの手紙は国王宛だからな」

父がためらうのを見て、ナナの頭のなかでかすかな警報が鳴りはじめた。彼女は突然不安にかられ、恐ろしい邪悪から守るように、無意識にお腹に手をやっていた。

ラトリフ卿は続けた。「ワージー艦長は釈放されるだろう。そして彼がこの国に戻るのを見極めたあと、わたしがフランスの将軍をスペインへ連れていく」

「最初にお金とオリヴァーを交換するときは、わたしも同行します」ナナは静かな声できっぱりとそう言った。

すると父は大きくうなずいて、ナナを驚かせた。まるでこの新しい展開をすぐさま予定に組みこんだかのように。「ああ、それがいいな、エレノア。おまえにはその資格がある」

父が微笑《ほほえ》むのを見て、ナナは背筋が震えた。「実際、わたしが若いワージー艦長夫人とともに修道院に到着すれば、フランス軍もわれわれが真剣だという確信が持てるだろう。いい思いつきだぞ、エレノア」

頭のなかの警報がさきほどより大きくなったが、ナナはそれを無視した。「夫を助けるためなら、なんでもしますわ」

「では、われわれは同意に達したわけだな」ラトリフ卿はようやく彼女の顔に目を戻し、まるで悪だくみを見抜かれるのを恐れるように、すぐにまた目をそらした。

ラトリフ卿は立ちあがった。

「五日後にプリマスからゴールドフィンチ号で出発する。デニソン艦長がわれわれをコルーニャ沖にいるタイアレス号まで送ってくれる予定だ」

「承知しました、ラトリフ卿」ナナも立ちあがり、銀行手形を父に渡した。父が頭をさげ、彼女もお辞儀をした。

「エレノア、わたしが父親だということは誰にも話していないだろうな?」父はピートと連れ立ってドアへと向かうナナに尋ねた。

「もちろんですわ」ナナは苦い気持ちで答えた。「これからも話すつもりはありません」

「それはありがたい」

「わたしも同じ気持ちですわ」ナナは父の無慈悲な言葉を跳ね返すようにそう言った。

プリマスへ戻る道中で、ピートはしつこいくらいにナナを説得し、スペインに行くことを思いとどまらせようとした。「あんたの親父《おやじ》は信用ならねえが、金とワージー艦長を交換するぐらいはできるさ。あんたがその場にいる必要はねえ」

　さきほど父の言葉を聞きながら感じた恐れをうまく説明することはできなかったが、ナナは頑なに言い張った。「わたしはこの交換を自分の目で見る必要があるのよ、ピート」

　するとピートが、まるで父親のような目で彼女を見た。突然、ナナは彼が知っていることに気づいた。「わかってるだろ、あんたに行ってもらいたくねえ理由はもうひとつある……」

「お祖母ちゃんも知っているの？」ナナはささやくように尋ねた。

　ピートは首を振り、にやっと笑った。「わしもこの急ぎ旅で気づいたくらいさ。あんたがいつも吐き気をこらえてるのを見てな。あんたがそれを自覚してるかどうか知らんが、外見も少しばかり変わったよ。惨めな状況だってのに、肌にはつやがあるし、血色も申し分ねえ」

「ブリトル家から戻ったあと、話すつもりだったの。その矢先にこんなひどいことになってしまったものだから……。お祖母ちゃんには言わないでね」ナナは懇願した。

「そういつまでも、隠しておけるこっちゃねえぞ、ナナ」ピートのからかうような口調に、ナナはほっと胸をなでおろした。祖母に告げ口する気はなさそうだ。

「ほんの少しのあいだよ、ピート。オリヴァーと一緒にスペインから戻ったら、ふたりで話すわ」ナナはため息をついた。「わたしがお母さんの二の舞になると思われたくないもの」

「いいかい、祖母さんはあんたのお母さんを愛していたんだ。あの人がレイチェルの話をするときの口調でわかるんだよ。レイチェルはあんたと同じように、やさしくて、おとなしい娘だった」今度はピートがため息をつく番だった。「ただ、間違った相手を愛しただけさ。あんたはその間違いをおかさなかった」

ナナはピートのほおにキスして、窓の外を通り過ぎる景色に目を戻した。ステーンズ、バグショット、ハートフォード・ブリッジ、ベイジングストーク、ホワイトチャーチ、彼らはロンドンからプリマスまでの長い街道の途中にある町を次々に通り過ぎた。

ゴールドフィンチ号でフェロールに配置されているタイアレス号へ行くまでには、さらに五日かかった。さいわい、誰にも気づかれずにつわりの時期は過ぎた。艦の全員にとってありがたいことに、ラトリフ卿はナナよりもひどい船酔いに苦しみ、ほとんど船室にこもりきりだった。

デニソン艦長が艦長室を子爵である自分ではなくナナに明け渡したことに腹を立て、ラトリフはゴールドフィンチ号のような小型艦が満たすことのできない特権を要求した。そして結局、この艦のひとりしかいない航海士の狭い船室を占領したため、航海士は航海長の船室にハンモックを吊《つ》るはめになった。風と海流がコルク栓でも運ぶようにゴールドフインチ号をプリマス海峡から大海原へと押しだすと、子爵はたちまち船酔いになり、四日ばかりは起きあがるのもままならぬほどだった。

「あんな状態でよく海軍の船に乗れたものね」ある日の午後、デニソンが部下に命じて甲板に運んでこさせたキャンバス地の椅子に腰をおろし、ナナはそうつぶやいた。

風は強いが、汚水溜《だ》めやタールや吐瀉物《としゃぶつ》の臭いに加え、めったに洗われない乗組員たちの体臭がこもっている甲板下よりは、まだここのほうが過ごしやすい。ナナはウールのスカーフをしっかりと巻きつけ、祖母の作った小麦の湿布で喉と耳を守り、船用外套を巻きつけて、一刻も早くスペインを見たいと思いながら遠くに目を凝らした。

デニソンはその椅子のすぐ横に立ち、たえず灰色の海と灰色の空が出会う水平線に目を走らせている。「ラトリフ卿が軍艦に乗ったのは、たいして長い期間じゃないんだろうよ」デニソンは注意深く言葉を選びながら答えた。

「わたしは彼のことをほとんど知らないの」

これは真実だから、ナナはまったく良心の呵責《かしゃく》を感じずにそう言うことができた。ラトリフは何年も学費を払ってくれたが、そのあいだナナに要求したのは年に一度、彼女の進歩を報告する手紙だけだった。それと、十二歳になったときからやはり年に一度、細密画を送ることだけだ。祖母は彼のことを一度も口にしたことがなかった。

「子爵の海軍でのキャリアは海で始まったが……」デニソンはナナのかたわらにしゃがみ

こんでそう言った。まったく艦長らしくない格好だが、自分の言葉が操舵手《そうだしゅ》に聞こえるのを警戒してのことだろう。「西インド諸島でスキャンダルがあったと聞いている。子爵と彼の乗った艦は、戦いの場から尻尾を巻いて逃げだしたらしい」

するとラトリフは臆病者なのね。少しも意外ではない。「そんなことがあっても、まだ海軍省で働けるの?」

デニソンは顔をしかめた。「働けるどころか、どうやら国王のお気に入りらしく、かなりの影響力を持っているよ。ラトリフ卿はオリヴァーとわたしの直接の上官なんだ。われわれが届けた情報はあの男が目を通し、マルグレイヴ卿へと送る。願わくばそのほとんどをね」

ナナは思わずデニソンを見つめ……彼におかしく思われないように、急いで海に目をやった。オリヴァーは父が直接の上官だなんて、一度も口にしなかった。

「オリヴァーは子爵を信頼していない」デニソンが言った。「この前マルグレイヴ卿に直接報告すべきだ、と警告されたよ」

そのあとデニソンは仕事に戻り、ナナは水平線を見つめつづけた。ラトリフ子爵が自分の父親であることを、誰も知らないのは本当にありがたいことだ。一万ポンドを平気で実の娘からだましとるだけではなく、戦いから逃げるような臆病者だとは。ラトリフはほかにどんな面を持っているのか?

その夜の食事の席で、ナナはそれを知ることになった。テーブルについた人々は、狭い食堂でいつもよりさらに窮屈な思いをすることになった。この夜はラトリフ卿がその席に加わることに決めたからだ。子爵はピート・カーターのような身分の低い男が同じテーブルについているのを見て不愉快そうに顔をゆがめたが、なにも言わなかった。

彼は船酔いだけでなく、自分の地位にはまるで相応《ふさわ》しくない船室を割り当てられた怒りからも立ち直ったようだった。皿に置かれた樽《たる》の牛肉と、固いパンにも文句を言わず、船に乗っていたころの思い出をなつかしそうに口にした。

「輝かしい経歴をお持ちなのでしょうな」デニソンは皮肉な言葉を口にした。

「ああ、そのとおりだ」ラトリフは鷹揚《おうよう》に答えた。

デニソンはナナをちらっと見て片目をつぶっただけで、ラトリフの言葉に異を唱えるようなことはしなかった。

少し間を置いて、デニソンが言った。「そしていま、われわれは真の英雄を囚われの身から解放するために、敵地へ赴こうとしているわけです」

「ああ、われわれはそうするとも」自分のことしか頭にないラトリフは、デニソンが昔のあまり芳しくないキャリアを皮肉ったことにも気づかなかったのか、それとも鷹揚に見過ごすことにしたのか、すんなりワージー艦長を敵の手から助けだす名誉に自分も含めた。

デニソンがうんざりした顔で皿の固い牛肉に目を戻した。ナナは自分がたったいま侮辱されたのか、称《たた》えられたのか判断しかねているらしい父をちらっと見た。

急いで父の気を散らしたほうがよさそうだ。そう思って口を開こうとしたが、デニソンの航海士が先を越した。

「ラトリフ卿、ワージー艦長と交換する敵の将軍は誰なんですか?」

「たいへんな大物だ。敵がワージー艦長に三万ポンドの金をつけろと言ってきたのは、そのためだろうな。オリヴァー・ワージーは結局のところ、一介の艦長にすぎんからね」

これはわたしに対するいやみね。でも、オリヴァーはホワイトホールが支払う金額の百倍は値打がある男よ。ナナはそう思った。

「われわれはシャルル・ルフェーブル=デヌエット将軍と彼を交換するのだ」

ナナは思わず息をのんだ。ピート・カーターがあわててテーブルの下で彼女の足を踏む。だが、すでに遅く、全員の目が彼女に注がれていた。

「彼を知っているのかね?」ラトリフ卿はありえないことだとわかっている目でナナを見た。

落ち着いて見えることを願いながら、ナナは父に目をやった。「まさか、ラトリフ卿、たったいま、鼠《ねずみ》が足の上を通り過ぎたんですわ」

テーブルのほかの男たちが笑った。「申し訳ない、ワージー夫人。スループ艦では鼠も狭いところに押しこめられているんだ。ラトリフ卿、その将軍のことを話してくれませんか？」デニソンがその場をとりつくろった。

ラトリフはみんなの注目を浴びて得意げに胸を張り、ルフェーブル＝デヌエットが一八〇八年にベナペンテで捕虜になったこと、現在はチェルトナムで保護観察下に置かれていることを話した。「ナポレオン皇帝が彼を取り戻したがるのは当然のことだろうな。そしてわれわれにはワージー艦長が得た情報を手に入れる必要がある。艦長が国に戻ったあと、わたしは休戦の旗のもとに、フランスに将軍を送り届けることになっているのだよ。それ以上は、ここでは言えんが」彼はもったいをつけるようにそう言って結んだ。

ナナは黙って食事をすませたが、適切な頃合いを見て席を立ち、ピートに問いただしたくてたまらなかった。甲板を一まわりしたいと言えば、誰も疑う者はいないはずだ。

待っていた時はまもなく訪れた。鐘の音がして、デニソンの航海士が狭いスペースでまるで操り人形のように足を持ちあげ、立ちあがった。「失礼。見張りを交代する時間です」彼はにこやかにそう言ってラトリフとナナに頭をさげた。

ほかの人々も、これをきっかけに立ちあがってテーブルを離れはじめた。ナナはピートを意味ありげににらみ、甲板に出た。

そして手すりのところで振り向き、黙ってしたがってきたピートと向かいあった。「ピート、いったいどういうことなの？」

ピートはまるでナナの攻撃を避けるかのように片手を上げた。「さっきの情報は、わしにも寝耳に水さ。イングランドにはいったい何人のルフェーブルがいるもんだか」

「わたしたちのミスター・ルフェーブルは、チェルトナムのルフェーブルに秘密の情報を渡していたのかしら?」ナナはその可能性を考え、こう叫んだ。「だから毎日出かけて、プリマスの港のあらゆるものをスケッチしていたのね!」

ナナはピートを見た。彼はナナと目を合わせるのを避けている。「知っていたんでしょう?」

ナナはしぶるピートから忍耐強く聞きだした。「あんたの艦長から言われるまでは、考えてもみなかったよ。それからふたりでルフェーブルには商船に乗ってもらい、インドへ行ってもらうことにしたんだ」

「わたしを信用してくれてもよかったのに」ナナはうらめしそうに言った。

「ナナ、あっというまのことだったんだ」

「でしょうね」ないがしろにされた自分のプライドをどうにかなだめ、こう言った。「オリヴァーが無事に戻ったら、たっぷり文句を言ってやるわ。それに、彼はどうしてラトリフを知っていることを、わたしには話そうとしなかったのかしら」

だが、彼が無事に戻ったら、小言どころか夢中でキスして抱きしめることになるだろう。その晩デニソン艦長の寝床で軽く揺れながらナナは思った。とにかく無事でいてくれれば、それでいい。ナナは毎晩眠る前にするようにお腹に手を置き、目を閉じた。

# 18

　翌朝、ゴールドフィンチ号は、主人を待つ子犬のように波に揺られているタイアレス号のすぐ横、コルーニャ沖で錨《いかり》をおろした。海は凪《な》いでいたが、デニソンは危険をおかすつもりはないらしく、部下に命じて甲板長の椅子をロープに取りつけさせた。「ラトリフ卿《きょう》が海に落ちたとしても、一向にかまわないね」デニソンはナナにそう言った。「だが、あんたのことは、足の先でも濡《ぬ》らそうものなら、オリヴァーに尻を……いや、耳を引っ張られるからな」彼はキャンバス地を張った椅子にナナを座らせると、ロープで体をそこに固定し、ナナのほおにキスした。「しっかりつかまるんだよ！」

　そして下を見ないで。乗組員のひとりがタイアレス号に固定したロープに吊《つ》られた椅子ごと自分を手すりの外で振りだすと、ナナは自分に言い聞かせた。まもなく彼女は卵を扱うようにそっとタイアレス号の甲板におろされた。ラムスール二等航海士が手を貸し、キャンバス地の椅子からおろしてくれた。それはナナの父とピートを運ぶため、揺れながらゴールドフィンチ号へと戻っていく。

ナナが手すりのところに行き、デニソン艦長に手を振ると、彼は笑って投げキスをしてきた。「彼は女好きね」ナナの言葉に、ラムスールが赤くなりながらにやっと笑う。

三人がすべて乗り移ると、ゴールドフィンチ号は安全なところまで離れたものの、見えるところに待機していた。

「デニソン艦長はワージー艦長が戻るのを見届けるつもりなんですよ」ラムスールはナナを甲板の下にある艦長室へと案内しながら言った。

艦長室が自分に割り当てられないと、ラトリフはまたしてもひとしきりわめきちらしたが、子爵の雑言に青ざめながらも、ラムスールはがんとして譲らなかった。「ラトリフ卿、この件はワージー艦長が戻ったら、艦長におっしゃってください」彼はきっぱりとそう言った。「ラトリフ卿は亡きミスター・プラウディの船室をお使いください。こちらです」

ピートはナナと残った。「わしはメイン・キャビンに寝床を作ってもらうよ」彼は遠ざかるラトリフの後ろ姿を見ながら言った。「あの男は信用できん」

ナナも異存はなかった。艦長室の外には水兵がひとり歩哨《ほしょう》に立っているが、ピートがそばにいてくれれば安心だ。ようやくタイアレス号に着いたいま、ナナは少し横になって、吐き気がおさまるのを待ちたかった。

夫がいつも使っている船室の扉はメイン・キャビンへと開く。そこは艦尾まで伸びる大きな部屋で、オリヴァーの海図室だけでなくトイレなど、日常生活に困らないだけのものが揃《そろ》っていた。

ナナはため息をついて、オリヴァーの寝台にもぐりこんだ。彼のにおいがする毛布で体を覆うと、涙がこみあげてきた。必死になればこらえることはできたかもしれない。だが、仰向けになって、梁《はり》に留められた二枚のスケッチが目に入ったとたん、涙があふれた。

「ああ、ダーリン」彼女はささやいた。組合会館の裏の絵は、自分がルフェーブルに頼んで描いてもらったものだ。でも、もう一枚はナナを驚かせた。あれはルフェーブルがサルを描いたときに、ついでに、と描いたものだ。オリヴァーはナナと知りあったあと、海に出る前にルフェーブルに頼んで譲ってもらったに違いない。

いまのナナは、オリヴァーが自分を愛していることはよくわかっていた。でも、二枚目のスケッチを手に入れたオリヴァーの気持ちを思うと涙がとまらなかった。彼は愛していることをはっきり自覚しないうちから、ナナの面影を心に抱いていたのだ。

「わたしはいつまでもあなたのものよ、ダーリン」ナナは泣きじゃくりながら寝返りを打ち、彼への愛がいっそう深まったのを感じた。ふたりの将来がどれほど短いものでも、ナナは常に彼のものだ。

すぐさまラトリフ卿と身代金を届ける支度にかかったラムスール少尉は、ナナが自分も一緒に行くと告げると驚いた。

この申し出には乗組員はもちろんのこと、ピートですらあわてて反対しようとした。が、ナナは彼を無視した。

「ラムスール少尉、どんなに説得されてもわたしの気は変わらないわ。口がくたびれてしびれてくるまで反対しても無駄よ」

ナナはきっぱりと言った。静かな声には自分でも驚くほどの決意がにじんでいた。やさしくて控えめで従順なナナではなかった。ここにいるのは、英国のもっともすぐれた艦長のひとりの妻として、艦長自身と同じように自分の要求を通さずにはおかない強い女、エレノア・マッシー・ワージーだ。

「だから黙ってしたがってちょうだい、ラムスール少尉」ナナはてこでも動かぬ覚悟でそう言った。

驚いたことに、父の子爵が味方についた。

「彼女も連れていこう」ラトリフは言った。「われわれは白旗を掲げていく。危険はないはずだ。敵の駐屯地にいる大佐だか誰だかは、身代金が届くのを首を長くして待っているに違いない。彼を苛立《いらだ》たせてもいいのかね？」

子爵にそう言われて、気の毒なラムスールは困りはてたようにナナを見た。艦長は妻を小船に乗せて敵地へ運んだことに腹を立てるだろうが、案外、妻の姿を見て喜ぶかもしれない。それに恐ろしい顔でにらんでいる海軍省の高官に真っ向から逆らうことはできない。

「わかりました」プラウディ亡きあと、事実上の一等航海士であるラムスールは、しぶしぶ承知し、手すり越しに漕《こ》ぎ手が乗りこんだ船を見下ろした。彼は甲板で身代金が入った箱を手すりへと持ちあげている男たちにうなずき、大声で叫んだ。「よし、急いでおろせ！」

箱が手すりを越え、下で待つ船の真ん中に置かれた。続いてピートがおり、ラムスールにまだどうやって鎖を伝い降りるか覚えていることを知らせた。

ラムスールは、甲板長に命じてナナを降ろす装置を取りつけさせると、スカートを縛るロープまで持ってきた。「下の連中に見せてやることはありませんからね」ナナがお礼を言うと、彼は小声で答えた。

「しっかりつかまってください」彼は耳もとで言った。「まっすぐ座っていれば、あとはロープがおろしてくれます」

ナナは深く息を吸いこんでこの忠告にしたがった。まず上に引っ張られて手すりを越え、それからゆっくりと注意深く下の船におろされた。下の男たちはまるで艦長夫人に毎日そうしているように、手を伸ばして彼女を受けとめ、手際よくロープを解いた。ナナはスカートのロープもほどき、ピートに手を引かれて船尾で落ち着くと、外套《がいとう》でしっかり体をくるんだ。

そして目を上げ、次にラトリフがおろされるのを待った。全員がタイアレス号を見上げて待ったが、なにも起こらなかった。まもなく「雑用船、行け！」と叫ぶ声が聞こえ、彼女はピートと顔を見あわせた。あれはラムスールの声ではない。

オールを手にした男たちも顔を見あわせ、それから指示を待つようにナナを見た。するとタイアレス号と小船をつないでいるロープが、船に落ちてきた。「海軍省の命令だ、行け！」さきほどの声がふたたび叫んだ。「したがわなければ、死を覚悟しろ！」

「なんてこった」ピートがつぶやいた。が、水兵たちはまだじっと座っている。「あれほど臆病者とはな。しかも、そいつを誰に知られてもかまわんらしい」

水兵たちは、まるでナナの言葉を待つように彼女を見ている。わたしは父のような臆病者でなくてよかったわ。ナナはそう思いながら背筋を伸ばして座り、タイアレス号の水兵たちに言った。「わたしのためにあなた方が軍法会議にかけられる危険はおかせないわ。彼の言うとおりにして」

船が軍艦から離れるのを見ながら、ナナは自分の言ったことが信じられなかった。「あんたはたいした人だ、ワージー夫人」舵柄《かじ》のところで甲板長の助手が、ピートににらまれながらつぶやく。

軍艦を十分離れると、水兵たちは帆を上げ、国旗の上に取りつけた白旗を掲げた。ナナはゆっくり呼吸しようと務めながら、つわりというより恐怖のせいでこみあげてきた吐き気と戦った。

タイアレス号を振り向くと、ラムスールが後甲板に立ち、双眼鏡を目にあてている。ナナが手を振ると、帽子を振り返してきた。ラトリフの姿はどこにも見えない。なんて臆病な男だろう。捕虜の交換は軍隊ではありきたりの任務に違いないのに、それを遂行する度胸すらないとは。戦争中の国が、約束をたがえ、これほど楽に手に入る二万ポンドをみすみす失う危険をおかすとは思えない。しかも騎兵隊を率いる将軍まで取り戻せるのだ。その将軍はおそらくは一族のルフェーブルが描いた、プリマス港のスケッチを持って戻るのだろう。帰ってきたら、思っていることをはっきり言ってやるわ。

「やれやれ」小船のなかで思わずそうつぶやくと、そばにいる水兵たちが笑い声をあげた。頼りになる男たちだ。ひどい状況ではあるが、自分の身に危険がおよべば、命がけで守ってくれるに違いない。

やがて彼らは、敵方の一本マストの帆船につき添われて小さな港に入った。海岸には礼装の将校たちが出迎えていた。

小船の舳先《へさき》にいる水兵が、フランス兵にロープを投げ、フランス兵がそれを桟橋にしっかりと係留した。そのひとりは女性を見て驚いたものの、片手を差しだし、船縁《ふなべり》を越え埠《ふ》頭《とう》へと上がるナナに手を貸した。身代金が入った箱を運ぶ乗組員がふたり、そのあとに続き、ピートが最後に降りた。

さあ、今度はなに？　ナナがそう思っていると、彼女の姿にあんぐり口を開けたフランス軍の大佐が、どうにか立ち直り、深々と頭をさげた。ナナは毎日午後ともなれば、大金を運んで敵地に上陸しているかのように落ち着いてお辞儀を返した。フランス軍の大佐は埠頭を横切ってきて、誰かがまだそこに残っているのを期待するように、船のなかをのぞきこんだ。

「わたしたちだけですわ」ナナは明るい声で告げた。「わたしはオリヴァー・ワージーの妻です。あなた方はわたしの夫を捕虜にしておられると聞きましたが」

ミス・ピムの経営する女学校で学んだフランス語が、思いがけない形で役に立った。

「ほかにもなにか必要なものがありますの？」

ピートがタールを塗ったキャンバス地の袋をナナに渡した。金貨が入った箱と一緒に運ばれてきたものだ。ナナはまだ信じられぬ面持ちで彼女を見ている大佐に差しだした。

こういうときは、下手に出てはだめだ。「いますぐ夫のところへ連れていってください、将軍」この男が将軍だとは思わなかったが、相手の地位を少しばかり高めに評価するのは決して害にはならない。プリマスで過ごした年月で、ナナはそれを学んでいた。

フランス軍の将校も例外ではなかったらしく、その男はようやくわれに返り、ふたたび頭をさげた。「マダム・ワージー、ジャン・バチスト・サン・ソウヴィエ大佐です。お見知りおきを」彼は胸に手をあてた。「なんなりとお申しつけください」

頼んだら、わたしの願いどおりにしてくれるの？　ナナはそう思いながら、さきほどよりも優雅にお辞儀を返した。心臓があばらにぶつかるほど激しく打っているのが、この大佐に見えないのはありがたいことだ。

ナナがサン・ソウヴィエの差しだした腕を取ると、彼はかたわらの兵士たちになにやら命じた。兵士たちは乗組員とピートにその場に留《とど》まるように告げ、金貨の入った箱を受けとった。

「いいえ。ムッシュ・ピート・カーターには同行してもらいます。主人の従者ですもの。これだけは譲れません」

大佐はまたしても頭をさげ、ピートに前に出るように命じた。「ワージー艦長の逆鱗《げきりん》に触れるのは願いさげですからな」

「ええ、そうでしょうね」ナナは英語で言った。「夫は怒ったら手に負えませんもの」

タイアレス号の乗組員が笑った。甲板長助手が彼らをひとにらみして笑いを静めた。彼らはフランス兵に囲まれ、波止場に座りこんだ。ナナは大佐とピートとともに少し離れた建物へと向かった。以前は修道院だったとしても、いまは至るところに大砲が据えつけられている。

「ここはバービカンとは大違いね」ナナは階段を上がりながらピートに言った。

ピートがにやっと笑った。「どうやらあんたには、わしが知らない無鉄砲な面があるようだな」

「母の血かもしれないわね」

修道院の聖母マリア像にマスケット銃が立てかけてある光景には違和感をおぼえたが、礼拝堂のなかに砲弾が積まれているのも異様な光景だった。中庭には何列もテントが設営され、とりわけ不敬な兵士が十字架からその反対側にある彫像へと物干し綱を渡していた。尼僧の独房のような場所へとまたしても石段を上がりながら、ナナは鼓動がいっそう速くなるのを感じた。どの扉の外にも歩哨が立っている。警備隊の隊長が現れ、大佐に敬礼してから、鍵束を渡した。

大佐は鍵のひとつを差しこみ、扉を開けて頭をさげた。「お入りください、ワージー夫人」彼はそう言って片手で示した。誰かがぱっと立ちあがったかのように、独房のなかで椅子がひっくり返った。「きみもどうぞ、ミスター・カーター。少しのあいだ水入らずにしてさしあげましょう」彼はふたりをなかに入れ、扉を閉めた。

「ナナ！」

無精髭《ひげ》と髪が伸びたオリヴァーがナナをつかんだ。ナナは彼にしがみつき、一度にできるだけたくさん抱えようとした。彼はナナの髪に顔をうずめ、うなじに唇を押しつけた。

「こんなところで、なにをしているんだ？」彼はそうつぶやいたあとで唇を覆った。

ルフェーブルの行方不明に関して彼が真実を隠していたことを非難するつもりだったとしても、そんなものは頭から吹き飛び、彼女は愛する男、お腹《なか》の赤ん坊の父親である男の腕のなかにいる喜びにわれを忘れた。それから、彼を自分から離すと、むさぼるように見た。髭と髪が伸びているほかは、変わりはなさそうだ。

「ぼくは元気だよ」オリヴァーは彼女の思いを読んだようにそう言った。「大佐はホイストの相手が四人揃って喜んでいるよ。ゲームは嫌いだが、ぼくは覚えが早いからね。ピート、どうしてナナがここにいるんだ？」

ピートは頭をかいた。「艦長、まさかナナがこんなに頑固だとは、思いもしなかったね。なんと言っても、ここに来るの一点張りで」

オリヴァーはふたりを寝台へと導き、彼らはそこに腰をおろした。「身代金を持ってくるのは、海軍省かホワイトホールの誰かだと思ったんだが。金は持ってきたんだろうな」

「ええ、艦長」ピートは答え、軽蔑もあらわにつけ加えた。「ラット卿はタイアレス号でぶるぶる震えてまさあ。すっかりびびっちまって、この交換に立ち会うためにわしらと一緒に来ることさえできねえ始末だ」

オリヴァーは隣に座っているだけでは満足できないように、ナナを膝に抱きあげ、彼にもたれるナナの頭にあごをのせた。「意外とは言えないな。タイアレス号に戻ったら、あの男には思い知らせてやる」彼はピートを見た。「わたしの艦はどんな様子だ」

「立派なもんで。みんなびしっとしてます。水兵たちは、ラムスール少尉が艦長代理を立派に果たしてると言ってましたぜ」

「ありがたい」オリヴァーは扉に目をやった。「あとはあの大佐が戻るのを待って、タイアレス号に戻るだけだ。艦はとくにわたしを必要としていないかもしれないが、わたしは恋しい」

鍵が差しこまれ、扉が勢いよく開くと、オリヴァーはナナを寝台におろし、そちらに近づいた。サン・ソウヴィエ大佐が歩哨をともない、身代金と一緒に届いた書類を手にして独房に入ってきた。

大佐は頭をさげ、ひとつしかない椅子に腰をおろした。

「大佐、身代金はスールト元帥が提示した金額だったかな?」オリヴァーは寝台に戻って自分も腰をおろしながら尋ねた。

「いかにも」大佐は答えた。「貴国の金貨で二万ポンドだ」大佐は手にした書類を見た。「しかし、ひとつ問題がある」

「ここで解決できないような問題ではないはずだ」オリヴァーは言い返した。「わたしには指揮しなければならない艦がある。それに妻はこういう状況には不慣れでね」

大佐は首を振った。「それに関しては、この手紙を見る必要があると思うね、艦長。これは貴国の政府からのものだ」

オリヴァーは立ちあがり、手紙を受けとってすばやく目を通し、さっと青ざめた。彼はもう一度読み直してから、震える手で大佐にそれを返した。

「こんな理不尽なことができるはずはない」

大佐は肩をすくめた。「しかし、それが取り引きの条件なのだよ、ワージー艦長。ナポレオン皇帝と貴国の政府が決めたことに対して、このわたしになにが言える？　わたしは愚か者ではない」彼はちらっと手紙を見て、ナナに目を向けた。

「マダム・ワージー、あなたはご存じないかもしれませんな。身代金は到着した。しかし、政府を代表しているのはあなたのようだから、ご主人が祖国に戻り、ルフェーブル＝デヌエット将軍がフランスに届けられるまで、あなたにはここに留まってもらわねばならん」

彼はにっこり笑った。「将軍がフランスに着けば、ほかの問題が生じないかぎり、あなたは二、三カ月、あるいはもう少し長くここに留まるだけで、無事に釈放されます」

ナナは大佐を見つめ、それから信じられない思いで首を振っている夫を見た。

大佐はオリヴァーともナナとも目を合わせようとせず、書類に目を戻した。「ここに書かれている人質の名はラトリフ卿だが、彼の代わりに来られるとは、あなたはやさしいお方ですな、ワージー夫人」

# 19

オリヴァーは大佐を見つめた。「きみは本当にそんなことをするつもりか?」

大佐は肩をすくめ、手紙を差しだした。「わたしはお国の政府の指示にしたがっているだけだ。きみなら、敵兵に対してそれ以上のことを望むかね?」

「いや、無理だろうな。しかし、わたしは妻を置いてここを立ち去ることを拒否する。ルフェーブルとの交換もご破算になるぞ」

大佐はまたしても手紙を示した。「きみは自分の政府の願いに逆らうのかね?」彼は悲しげに首を振った。「フランスの反逆者がどんな目に遭うと思う? ドスン! ギロチン台で首が吹っ飛ぶ。貴国ではいまでも反逆者は縛り首かね?」

「ああ、そうだ。だからきみの人情に訴えている。妻をここへ残していくことは、わたしにはできない。だが、自分の義務を果たさねばならないこともわかっている」

「では、きみはジレンマに直面していることになるな」大佐は静かな声で言った。

ナナは黙っていられず、オリヴァーを見ずに叫んだ。「大佐。ちょうどいい機会ですから、あなたのもとでフランス語に磨きをかけることにしますわ」

「ナナ！」

彼女は片手をオリヴァーの腕に置いた。「オリヴァー、これはふたりで話しあうべきだと思うの。大佐、少しのあいだ、席をはずしていただけます？」

サン・ソウヴィエは、年も体重も半分しかない男のように身軽に立ちあがり、「喜んでそうしますとも！」と快く応じ、鉄格子のはまった小窓へと足を向けた。「どのみちこの話し合いが手間取ったせいで、すぐに釈放するわけにはいかなくなったようだ。この季節は暗くなるのがまことに早い」

「ああ、きみが即座にわたしを釈放しないのはたしかだ」オリヴァーは皮肉たっぷりに言った。

「ねえ、あなた」ナナは彼の腕に置いた手に力をこめた。

「いいだろう、大佐」オリヴァーはあきらめて言った。「部下の空腹を満たし、彼らにひと晩眠る場所を与えてもらいたい」

「もちろんだとも、艦長。では、失礼して、その手配をするとしよう」

「まったく、すばらしい展開になったものだ」オリヴァーは扉が閉まるとすぐにナナに腕をまわしてそう言った。

「ごめんなさい。あの手紙に書かれていた条件を知っていたら、父に……ラトリフ卿《きょう》にこれほど都合よく自分の義務を逃れさせるようなことは、決してしなかったわ」

「いずれにしろ、あの男のことだ！　タイアレス号から小船に乗り移るだけの勇気をふるいおこせたかどうか」ナナは彼があきらめたようにそう言うのを聞いてほっとした。

「デニソン艦長が、海軍に入りたてのころの彼に関する噂《うわさ》を聞かせてくれたわ」

「あれは噂ではなく事実だよ」オリヴァーはちらっとピートを見た。「きみも聞いたことがあるに違いない」

「あの男が西インド諸島で、戦いに背を向け、リゾルヴ号を見捨てて、指揮していた艦ですたこら逃げだしたことですかい？　ああ、ナナ、あれはほんとのことだ」

「ここでも、ぼくらに同じ仕打ちをしたわけだな」オリヴァーは壁にもたれてナナを抱き寄せた。「それはともかく、きみをここに置いていくわけにはいかないよ、ナナ」

「そうしなくてはならないわ」ナナは彼にもたれたものの、すぐに体を起こした。「ところで、なぜあなたとピートは、アンリ・ルフェーブルの一件をわたしに隠していたの？　わたしを信用してくれなかったの？」

　オリヴァーとピートは顔を見あわせ、恥じ入っているような顔をした。

「まあ、いまとなってはどうでもいいことだけど」

「いや、よくないよ、ナナ」

ナナは彼の気まずそうな顔を見て、この件に関してはそれっきりになると思った。オリヴァーはナナを抱いている腕に力をこめた。「これをきみに言うつもりはなかったんだが、アンリ・ルフェーブルときみのお父さんのあいだには、奇妙なつながりがあるんだ」

ナナは驚いて海軍省の父のオフィスでルフェーブルが描いた自分の肖像画を見たというオリヴァーの説明に耳を傾けた。

「すると彼らにはつながりがあるのね」ナナはふいに浮かんだ疑いに、片手を口にあてた。

「父はフランスのスパイなの、オリヴァー？」

「少なくとも、ラトリフはふたりのルフェーブルが情報を交換する橋渡しのような役目を果たしていたのではないかな。フランス側が交換相手にルフェーブル＝デヌエットを望んでいることがわかったいま、この取り引きを成立させることはできない。ラトリフが怖気《おじけ》づいたために、ご破算になってよかったのかもしれないぞ」オリヴァーはそう言った。

「ただ、ぼくがロドリゲスから得た情報の件がある」

「イングランドじゃ、その情報についちゃ、みんな半信半疑ですぜ、艦長」ピートが寝台の端から言った。

「持っているんだ」

まるで同じ部屋のなかにフランス軍のスパイがいるかのように、オリヴァーは声を落とした。「ロドリゲスはぼくの腕のなかで死ぬ前に、一枚の紙を手渡した。スールト元帥自身から出た情報だ。ロドリゲスはそれを途中で押さえたんだよ」

ナナは彼の腕のなかで振り向いた。「フランス軍はそれに気づかなかったの？」

「ああ、お祖母ちゃんのおかげでね」

「なんですって？　わたしをからかってるの？」

「とんでもない。ぼくがマルベリー亭を出るとき、お祖母さんが小麦の湿布をくれたのを覚えているかい？　また耳が痛くなりはじめたので、海岸に来たときぼくはそれを巻いていたんだ。そして彼から渡された紙をとっさに湿布に突っこんだ」

「まあ」ナナは湿布が置いてあるテーブルに目をやった。「誰も気づかなかったの？」

「ああ。彼らはぼくの服をはぎ取って、あらゆる開口部を調べた。いまいましいやつらだ！」オリヴァーは顔をしかめ、吐き捨てるように言った。「言うまでもないが、ぼくはしらを切り通した」彼は顔に手をやった。「あざは消えたが、歯を一本失うはめになったよ。ナポレオンに治療費の請求書を送りつけてやるかな」

ナナは彼を抱きしめ、ふたたび湿布を見た。「あんなふうに、放りだしておいていいの？」

「みんなに見えるところが、もっともいい隠し場所になることもあるんだよ。耳の痛みがひどいときは、友好的な大佐に頼んで、コックにあれを温めてもらったこともある」

「まあ、おったまげた」ナナが目を丸くして叫ぶと、オリヴァーは笑って、十年前にそんな言葉を使っていたら、ミス・ピムにお仕置きされたに違いない、と言った。

ナナはすぐに真面目な顔になった。「それじゃ、あなたは、それにおそらくピートもここを出られるけれど、わたしはここに残らなくてはならないのね」

「うむ。大佐の話を聞いただろう？　あの男は軍人というよりも、官僚のような考え方をする。政府の書類にあった条件を文字どおりに遂行しようとするだろう。書類には、ぼくひとりがルフェーブル＝デヌエットと交換される、と書いてあった。そして身代金を運んできた者はここに残される、と」オリヴァーはナナをぎゅっとつかんだ。「だが、ぼくはきみと一緒でなければ、ここを出る気はない。どんな男が妻を見捨てて敵の手に残していく？」

「命令を守る男よ」ナナは言った。

「ナナ、やめてくれ」

「ここで何カ月も過ごすんですかい、艦長」ピートが口をはさみ、幼いころいたずらを見つけたときと同じ目でナナを見た。「ナナ、隠し事はいけねえと言ってなかったか？」

「ナナ、なにかまずいことでもあったのかい？」オリヴァーが尋ねた。

「まずいことってわけじゃないわ」ナナは言いよどんだ。

「ナナ、きみがここまで来るなんて、それだけでぼくは驚いているんだ」オリヴァーが言った。「ぼくはおとなしくて穏やかな女性を妻にしたつもりだったのに」

「ふだんのわたしは穏やかでおとなしいわ」ナナは言い返した。「問題は、あなたを愛していることよ」

このささやかな冗談にオリヴァーが笑ってくれるのを期待したのだが、彼はため息をもらすと、ナナを胸に押しつけて耳にキスした。「あまりいい考えじゃないと言ったはずだぞ」

「ナナ、なんならわしから言おうか？」ピートがまたしても促す。

「わかったわよ！」ナナはそう言って声を落とした。「あなたがこの前戻ったときに、じつは……」なんだか急に恥ずかしくなって、ナナは言いよどんだ。オリヴァーは不審そうな顔で見つめているし、なによりピートがすぐそばで聞いているのだ。「ここに何カ月もいたら、少し近づきすぎるかもしれないわ」まったく、なんて鈍いのかしら。ナナはそう思いながらつけ加えた。「あなたは自分の子がここで生まれるのはいやかもしれないわね」

オリヴァーはナナを見つめた。「こいつはおったまげた」彼は低い声でナナの表現を真似《まね》、ナナの肩にあずけた顔を彼女に向けた。

ふたりがそれっきり黙りこむと、しばらくしてピートが言った。「わしに考えがある」

「それはありがたい」オリヴァーは正直に言った。「ぼくはなにひとつ考えられないからな」彼はナナを抱きしめた。「だが、ナナのそばを離れるつもりはないぞ」

「その必要はねえよ」ピートは測るような目でナナを見た。「ナナとわしの身長はほぼ同じだ。わしの外套《がいとう》にすっぽりくるまって暗いうちにここを出れば、やつらの目をごまかせると思うんだが」

ナナの頭には即座にこの案に反対する理由がいくつも浮かんだ。が、ピートの表情のなにかがそれを口にするのをためらわせた。

「わしはあんたの服と外套を着て、この寝台に横になり、毛布をかけてもらう」ピートはオリヴァーを見て肩をすくめた。「もっとましな作戦もあると思うが、いまんとこ、思いつくのはこれだけだ」

「ぼくもだ」オリヴァーはため息をついた。「くそ、ラトリフ卿にせめて自分の仕事をするだけの度胸があれば！」彼はピートの提案を考えた。「ナナとぼくが立ち去ったあと、ここをのぞく者がいても、ナナがここに残された不安と悲しみに暮れ、起きあがる元気もないと思うに違いない」

「そのあいだに、ふたりはタイアレス号に戻る」ピートが言った。

「フランス兵はあなたをどうするかしら、ピート？」ナナは尋ねた。「あなたになにかあったら、とても耐えられないわ」

ピートはこの質問に答えず、オリヴァーに言った。「あの大佐は、どれほどじっくり見る男かね？」オリヴァーは考えこんだ。彼はナナに倣い、彼女のお腹《なか》に手を置いていた。温かい指がナナの凍えそうな心に熱をもたらしてくれる。

「じっくりとは見ないかもしれないな」

「でも、ピートの扮装《ふんそう》が見破られたらどうなるの？」ナナはふたたび尋ねた。「ピートにもしものことがあれば、とても耐えられないわ」

「決めるのはあんたじゃねえかもしれねえぞ」ピートが答えた。

「大佐に少しばかり罪悪感を持ってもらうとしよう」オリヴァーが言った。「そろそろ彼が戻ってくるころだ。ナナ、泣いてくれるかな？　盛大に声をあげて頼む」

お安いご用だわ、ナナは思った。この状況を考えれば少しも難しいことではない。

「どんな気が進まなくても、妻を残してここを立ち去るしかない、大佐にはそう告げることにする。それが結局は妻の身も救うことになることに気づいた、と。そのあいだ、きみはできるだけ大げさに泣いてくれ。ぼくは大佐に、少しでも明るくなりはじめたら、ピートとふたりで立たせてくれ、と懇願する。一刻も早くここを離れたほうが、それだけ早く妻も戻れるのだから、と。たいていの男は、女の涙には閉口するものだ」

「ほかには使えるものはあまりないわね」ナナはうなずいた。

「おそらく大佐はきみの取り乱しように狼狽《ろうばい》して、副官にぼくたちを船まで送らせるだろう。あいつは間抜けだ。誰にも気づかれずに海岸を離れることができれば、この作戦が成功するチャンスはある」オリヴァーはピートを見て、ナナの質問に答えた。「ピートがどうなるか、それはわからない。ぼくらはそれに関してはまったく無力だ」

「そのとおり」ピートは低い声で言った。「ナナをタイアレス号へ連れ帰って、ラット卿がこれ以上スパイの真似をするのをやめてくれりゃ、わしに文句はねえや」

オリヴァーは老人の肩に手を置いた。「きみはもう海軍兵士ではないから、自分の好きなようにできる、と言わないのかい？」

「好きなようにできるってのは、間違いだったかもしれねえな。わしはナナのためなら、なんだってやる」

「ぼくも同じだよ、ピート。ありがとう。心の底から感謝する」

彼らの作戦には、大佐の足音に耳を澄まし、洪水のような涙を流すほかには、たいした戦略は必要なかった。それが大佐のものではなかったとしても、通路に足音が響いただけで、恐怖に麻痺《まひ》しているナナの頭が涙腺をゆるめるには十分だった。

オリヴァーが立ちあがってうなずくと、ナナは大きな声で泣きながら彼の腕に飛びこみ、ひしとしがみついた。そして太り気味のフランス軍の大佐ではなく、聖書の黙示録に出てくる四騎士を乗せた馬が、恐ろしいひづめで苛々《いらいら》と扉のすぐ外の地面を叩《たた》いているかのように泣き叫んだ。

大佐はおっかなびっくり独房に入ってくると、心配そうにナナを見つめた。ナナはまたひとしきり泣き叫び、それからぐったりと夫にもたれた。オリヴァーは彼女を抱きあげて、寝台に横たえた。

「その調子だよ、ダーリン」彼は耳元でささやいた。

ナナは胎児のように丸まり、泣きつづけた。

「医者を呼んだほうがいいかね？」自分の泣き声のせいで、彼の言葉をほとんど聞きとれなかったが、大佐は震える声でそう尋ねているようだ。

「そんなことをしてなにになる。それより、妻もわたしと一緒に釈放してはどうだ？」オリヴァーは、ヒステリックに泣きじゃくる妻を相手に途方に暮れている男を十人合わせたよりも捨てばちな声で言った。

「しかし、命令にはしたがわねばならん」サン・ソウヴィエ大佐は気弱な声で言った。

「わたしも軍人だ。それはわかる。しかし、ひとつだけ頼みを聞いてくれないか。空が明るんできたらすぐに、わたしたちを出発させてくれ。一刻も早く祖国に戻り、ルフェーブル＝デヌエットをフランスに届けたい」

「いいとも」

オリヴァーはナナのすぐ横に力なく腰をおろした。「サン・ソウヴィエ大佐。細心の注意を払って妻の世話をすると、紳士として約束してくれるな」

「もちろんだ、ワージー艦長」

大佐が扉を開け、通路にいる誰かに一、二言命じると、すぐに食べ物が運びこまれた。

「ほかにわたしにできることはないかね？　ムッシュ・カーターのために寝床を用意させ

よう。奥さんには気付け薬が必要かな？　湿布を温めてほしいかね？」

「いや、これで十分だ」オリヴァーが悲しみに満ちた声でそう言うのを聞いて、ナナはいっそう激しく泣きじゃくった。

「そうだ、もうひとつ頼みたい」オリヴァーは言った。「砂浜にいるわたしの部下に、夜明け前に出発の用意をしておくよう伝えてくれ」

「いいとも、艦長」大佐はしばらく黙っていたあとで、こう言った。「魅力的な奥方に、わたしが心から同情していると伝えてくれたまえ」その言葉とともに大佐は出ていき、扉が音をたてて閉まった。

オリヴァーはナナの腰にもたれ、笑い声をもらした。「ナナ、きみはすばらしい」

ナナは袖で涙を拭きながら言った。「ちっとも難しくなかったわ、オリヴァー。死ぬほど怖いんですもの」

オリヴァーがハンカチを差しだした。「もっとよい作戦があればいいんだが。ネルソン卿が死からよみがえり、国王陛下の艦隊を引き連れ突如として水平線に姿を現さないかぎり、この作戦でいくしかないな」

その日の出来事と、身ごもっていることがわかって以来の心労や疲れが押し寄せ、ナナはその夜、夫の腕のなかでぐっすり眠った。彼が低い声でピートと話している声が夢うつつで聞こえてきた。

まだ暗いうちにオリヴァーは彼女を起こし、服のボタンをはずしはじめた。ナナはおとなしく立って、寒さに震えながら床に落ちた服から出て、ペチコートの紐《ひも》をほどいてそれも床に落とした。そしてオリヴァーの手渡すピートの服を、シュミーズの上からすばやく身に着けた。

「腰がぶかぶかだわ」ナナはささやいて、あまった部分を引っ張った。

「もうすぐぴちぴちになるさ」オリヴァーがからかいながらピートのベルトを差しだす。

「一カ月か二カ月の辛抱だ」

ナナが彼を肘でこづくと、オリヴァーはうなじにキスしてきた。

「後ろのボタンをはめてくれますかい、艦長?」ピートが言うのを聞いてナナは噴きだし、急いで口を覆った。

「わたしがやってあげるわ、ピート」ナナは言った。「ペチコートはもう着けたの?」

ピートが口のなかでもごもごと答える。

ナナは〝着けた〟という意味だと解釈し、背中のボタンをはめはじめた。それが終わると、オリヴァーがピートを見てにやっと笑った。「くるっとひとまわりして、きみがどれほど魅力的か見せてくれ」

ピートはナナが聞いたこともないような悪態をつき、ナナを笑わせた。

ピートの靴はナナには大きすぎたが、オリヴァーがピートのペチコートの裾を引き裂いて、脱げないように親指の先につめてくれた。ピートの船用外套にすっぽりくるまると、ナナはピートの寝床に横になった。代わりにピートが寝台のオリヴァーのかたわらに横になる。

「きみはあまり柔らかくないな、愛《いと》しい人」オリヴァーが言った。

「その手をどけてくんな」ピートがうなるように言った。「男色は艦隊じゃ縛り首に値する罪だぜ、艦長」

「ふたりとも、いいかげんにして」ナナが言った。

彼らは大きく目を開け、じっと横たわっていた。夜明けが近づき、独房のなかがしだいに明るくなりはじめる。ぼんやりと物の輪郭が見えてくると、ナナは起きあがった。

オリヴァーも起きあがり、小窓の外をのぞいた。「完璧だな。雨が降っている。きみがフードをかぶってても誰もへんに思わないよ、ナナ」

通路に足音が聞こえた。ナナは深く息を吸いこんだ。「ピート、あなたを愛しているわ。もしも男の子だったら、あなたの名前をつけるわね」

「そいつは嬉《うれ》しいね」ピートは低い声で笑い、毛布を引きあげて壁のほうへと寝返りを打った。

鍵がまわる音がして、かん高い声がフランス語で言った。「起きろ！」

「ありがたい、大佐ではなく彼の補佐殿だ。大陸一のうつけ者だよ」オリヴァーはささやいてすばやくキスし、フードが顔をすっかり隠しているのを確認した。

独房の扉が開いた。ナナはランタンの光が自分に届かないようにオリヴァーの後ろに立った。

「いますぐ出ろ！」

オリヴァーが湿布を首に巻き、耳を覆う。「今朝も冷えるな」彼はフランス語で言った。

「ちょっと待ってくれ、中尉」

彼は寝台に戻り、かがみこんでピートにキスした。「できるだけ早く誰かを送るよ、愛しい人」彼はそう言って立ちあがり、ナナの肩をつかんで荒々しく前に押しだした。「行くぞ、ピート。ナナがまた泣きだす前にさっさとすませてしまおう」

その言葉を合図に、ピートがかん高い声で泣きはじめた。フランス軍の中尉はあえぐような声をもらし、神経質な笑い声をもらしながら急いで独房を出た。

オリヴァーに肩をつかまれ、ナナはピートの横に揺れるような歩き方を真似た。通路を進みながら、涙がほおを伝う。プリマスの幼い友だちの前でピートの歩き方を真似、祖母にこっぴどく叱られ、夕食を抜かれたときのことが思いだされた。

階段をおりるときにあやうく靴が脱げそうになったが、ありがたいことにそれ以外は何事もなく、ふたりは修道院をあとにした。建物の扉が彼らの後ろで閉まったときには、オリヴァーが安堵《あんど》のため息をつくのが聞こえた。

フランス軍の中尉と彼が手にしたランタンにしたがい、彼らは門を通過して砂浜へとおりていった。もう太陽は顔を出したに違いないが、雨が降っている。灰色の空が灰色の海に溶ける水平線に目をやり、ナナは雨のおかげでフランス軍の歩哨《ほしょう》たちが火のそばにかたまっていることを感謝した。

オリヴァーに支えられ、ナナは滑りやすい石段をタイアレス号の小船へとおりていった。すでに乗りこんで、オールを手にしている水兵たちの姿がぼんやりと見える。オリヴァーはナナを前に押しやり、船に乗せた。「ぐずぐずするな、ピート」彼はしゃがれ声で言った。「一日中ここにいるわけにはいかないんだ」

ナナはよろめきながら船尾へと向かい、そこに座っていた甲板長の助手とまともに目を合わせた。だが、彼は即座にこの芝居に気づいたと見えて、荒っぽくナナを自分の横に座らせて頭を押さえつけ、もやい綱を投げるために立っているフランス軍の兵士たちの目から隠した。

「きみと大佐は、わたしの妻に最大限の敬意を払ったほうがいいぞ、中尉。さもなければ、英国艦隊を率いてここに攻め寄せるからな」オリヴァーが送ってきた中尉に念を押す。

中尉は背筋をぴんと伸ばしてうなずいた。「艦長！　われわれフランスの男は、女性を戦争に巻きこむことはしない！　ただちに出発したまえ！」

「喜んでそうするとも」オリヴァーはかすかに頭をさげ、ゆっくり船に乗りこんだ。「わたしの最愛の人を託されたことを忘れるな」

「いいから、さっさと行け！」中尉は言い返し、部下にロープをほどけと命じたあと、きびすを返して埠頭《ふとう》を離れた。

オリヴァーは舳先《へさき》に腰をおろした。

「フランス野郎が帆をはずしちまったんです」甲板長の助手が低い声で報告する。

「では、漕《こ》ぐんだ」オリヴァーは命じた。「力いっぱい漕げ！」

# 20

オリヴァーは舳先《へさき》から、艫《とも》にうずくまっているナナを見守った。褐色の瞳に恐怖をたたえて、ナナが見返してくる。そばに行って安心させたかったが、船を傾ける危険はおかせない。彼らはゆっくりと海に出ていった。修道院の胸壁から何門もの大砲が彼らを狙っているのだ。ナナが逃げだしたことがわかれば、彼らは船ごと吹き飛ばされる。

愚かかもしれないが、彼はふたたび海上に戻ったことに深い安堵《あんど》を感じた。長い間、海は彼の人生の大半を占めてきた。どれほど妻を愛していても、それが変わることはない。おそらく子どもたちもみな彼の例に倣うことだろう。だが、それも無事にタイアレス号に戻れれば、の話だ。彼は誰よりも大切な女性にひたと目を据え、彼女が海を愛するこの気持ちを理解してくれることを願った。ナナならきっとわかってくれる。そう思うといっそう愛《いと》しさが募った。

十分も精力的に漕《こ》いだあと、ようやく霧のなかにタイアレス号が見えてきた。大きく腕を広げてマルベリー亭の戸口で迎えてくれるナナの姿を除けば、これほど歓迎できる光景はない。

ナナが身ごもったことに、オリヴァーはそれほど驚かなかった。陸で過ごすときに決まって頭のなかで聞こえる時を刻む音に急《せ》かされたふたりの愛の営みは、それほど激しく、深いものだったからだ。時間を気にせずにゆっくりと愛しあうのは、どんな気持ちがするものか？　穏やかな愛に満ちたそういう生活を持てるかどうかは、ひとえにナポレオンの出方にかかっている。オリヴァーは遠ざかる海岸線に目をやりながらそう思った。

修道院を見ていた彼は、まだ砲口が光らないうちに騒ぎを聞きつけた。副官の中尉は思ったほど愚かではなかったようだ。ひょっとすると、大佐が独房に置き去りにされた妻を慰めようと思ったのかもしれない。ピートが見つかったのだ。ナナのペチコートと服を着た関節炎を患っている老人の姿に、あの大佐がユーモアを見出《みいだ》してくれるといいが。

砲弾がしぶきを上げて数メートル後ろの海面を打ち、ナナが悲鳴をあげた。「ピート！」悲痛な叫び声がオリヴァーの頭に突き刺さった。ナナのそばに行く必要がある。だが、いま動くのは狂気の沙汰だ。ロドリゲスが命と引き換えに奪ってくれたメモと一緒に、海に投げだされては元も子もなくなる。オリヴァーは舳先に留《とど》まり、甲板長の助手が妻に腕をまわし、なだめるのを見てほっとした。ナナがうなずき、ぎゅっと唇を結ぶのが見えた。

できるだけ早くライリーを昇格させる必要があるな。オリヴァーはちらっと思った。

「漕げ！」そのライリーが叫ぶ。

この命令がなくても水兵たちは必死に漕いでいたが、それでも船は水の上を這《は》うようにしか進まないように見えた。ふたつ目の砲弾が船のすぐ前に落ちた瞬間、オリヴァーは唇を引き結び、声がもれるのをこらえた。くそ、次は命中するぞ。

「ナナ、きみは泳げるか？」彼は叫んだ。

ナナはうなずき、目顔で彼に愛を伝えながら、おそらく全員を海に落とすに違いない次の砲弾から守るようにお腹《なか》に手をやった。

だが、砲弾はそれっきり飛んでこなかった。タイアレス号の右舷の砲門が開き、敵の攻撃に応戦しはじめたのだ。オリヴァーはラムスールが指揮を執る自分のフリゲート艦が、錨《いかり》を上げ、まるでばね仕掛けのようにさっと海岸へ近づくのを見守った。ラムスールのすぐれた指示のもと、艦は巧みに向きを変え、続いて左舷の大砲が火を噴く。小船の水兵たちは必死に漕ぎつづけた。

ライリーが通常は漕ぎ手が座る横木のあいだにナナを押しこむのが見えた。彼女は両手で耳をふさいで、そこに縮こまっている。

フランス軍の砲手がふたたび砲弾を放ったが、今度の標的はタイアレス号だった。オリヴァーはこれからの十五分が急いで過ぎてくれることを心から願った。ナナをタイアレス号に乗せれば、自分の後甲板に立って、すべての帆を張り、祖国に向かうことができる。一等航海士の代わりを務めているラムスールが、自分と同じように行動することを信じなくてはならない。

ラムスールは彼を失望させなかった。ひなを守ろうとする母鷲《ははわし》のように、タイアレス号は大胆に帆を風にはらませた。そして、わずか数分後には甲板長の助手であるライリーが、ナナを舷側からたれている鎖へと抱きあげ、ナナはタイアレス号へと引きあげられていった。水兵たちの手がナナに向かって伸び、すばやくつかんで手すりのなかへと引きこむのを見て、オリヴァーは安堵のあまりしばし目を閉じた。それからまだ大砲が火を噴いている海岸へと目を戻した。

だが、今度の標的はタイアレス号ではなく、ゴールドフィンチ号だった。デニソンがフランス軍の砲手をあばずれのようにからかい、大きな獲物から彼らの注意をそらしはじめたのだ。

「あなたの番です、艦長」ライリーが言った。

オリヴァーは彼の肩をぎゅっとつかんでその横を通り過ぎ、鎖に飛びついて甲板によじ登った。そして船をタイアレス号の舷側につなぐ部下を見下ろした。続いて水兵たちも無事にタイアレス号によじ登ってきた。

ナナは震えながら立っていたが、オリヴァーは後甲板に目を向けた。そこではラムスールが海岸に目を向けている。だが、自分が立っている場所からオリヴァーを見下ろした若少尉の顔には、いつものように少しばかり自信のなさそうな表情が浮かんでいた。

オリヴァーは両手を口にあてた。「ミスター・ラムスール、われわれをここから連れだしてくれ。敵の海岸線を見るのはもううんざりだ！」

「艦長の命令が聞こえたな！」ラムスールが叫ぶと、タイアレス号の中甲板で砲手が歓声をあげた。オリヴァーがよろめくほど強くナナをつかんで抱きしめると、ふたたび歓声があがる。

オリヴァーは涙に濡《ぬ》れた顔を見つめた。「ピートは必ず助ける。ぼくに考えがあるんだ。うまくいくかもしれん」

オリヴァーはナナを抱いて後甲板へと向かい、短い梯子《はしご》を上がった。ラムスールはすぐさま甲板の風下に移ったが、オリヴァーは彼に歩み寄ってその手を固く握った。

「ミスター・ラムスール、きみはもう一等航海士代理ではない。わたしの立派な片腕だ。ありがとう、よくやってくれた」

ラムスールは赤くなって口ごもった。

「わたしはナナを下へ連れていく。ここはきみに任せるよ」彼はぐるりと見まわした。「ラトリフ卿《きょう》はどこだ？」

ラムスールはやはり岸から遠ざかっていくゴールドフィンチ号にあごをしゃくった。

「海軍省で重要な仕事が待っているそうです。昨夜遅く、卿の要請で向こうの艦に移しました」

「なるほど」オリヴァーは皮肉たっぷりに言った。「〝ワージー艦長が戻った〟と信号旗でデニソンに知らせてくれ」

「アイ、アイ、サー」ラムスールはぱっと敬礼した。

オリヴァーはナナに手を貸して艦長室へとおりた。ナナの荷物が箱に入れたままそこにあるのを見て驚いたが、考えてみれば、彼女がこの船室に入ったのはほんの昨日のことなのだ。ナナはピートの外套《がいとう》にくるまっていても、まだ震えていた。オリヴァーはナナの箱を開けて寝間着を取りだし、黙ってピートの外套を脱がせた。ナナがベルトをはずすと、ぶかぶかのズボンが床に落ち、シャツがそれに続いた。彼は黙って両手を上げる妻に、頭から寝間着を着せてやった。

そして抱きあげ、甲板下の梁《はり》から吊《つ》られた寝台に横たえると、毛布をもう一枚取りだし、彼のベッドにもぐりこんだナナをしっかりとくるんだ。

「まだ行かないで」ナナがつぶやいた。

オリヴァーにはそれ以上の言葉は必要なかった。彼はため息をもらして靴を脱ぎ、軍服の上着を脱いだ。寝台ができるだけ揺れないように気をつけながらナナのかたわらに体を横たえる。片方の腕をまわすと、ナナがすり寄ってきて、片脚を彼にかけオリヴァーを喜ばせた。

「あんなに怖かったことはないわ。どうすれば毎日のようにあれに耐えられるの？」

「ぼくらは妻や子どもたちが祖国のベッドで安全にやすめるために、恐怖に耐えるのかもしれないな」オリヴァーは答えた。本当にそうなのかもしれない。いまの彼には、政治家のどんな宣言よりも自分のこの言葉が胸に響いた。

胸に頭をあずけてくるナナの髪にキスして、妻の震えが止まり、体から力が抜けるまで抱きしめていると、ナナの胸が重く、温かく彼の脇に押しつけられた。

「最初に海に戻ったとき、わたしの絵を持っていたなんて知らなかったわ」ナナは眠そうな声で言った。

オリヴァーは頭上に留めた二枚の絵に目をやった。「こうしてきみを見るのはいい考えに思えたんだ。そのあときみが、大胆にもあの階段に座っている絵を送ってきた」

「ほんと、はしたなかったわね」ナナは認めた。「でも、わたしを忘れないでほしかったの。あれっきり二度と会えなかったとしても、わたしは一生忘れられそうもなかったから」

ナナの誠実な言葉に打たれ、オリヴァーは思いきって心にわだかまっていた秘密を告白することにした。

「ナナ、きみには言わなかったが、ぼくが最初にマルベリー亭を訪れたのには、じつはわけがあるんだ」

ナナが答えるまでに、少しのあいだ沈黙が続いた。

「ドレイク亭に置いてあったちらしを見たんじゃなかったの？」

「違うんだ。ぼくはいつもドレイク亭に泊まる。だからロンドンへ行く前に、すでに所持品箱を運んであった。だが、海軍省へ着き、手に入れた情報をきみのお父さんに報告すると、彼はきみが勝手に自分の援助をはねつけたという、とんでもないでたらめでぼくをだましたんだよ」

ナナは〝ふん〟とレディらしくない声をもらした。

「そしてマルベリー亭に滞在し、きみの様子を報告してほしい、と頼んできた」

「わたしたちは餓死する寸前だったわ」

「そうだったね。ぼくはマルベリー亭の状態を把握すると、きみのお父さんに手紙を書いた。プリマス全体に不況の嵐が吹き荒れているが、マルベリー亭は順調だ、と。おそらく彼はぼくの説明を信じられなかったんだろうな」

「ミスター・ルフェーブルのことはどうなの？」

妻の温かい体に気だるい疲労感が全身に広がり、オリヴァーはまぶたが重くなりはじめた。「ナナ、ルフェーブルは港をスケッチして、そこを出入りする軍艦を逐一記録し、スケッチブックの裏表紙に隠していた。少なくとも、きみのお父さんかルフェーブル＝デヌエットにまだ送っていなかったものは、そこにあった。デヌエットは、ぼくと交換されることになっている将軍だ。この交換の裏にもおそらくラトリフがいるだろう」

ナナは起きあがり、肘をついてオリヴァーの顔をまっすぐに見つめた。「その証拠があるの？」

「明白な証拠はないかもしれない。だが、きみのお父さんにはったりをかますことはできる」オリヴァーも起きあがって、キスし、ナナの肩を押して寝かせると、毛布でくるんでやった。「ベッドを温めておいてくれ。すぐに戻る」

ナナは彼の手を離そうとしなかった。オリヴァーはそれから何分かしてナナが眠るまで彼女のそばに留まった。

ふたたび甲板に出ると、ゴールドフィンチ号が横に並んでいた。「ミスター・ラムスール、引き続き指揮を頼む」彼は靴と靴下を脱いで、艦のあいだに渡された厚板を渡った。

デニソンが敬礼して彼を迎えた。「ごくろうだったな、オリヴァー」

オリヴァーは手すりにもたれ、自分よりも若いこの艦長に脱出の詳細を語った。「したがって、まだ善良な男が囚《とら》われている。わたしは彼を取り戻したい」オリヴァーは周囲を見た。「ラトリフはどこにいる？」

デニソンは顔をしかめた。「あいつは恐れ入った間抜けだよ！　われわれがこの手すり越しに海に落としたとしても、告げ口する者は誰もいないはずだ」

「もっといい考えがある。彼を陸に送ってピートと交換するんだ。ルフェーブル＝デヌエットをフランスに届けるという保証に、海軍省の高官を預ける、というナポレオンとの約束を守るのさ。彼はどこだって?」

「副官の船室だ」

オリヴァーは下におり、あっというまに、寝台に座って義理の父親と向かいあっていた。ラトリフは恐怖を浮かべ、スツールで背をこごめている。

オリヴァーはなにも言わずにその顔をじっと見つめ、頭のてっぺんから爪先まで見まわした。ラトリフはたまりかねて降伏するように両手を上げ、口を開けた。だが、パニックに陥っていると見えて、声も出せない様子だ。

オリヴァーは気のいい調子でこう言った。「じろじろ見て申し訳ない。しかし、自分の身を守るために、実の娘を人質に差しだす男の顔が見たかったものでね。こういう顔ですな」

ラトリフはさっと青ざめた。「わたしには海軍省で重要な仕事がある。ここに足止めをくうわけには……」彼は言いよどんだ。

「ルフェーブル=デヌエット将軍を確実に釈放させる、という仕事ですかな?」オリヴァーは威嚇するように声を荒らげた。「疑いもなく、サン・ソウヴィエ大佐は、あなたを自分の母親よりも大事に扱うに違いない!」

ナナの恐怖に満ちた顔と、避けられぬ運命を冷静に受け入れるピートの顔が目の前に浮かび、自然と声が大きくなった。彼の声はタイアレス号にいる者にも聞こえそうだった。

「それに、ふたりのルフェーブルの一件もある。ひとりはナポレオンのお気に入り、もうひとりはスパイ。あなたがマルベリー亭に送りこんだのは、スパイのほうだった。そいつは注意深くプリマスのあらゆる軍艦や船をスケッチしてあなたに送り、あなたはそれをチェルトナムにいる将軍に届けた。祖国を裏切るとは、恥を知るべきですぞ、ラトリフ卿」

オリヴァーは目をそらしたままの子爵を見据え、最後の言葉を静かにつけ加えた。

「アンリ・ルフェーブルはわたしが片づけましたよ」

ラトリフは恐怖を浮かべ、かすれた声で尋ねた。「なんだと？　どうやって？」

「あの男はいまごろインドに向かう東インド会社の商船で、せっせと甲板を磨いているはずだ。船が出る数分前に棍棒《こんぼう》で頭を殴られ、運びこまれてね」

ラトリフは自分を弁護しようとした。「彼をわたしと結びつけることはできんぞ！」

「できますとも」オリヴァーは背中で十字を切りながら真っ赤な嘘《うそ》をついた。「アンリはあなたの署名が入った手紙を残していた。あなたを信頼できなかったんでしょうな。賢い男だ」オリヴァーは相手を見据えたまま、寝台の上で体を伸ばした。「反逆者はいまでも国王の命令で縛り首か、腸を抜かれて八つ裂きにされる。プリマスに戻ったら、最悪の事態を覚悟することです」

ラトリフが恐怖のあまり失禁する音がした。なんという意気地のない男だ。オリヴァーは嫌悪を浮かべて彼を見た。ナナがこの男に少しも似ていないことが本当にありがたい。

オリヴァーは両手を頭の下で組んだ。「だが、その代わりに英雄になることもできる」

「ど……どうやって?」自分のまわりに広がる小便を恐怖にかられて見下ろしながら、ラトリフは震える声で尋ねた。

「この艦の小船に乗り、白旗を掲げてピート・カーターの代わりにフランス軍の捕虜になるんです。ピートはあなたよりはるかにましな男だから、決して公平な交換とは言えませんがね。それほど長くサン・ソウヴィエ大佐の保護のもとに置かれずにすむはずですよ」オリヴァーはそう言ってから、顔をしかめた。「いや、われわれがルフェーブル＝デヌエットを釈放することはありえないから、スペインの滞在は少々長引くかもしれませんな。なにしろ、あなたのおかげでルフェーブルは多くを知りすぎている」

「では、ナポレオンがわたしを釈放するという保証はどこにあるのだ?」

オリヴァーは寝台の端から両足をおろした。義父の襟をつかんで、ゆさぶりたい衝動を抑えるには、持てる自制心のすべてが必要だった。「なぜなら、反逆者がいようがいまいが、われわれはフランス軍に勝つからです! あなたの裏切り行為にもかかわらず!」

彼は両手を打ち合わせ、ラトリフが飛びあがるのを見て内心にやっとした。

「これがわたしの申し出です。このまま祖国に戻れば、あなたは鎖につながれ、裂かれた腹からつかみだされる自分の腸を見下ろすことになる。代わりにここに留まって、われわれがナポレオンに勝利するのを待ち、英雄として戻ることもできる」

「わたしのことは密告しないのだな？」子爵の顔に抜け目のない表情が少しばかり戻った。

「ひと言もね。ただし、戻りしだい海軍省のすべての仕事を退き、領地にひっこんでいただく。一度でも海軍省に顔を出せば、すぐさますべての証拠をホワイトホールに提出します」オリヴァーは立ちあがった。「どうです、寛大な申し出だとは思いませんか？」

「選択の余地はあるまい？」ラトリフは嚙《か》みつくように言った。

「そのとおりです」オリヴァーは静かな声で言った。「急いでください。一刻も早くナナをプリマスに送り返したい」

「信じられんな。私生児と結婚するとは」ラトリフは負け犬の遠吠《とおぼ》えよろしく吐き捨てた。

落ち着け、オリヴァー。彼は無意識に拳を作りながらも自分をなだめた。深呼吸をしろ。

「ぼくがこれまでにした最も賢明な決断です」彼はややあってそう言った。

「読み書きも満足にできない祖母を持つ私生児だ。おそらくきみはすでに艦隊中の笑い物になっているぞ」

オリヴァーはドアを開け、わざとエレガントなお辞儀をした。「お先にどうぞ、ラトリフ卿。行く前に、あなたが妻の父親であることを、誰にも言わずにいてくれたことを、心の底から感謝します。そんなことがわかったら、それこそ恥ずかしくて艦隊にいられなくなる」

少なくともズボンをはきかえる時間をくれというラトリフの要求には耳を貸さず、オリヴァーは彼を甲板に追いたてた。デニソンはすでにスペインの海岸へ向かう小船と、白旗を準備させていた。

ラトリフ卿はそこまでは唯々諾々としたがってきたが、手すりの外へ持ちあげられると、こう叫んだ。「エレノアはなんという恩知らずだ」彼は舷側をおろされる準備をしながら怒りに任せてわめき立てた。「おとなしく言うことを聞いていれば、少なくとも伯爵の愛人になれたのに、たんなる艦長の妻として一生を終わらねばならん」

「たしかに」オリヴァーはそう言った。「だが、最も高い買い手に引き渡されずにすんだ」オリヴァーはふいに頭をよぎった思いに血が凍る気がした。「ひょっとして、ほかの〝娘たち〟にも同じことをしたんですか？」

「もうひとりだけだ」ラトリフは言った。ゴールドフィンチ号が大きく揺れ、彼はへっぴり腰で手すりにしがみつき、水兵たちの失笑を買った。「少なくとも、その娘は従順だった」

気の毒な娘だ。オリヴァーは心から同情した。「ほかには？」彼はさりげなく尋ねた。

どうやらよほど性根が腐っているらしく、ラトリフは手すりにつかまりながらへらず口をたたいた。「もうひとりいる。わたしが国へ帰らなければ、たちまち路頭に迷うだろうな」

「ご心配にはおよびません」オリヴァーは義父の喉を締めあげたい衝動を抑えつけ、言い返した。「ミス・ピムのところにいるんですか？」

ラトリフは舷側からおろされはじめた。「ほかにどこへ送れる？　ミス・ピムはわたしの私生児の異母妹《いもうと》だ」

「その娘の名前は？」

「勝手に調べるんだな、ワージー」

オリヴァーは手すりに身を乗りだし、低い声で言った。「必ず見つけます。妹がいると知ったら、ナナは喜ぶでしょう。さようなら、ラトリフ卿。あなたを勇気と忠誠心にあふれた元水兵と交換できるのは嬉《うれ》しいことです」彼はかちりと踵《かかと》を合わせて敬礼した。「あなたはわたしの英雄です」

オリヴァーがゴールドフィンチ号から戻ると、ナナは自分の服を着てマシューと甲板に座っていた。それから何時間もあと、小船がピート・カーターを乗せて戻ってからも、彼女は下に行くのを拒否した。ピートの顔はあざだらけで歯も二本折れていた。だが、彼はナナの服を着たまま甲板をくるくるまわり、乗組員を笑わせた。タイアレス号の水兵たちはピートに万歳を三唱した。

ナナは艦の外科医がピートの傷を手当てして、食事をしても大丈夫だと太鼓判を押すまで、彼のそばを離れなかった。それからピートは「プリマスまでは寒いぞ、カーター」という言葉でしぶしぶズボンとシャツに着替えた。

ピートは、晴れて一等航海士となったあと、プラウディの船室に移ったラムスールの船室を使えというオリヴァーの申し出に首を振った。「いや、艦長、ありがてえが断る。大砲のそばでハンモックに揺られて寝るほうが気が楽だ」

ナナは説得する必要もなく寝間着に着替え、ふたたびベッドにもぐりこんだ。オリヴァーは彼女にキスし、待たずに眠るように告げたあと、後甲板に戻った。そしてラムスールが見張りを少尉候補生と交代し、最後にもう一度ぐるりと見渡してから、自分のところに来るのを待った。

ふたりはゴールドフィンチ号が自分たちの前をフェロールへと滑るように進むのを見守った。タイアレス号はプリマスへ向かうのだ。オリヴァーはまたしても四十時間かけてロンドンへ行き、それから海峡艦隊へ戻らねばならない。しかし、そのあいだには常にプリマスがある。プリマスはいまや彼にとって、たんなる港ではなくわが家だった。愛するナナとその体内でいまも着々と育っている子どものわが家でもある。彼は褐色の瞳の、従順なやさしい女性が、これからも羅針盤のそばから自分を見守ってくれることを願った。

「ミスター・ラムスール、これでようやく一段落だな」彼は言った。「わたしは下へ行く。歩哨《ほしょう》のミスター・トプレディに、ナポレオン自身が小船で会いに来ないかぎり、邪魔をしてはならんと伝えてくれ」

「そんなことを言ったら、彼はおびえて足がすくんでしまいます」ラムスールは大真面目な顔で答えた。「ナポレオンが艦長に会いに来たら、わたしを起こすように言っておきます」

ナナは眠っているに違いない。そう思った彼は静かに服を脱ぎ、ベッドにもぐりこんで妻の隣にそっと横たわった。そしてめくれた寝間着を引きおろしていると、ナナが彼を抱きしめた。

「愛しているわ、オリヴァー・ワージー」彼女は耳元でささやいた。「本当にわたしの異母妹をミス・ピムのところから呼んでくれるの？」

「その娘が女学校をやめたいと言えばね。ふたりでバースへ行って、彼女を見つけるとしよう。マルグレイヴ卿に頼めば、一週間ほど上陸許可をくれるだろう。もしもきみの妹が女学校をやめたくないようなら、せめて卒業し、ちゃんとした働き先が決まるまで学費を払ってやろうじゃないか」

ナナはオリヴァーの手を取ってキスし、それを自分の胸に押しつけた。「ありがとう」

ふたりは静かに寝台のなかで揺れた。

「もうひとつ打ち明けることがあるの」

胸を愛撫《あいぶ》していたオリヴァーは、顔を上げた。「心配するようなことかい？」

「〈ブルースタイン・アンド・カーター〉を説得して、一万ポンドの銀行手形を振りだしてもらったの。ホワイトホールの身代金の足しにしてもらおうと思って。ラトリフ卿にホワイトホールが三万ポンド払うのを渋っていると言われて……」

「身代金は二万ポンドだ。政府はぐちひとつ言わずに出したよ」オリヴァーは言った。「身代金が入っていた箱には、二万ポンドきっかり入っていた」彼は頭をのけぞらせて笑った。「あの古だぬきめ！　身代金を上乗せしようとしたうえに、ぼくの金をポケットに入れたな！」

ナナは心配そうな顔で彼を見た。「ごめんなさい。余計なことをしたわ」

彼は胸の愛撫に戻った。「おそらく債権者たちのところに行くのだろう。彼らには払ってもらう資格がある。その程度の出費には耐えられるよ、ナナ。気にすることはない。マルベリー亭の食事に粥《かゆ》を増やして、鱈《たら》とポロネギを少なくすればいいだけだ」

「それは簡単よ」ナナは彼の言葉よりも指の動きのほうに気を取られているらしく、息を弾ませ、うわの空で答えた。「そこは少し敏感になっているの。いいえ、やめないで」

「これはどう？」オリヴァーは胸にキスしながら片手を下へと這わせた。

「とても……いい気持ち」ナナは目を閉じてため息をついた。

オリヴァーは寝台の上で体重を移し、ナナの上になった。「甲板に転げ落ちないように、慎重に動く必要がある。大きな音がしたら、外の歩哨が駆けこんでくる」

「それは困るわ」ナナは言った。

彼が重なったとたん、長い脚が巻きついてきた。ナナがおそるおそる体を動かすのを見てオリヴァーは微笑した。「船の揺れをうまく利用することもできる」

「この動きは揺れとは関係ないわ」ナナはつぶやいて肩にキスをした。

「すると、関係があるのは幾何学かな」

「静かにして。いま忙しいの」

オリヴァーは口をつぐんだ。やがてふたりとも満足すると、彼はまだたいらなお腹に手を置いた。「赤ん坊が動きはじめるのは、いつごろだろうな」

「ブリトル夫人に訊《き》いてみるわ」ナナは彼の手に自分の手を重ねた。「お医者さまに相談してもいいかもしれないわね」

「それがいい。寝台で幾何学的な行為に励むのはまずい、と言われないことを祈るよ」

「そんな藪《やぶ》医者の言うことなんか聞かないわ」ナナはきっぱり答えた。

ふたりは静かに揺れた。

「ワージー夫人、ひとつ提案がある」

ナナはうなずいた。

「女の子なら、きみのお母さんにちなんでレイチェルという名前にしてはどうかな？」

ナナは喉をつまらせ、彼の名前を呼んだ。〝オリヴァー〟その響きが恵みの雨のように彼を包む。やさしい指が顔に触れ、まるで恥じらうように甘い声が言う。「オリヴァー、わたしはあなたの妻に相応しい《ワージー》かしら？」

「もちろんだ。骨も、血も、名前も」彼がナナの指にキスすると、彼女はそれを彼の指に巻きつけた。「でも、きみはぼくと出会うずっと前から価値《ワージー》のある女性だったよ」

# 著者の覚書

騎兵隊の指揮官でナポレオンのお気に入りだったシャルル・ルフェーブル＝デヌエット将軍は、一八〇八年にスペインでイギリス軍の捕虜になり、チェルトナムで仮釈放となったあと、そこに妻のステファニーを呼び寄せました。ふたりは地元の地主階級と親しく交わり、多くの社交的な行事に参加しました。

しかし、嘆かわしいことに、ルフェーブル＝デヌエットは紳士ではありませんでした。逃亡しないという宣誓を破り、一八一一年にフランスへ逃げ戻りました。そしてふたたびナポレオンに仕え、さんざんな結果に終わったロシア遠征と、一八一五年のワーテルローで、彼のかたわらで戦います。

機知に富んだルフェーブル＝デヌエットは、その後アメリカ合衆国へと逃げ、一八二一年までルイジアナで暮らしましたが、彼の忠実なステファニーの手配で、そこからアムステルダムへ行く船に乗ります。しかし、悲しいことに、将軍の船はアイルランド沖で嵐に見舞われ、彼は溺死しました。

# 訳者あとがき

本書、『灰かぶりの令嬢』は、たくさんの読者に愛されているカーラ・ケリーの作品です。ロマンス小説だけでなく、ノンフィクションも含め、多くの作品を世に送りだしているカーラ・ケリーは、書くのが大好きで、そのすべての作業にまだ心がときめくという、ベテラン作家。軽妙なユーモアと人情味あふれる登場人物たちで、涙と笑いをちりばめたすてきなひと時を約束してくれます。

子爵を父に、プリマスの木賃宿の娘を母に持つナナ・マッシーは、お産で命を落とした母に代わり自分を育ててくれた祖母の手を離れ、五歳のときに女学校に送られたものの、十六歳のときにプリマスの祖母のもとに戻ってきます。しかし、軍港プリマスは海軍の海上封鎖作戦のあおりをくって不況のどん底にあり、祖母が経営するマルベリー亭には閑古鳥が鳴いているとあって、食べることさえままならぬ毎日。そんなとき、突然、軍艦の艦長が現れて、部屋を借りたいと申しでます。しかもその艦長は驚くほど金離れがよく、着いた翌日からナナたちが食べるものまで心配しはじめるという底抜けの善人とあって、ナナの気持ちはたちまちこのハンサムな艦長に傾きます。

海峡艦隊に所属するオリヴァー・ワージー艦長は、スペインのイベリア半島における戦況を報告しに海軍省へ赴き、上官であるラトリフ子爵から美少女の細密画を見せられ、奇妙な頼み事を持ちかけられます。損傷を受けた軍艦の修理が終わるまで、プリマスにある娘の祖母の宿に泊まり、娘の近況を報告してほしい、娘が心配なのだ、という子爵に、オリヴァーはなんとなく胡散臭《うさんくさ》いものを感じながらも、この頼みを引き受けることにしました。

長期間にわたる海上生活と疲労から、喉と耳を痛めつらい思いをしていたオリヴァーは、マルベリー亭の親身な世話を受けて、まもなく乾ドックに入ったタイアレス号の修理を監督できるまでに回復します。彼の毎日を彩り、彼に喜びを与えてくれる美しいナナは、素直で従順で、やさしい娘でした。オリヴァーはたちまちナナに想《おも》いをかけるようになり、ナナのほうも、やさしく寛大でハンサムなワージー艦長に恋心を抱くのですが、非嫡出子という卑しい出生を思い、無理やり自分の気持ちを抑えつけるのでした。

ちょっとしたことで赤くなり、悲しみも喜びも素直に表現する愛らしいナナに、読者のみなさんはたちまち心を奪われるに違いありません。カーラ・ケリーが描く祖母思いのヒロインは、実際的で、誠実で、とても従順なのですが、終盤にはあっと驚く強さを発揮し、読者を感動させます。

本書をより面白く読んでいただくために、ヒーローのワージー艦長が加わっている海上封鎖について、少し説明しておきましょう。これはもとはといえば、ナポレオンの大陸封鎖令に対抗して取られた作戦でした。ヨーロッパの経済を支配しようとしたナポレオンは、産業革命中のイギリスを封じこめて、ヨーロッパの国々にフランスと通商させるため、一八〇六年に大陸封鎖令を発令しました。これによりフランスに従属している大陸諸国、北欧の国々は産業の進んだイギリスと通商できなくなり、業を煮やしたイギリスは海上封鎖に踏み切り、フランスの船による海外貿易を阻止し、これに対抗します。またポルトガルがこの法令に協力を渋ったことから、フランスはイベリア半島に出兵し、そのためにスペインの政争に介入せざるをえなくなり、泥沼化するイベリア半島戦争に巻きこまれていきます。さらに数年後には、イギリスの海上封鎖によりフランスとの交易ができず、経済的な打撃をこうむったアメリカとイギリスの戦争も勃発します。

著者独特のユーモアだけでなく、スリルもたっぷり味わわせてくれる、『灰かぶりの令嬢』。海の男とプリマスの片隅に咲く可憐《かれん》な女性の恋を、どうぞお楽しみください。

二〇一六年十二月　　佐野　晶

＊本書は、2016年12月にMIRA文庫より刊行された
『灰かぶりの令嬢』の新装版です。

mira™

灰《はい》かぶりの令嬢《れいじょう》

2022年6月15日発行　第1刷

著　者　カーラ・ケリー

訳　者　佐野《さの》 晶《あきら》

発行人　鈴木幸辰

発行所　株式会社ハーパーコリンズ・ジャパン
東京都千代田区大手町1-5-1
03-6269-2883（営業）
0570-008091（読者サービス係）

印刷・製本　中央精版印刷株式会社


ISBN978-4-596-70816-8

# mirabooks

## 永遠の旋律
キャット・マーティン
岡　聖子 訳

シェフィールド公爵ラファエルは元婚約者ダニエルと再会した。5年前、彼女に裏切られたと思っていたが自分の友人がついた嘘だったとわかり…19世紀恋絵巻。

## 愛のソネット
ステファニー・ローレンス
鈴木たえ子 訳

放蕩者で名高い公爵ジェイソンは、家名を守るためにわかに結婚を迫られた。貞淑で家柄がよく、公爵夫人の役割を立派に務められる女性を探し始めるが…。

## 過去が壊れる時
ペニー・ジョーダン
榊　優子 訳

15年前、姉を死に追いやったデベリル家への復讐として彼らの館を手に入れようとするジェンナ。そこへ同じく館を買いたいと名乗り出た謎の男が現れ…。

## 霧のぬくもり
ヘザー・グレアム
風音さやか 訳

祖父が遺した家に移り住んだクリスティナの前に、連続殺人の罪を着せられ死んだ男の幽霊が現れた。元刑事で初恋の相手ジェドとともに事件の真相を追うことに。

## いつかあの丘の果てに
エリザベス・ローウェル
佐野　晶 訳

ユタの荒野でひとり暮らすジャナはある日、荒くれ者の集団に襲われ意識を失った男タイレルを助けた。やがて彼に惹かれていくが、それは叶わぬ恋の始まりで…。

## 孤島の囚人
スーザン・ウィッグス
岡　聖子 訳

一八七一年、シカゴを襲った大火災。令嬢デボラは混乱に乗じて彼女の父親への復讐を企てた男に人質として連れ去られ…。波瀾の名作ロマンス。

mirabooks

## 貴方が触れた夢

キャンディス・キャンプ
琴葉かいら 訳

モアランド公爵家アレックスは、弟の調査所を訪れた黒髪の美女に心惹かれる。だが彼女はいっさいの記憶がなく、「自分を探してほしい」と言い…。

## 放蕩貴族と恋迷路

キャンディス・キャンプ
琴葉かいら 訳

堅物のライラと、変わり者揃いで有名なモアランド公爵家の末っ子コンスタンティン。いがみ合ってきた正反対の二人だが、実は互いに秘めた思いが…!?

## 公爵令嬢の恋わずらい

キャンディス・キャンプ
琴葉かいら 訳

科学を愛する公爵令嬢シスビーは、身分を隠して参加した公開講義で、ハンサムな青年に出会う。しかし、偶然屋敷にやってきた彼に素性がばれてしまい…。

## 伯爵とシンデレラ

キャンディス・キャンプ
井野上悦子 訳

「いつか迎えに来る」と言い残して消えた初恋の人が伯爵になって現れた。15年ぶりの再会に喜ぶジュリアナだったが、愛のない契約結婚を持ちかけられ…。

## ときめきの宝石箱

キャンディス・キャンプ
細郷妙子 訳

没落寸前の令嬢カサンドラは一族を守るため祖先が残したという財宝を探すことに。だがそれには宿敵ネビル家の当主で放蕩者フィリップの力を借りねばならず…。

## 罪深きウエディング

キャンディス・キャンプ
杉本ユミ 訳

横領の罪をきせられ亡くなった兄の無実を証明するため、兄を告発したストーンヘヴン卿から真相を聞き出そうと決めた令嬢ジュリア。色仕掛けで彼に近づこうとするが…。